Station Symbiose

Noëmie Lemos

Noëmie Lemos mène de concert ses métiers d'écrivaine et d'ingénieure agronome. Elle aime mêler sciences et imaginaires dans ses histoires, proposant des mondes et futurs faisant la part belle au vivre ensemble et à l'optimisme. Touche à tout, elle écrit autant pour les adultes que pour les jeunes, explorant tous les aspects de la science-fiction, de la prospective à la space-fantasy, sans jamais oublier le rôle central de la nature et de l'écologie.

De la même autrice, aux éditions Critic

Guerres stellaires (anthologie sur P.-J. Hérault)

Noëmie Lemos

STATION SYMBIOSE

Avis aux lecteurs et lectrices

Une alienathèque est disponible à la fin du livre, présentant les différentes espèces d'aliens de Station Symbiose (illustrations faites par l'autrice, Noëmie Lemos).
Les illustrations de chapitres et la couverture sont réalisées par Thomas Arnaud.

Déclic

Direction éditoriale : Éric Marcelin et Lise Thoreux
Ouvrage dirigé par Lise Thoreux

19 rue Hoche, 35000 Rennes

Dépôt légal : mai 2025
ISBN : 978-2-37579-331-2

Loi n°49-956 du 16 juillet 1949
sur les publications destinées à la jeunesse,
modifiée par la loi n°2011-525 du 17 mai 2011

Livre publié en partenariat avec
Rennes Métropole et la région Bretagne.

Pour toi, Myrina
Une vie de papier
Pour nous célébrer
Et ne jamais oublier

Chapitre 1

Tout le monde adore les bébés jiihs. Tout le monde, sauf moi. Je ne comprends pas que mes camarades de classe puissent supporter leur enthousiasme débordant. Là, par exemple, j'aimerais bien finir mes devoirs. Mais l'une de ces minuscules peluches à neuf tentacules veut absolument utiliser ma tablette comme une patinoire, quand une autre joue dans mes cheveux et une dernière me chatouille les chevilles. Impossible de me concentrer ! Je jette un œil par-dessus mon épaule : papa me tourne le dos, affairé dans la cuisine. Une dizaine de jiihs roses sautillent à ses pieds, trois sont perchés sur sa tête, deux se prélassent dans une assiette, et il continue d'éplucher ses carottes en chantonnant. Qu'il m'énerve !

Vite, je me passe la main dans les cheveux, faisant *malencontreusement* tomber le premier alien. Il rebondit dans un *pouic* joyeux tout près de mes chevilles. Un petit coup de pied et hop ! Je l'envoie plus loin sous la table, accompagné du chatouilleur de service. Pour terminer, je plisse les paupières et foudroie du regard celui qui se dandine sur ma tablette. Indifférent à ma présence, il enchaîne les figures acrobatiques, méli-mélo gracieux de tentacules soyeux. Frimeur !

La surface vitrée de la table me renvoie mon reflet : cheveux désordonnés et joues roses.

L'attraction ici est plus faible que chez lui, Myri'. Il s'amuse juste, ce n'est pas grave.

Je me renfrogne. Non, je n'ai pas envie de trouver ça « pas grave ». J'ai des révisions à mener, moi, et pas le temps de m'amuser.

Je reviens au danseur, croise ses ocelles, ces immenses miroirs d'ébène qui lui font comme deux grands yeux brillants d'amour. Une bouffée de jasmin me monte au nez, écœurante. Je fronce les sourcils jusqu'à ce qu'ils se touchent. Sans succès. Malgré ma grimace, l'énergumène continue de se prendre pour un patineur en gala.

Il a envie de voltiger, c'est sûr.

D'un geste de la main, je balaie l'indésirable. Il glisse sur la surface polie de la table en un magnifique vol plané, puis atterrit au milieu de ses congénères dans un frottement étouffé. Panier !

Malheureusement, mon père m'a aperçue.

— Myrina, enfin ! Un peu de délicatesse, voyons !

Je réplique naïvement :

— Délicatesse comment ?

J'ironise, en appuyant sur le mot favori de mon professeur :

— Tu fais de *l'anthropocentrisme*, papa. Les jiihs ne réagissent pas comme nous. Ils sont plus intelligents, plus résistants, plus souples, plus tout. « Délicat », ça ne veut pas dire la même chose pour eux que pour nous. Regarde, il est tellement content d'avoir fait une pirouette qu'il va me demander de recommencer. Il est heureux, c'est ça qui compte, non ?

Mon père ouvre la bouche, puis se ravise et retourne à la cuisine en soupirant. Il sait qu'il ne fait pas bon débattre avec moi à ce sujet.

Ignorant le tas de jiihs qui cabriolent soyeusement à ses pieds, je me concentre enfin sur mon cours. Mes camarades de classe passeraient des teintes à caresser la progéniture dont mon père a la garde, mais moi, je reste de marbre. Peut-être que je n'ai toujours pas digéré leur mode de reproduction. À défaut de bébés, les petits jiihs sont des clones, des excroissances qui poussent dans une poche ventrale de l'adulte une fois dans sa vie. Ils grossissent, grossissent, et quand il n'y a plus de place pour tout ce monde, plutôt que de sortir, ils se mangent entre eux. Petit à petit. À la fin, il n'en reste plus qu'un, énorme, qui dévore son parent de l'intérieur. C'est vraiment dégoûtant. Enfin, il paraît que « ça, c'était avant ». Aujourd'hui, les jiihs peuvent confier leurs bébés clones à des humains, qui adorent en prendre soin. Les câlins ont remplacé le repas. La population des jiihs, qui allait bientôt disparaître, croît à nouveau. Une fois tous les dix cycles, leurs adultes quittent l'espace vers leur planète originelle.

Bon vent, oui.

Quand le vaisseau part, tous les aliens font la fête à coup de longs discours incompréhensibles et de projections de fluides divers et variés dans la rue. J'imagine bien qu'ils se réjouissent que Station Symbiose ait accompli sa mission. Vivre ensemble pour le bien de tous.

Bien sûr.

La symbiose avec les jiihs, ce n'est définitivement pas pour moi. Je me retiens de les coudre en écharpe parce que papa est heureux de travailler avec eux – il dit même que c'est *un honneur*. Il passe ses journées à nourrir les bébés en les laissant téter ses phalanges enduites de mousses visqueuses et à les bercer dans un panier suspendu au plafond. Il a toujours le sourire et il chantonne, alors je refoule mon envie de couture et je serre les dents face aux soixante-sept boules tentaculaires qui envahissent le moindre centimètre carré de notre minuscule appartement. J'en ai déjà retrouvé un au fond de mon lit en me couchant. Ils ne respectent rien !

Mon reflet tempère ma colère.

Ils ne connaissent pas le concept d'intimité, c'est tout.

Je vais pour renchérir dans un des débats silencieux dont j'ai le secret, quand un chuintement caractéristique retentit. La porte s'ouvre et maman entre, charriant un fumet d'excréments. Je vacille. D'un coup, la tension grimpe dans notre étroit logement. Même les bestioles se figent avant de reprendre leur grouillement infini.

Ça ne sent pas bon.

Je ne parle pas que de l'odeur. Maman n'arbore pas le sourire habituel qui fait oublier les cernes sous ses yeux, elle ne dépose pas de baiser sur les lèvres de papa. Sa tête est baissée, et ses épaules avachies dévoilent la peau hâlée de sa nuque. Une énorme souillure traverse sa combinaison de travail comme une cicatrice. Un instant déstabilisé, papa se ressaisit. Il navigue telle une danseuse entre les jiihs sans en écraser un seul, noie la famille sous son pépiement anodin. L'air de rien, il aide ma mère à se déshabiller, jette sa tenue dans le bac à linge et m'envoie mettre la table avant de la guider dans le placard de bain. Je dresse le couvert lentement, chacun de mes muscles tendu par l'angoisse. Puis je pousse le fauteuil à lévitation de mon grand-père jusqu'aux assiettes. Seul le frétillement des jiihs trouble le ronron perpétuel de la station. Papy n'a jamais beaucoup parlé. Il passe ses journées assis dans le coin gauche de l'unique pièce de notre appartement, les genoux garnis de peluches à tentacules. Le soir, son siège se déplie en couchette, et papa range papy au-dessus de mon propre lit, juste à côté de la table.

Comme un bibelot précieux.

J'ai appris à aimer l'odeur de genévrier mêlé d'un peu de talc de mon grand-père. Elle me rassure. J'évacue les derniers jiihs et prends la place à ses côtés. On échange un regard interrogatif. Papy a toujours été doué pour communiquer avec les yeux, et je saisis le message de son plissement de paupières.

Quoi qu'il se soit passé, faisons comme si de rien n'était.

Une bouffée de vapeur aux notes d'agrumes accompagne le retour de mes parents dans notre pièce de vie. Maman a repris un peu de contenance, mais laisse papa emplir l'espace sonore. Je ne moufte pas, me concentre sur le tofu que mon père a, encore une fois, réussi à sublimer. Des arômes de fumé caramélisé au thym inondent délicieusement mon ventre.

Je sais que le travail de maman n'est pas facile. Sur le papier, elle joue un rôle primordial pour la survie de Station Symbiose. Mais dans la réalité, elle bosse dans une poubelle. Ici, rien ne se perd, tout se transforme. Dehors, c'est l'espace et son grand vide : il faut produire notre nourriture nous-mêmes. Alors on récolte tous nos déchets, y compris ceux de nos toilettes, et le boulot de maman, c'est d'en faire du terreau pour les cultures végétales. Autant dire que c'est un job de merde. Au mot près. Et à qui revient le travail dégoûtant, sur cette station ? Aux humains, bien sûr. Soi-disant que c'est le seul domaine où on peut se rendre utiles aux autres.

Un beau mensonge, c'est vrai.

Je me retiens de faire remarquer à maman que *nous, les humains*, pourrions faire mille autres tâches, et que c'est injuste de nous cantonner à la station d'épuration. Je connais la chanson. Elle me répondra que *nous, les humains*, avons beaucoup de chance d'être acceptés par les aliens, qu'ils n'étaient pas obligés de nous accueillir, qu'ils nous ont gentiment donné du travail parce qu'ils nous aiment bien. Comme si j'étais idiote. Le prof nous explique sans cesse que notre espérance de vie est trop courte pour comprendre vraiment l'univers, qu'on n'a pas assez de mains pour être efficaces, qu'on est trop petits pour travailler dans les hautes serres, que notre ouïe est trop limitée pour bien communiquer, et j'en passe. Bref, pour eux, on est juste nuls, ça crève les yeux.

Papa me jette une œillade inquiète. Il n'a pas envie que j'en rajoute, je le sens. Je déglutis difficilement, ravale mon aigreur et plonge le nez dans mon assiette.

Mon père est pas mal dans son genre aussi. Pour lui, c'est beau de pouvoir cohabiter avec tant d'aliens. Il m'écœure à toujours les trouver géniaux. Et maman, qui a pourtant le travail le plus pourri du monde, ne le contredit jamais ! Au moins, quand je suis ronchon, elle me serre dans ses bras, et la tension qui grippe tout mon corps se relâche un peu. Mais mon petit doigt me dit que le câlin ne sera pas pour ce soir.

Non, vraiment, c'est bien la première fois que je vois maman rentrer dans cet état. Qu'est-ce qu'il lui est arrivé ? Je n'ose pas demander. Papa fait trop d'efforts pour faire comme si de rien n'était, c'est étouffant. J'avale difficilement mon dernier morceau de tofu.

Un coup d'œil à l'horloge murale me soulage. Le vert chrome prend des reflets opaques, décomptant le temps du troisième quart de mille teintes herbacées. Pour moi, c'est le soir. Mon supposé cours d'horticulture[1] approche.

C'est pas « supposé ». Tu vas jouer avec des plantes, après tout, Myri'.

Je saisis mon sac à dos, mon écharpe préférée, pose un rapide baiser sur la joue de mes trois parents et, sans un mot de plus, quitte l'ambiance étouffante de l'appartement.

[1] Voir lexique p.305

Chapitre 2

Je remonte la coursive étroite qui sort du bloc d'habitations de la section H, joue des coudes au milieu des adultes qui vont à l'usine relayer les équipes de maman. Les dizaines de passerelles suspendues les unes sur les autres forment un enchevêtrement de rues étriquées où il est difficile de se déplacer. J'accélère quand même. Des centaines de portes identiques défilent sous mes pas, rectangles réfléchissants. Mon reflet apparaît et disparaît au rythme de ma marche.

On est empilés dans des boîtes de conserve, comme les friandises à guepicte sur l'étal du marchand, l'odeur avec.

Les humains dorment dans des lits superposés, les aths accrochés au plafond, les jiihs pressés en poche, parce que la nature veut ça. Chaque espèce a son coin à elle sur Station Symbiose, en fonction de ses besoins primaires.

Du coin de l'œil, je capte le regard sceptique de mon reflet.

C'est naturel de dormir en boîte, pour des humains ?

L'idée m'a toujours paru saugrenue. Moi, j'aimerais autre chose. J'ai entendu dire qu'il y a une section aquatique sur la station, avec d'immenses pièces remplies d'eau, reliées entre elles par des conduites de verre à l'intérieur desquelles nagent des aliens aux couleurs chatoyantes. Un frétillement me chatouille le ventre à cette pensée.

Ça doit être tellement beau !

J'arrive au bout de la coursive. Je descends quelques échelles, franchis rapidement deux traversées, et débouche enfin sur l'artère principale, le front humide de sueur. Je m'éponge de la main tout en protégeant mes yeux. Une lumière éclatante baigne l'allée H en permanence – elle est censée imiter l'étoile autour de laquelle notre planète originelle tournait. Question de santé, paraît-il. Pourtant c'en est trop pour moi, et je cligne des yeux quelques secondes avant de m'y habituer.

Quelle que soit la teinte, l'effervescence est toujours à son comble sur l'artère. C'est le seul endroit que je connaisse où il y a de l'espace. Les passerelles se croisent et s'entrecroisent au sein d'un hall immense, envahies de créatures diverses et variées. Ça rampe, ça vole et ça saute dans un capharnaüm de sons et d'odeurs que j'ai appris à aimer. Un mélange d'humus chaud aux notes ferreuses et florales.

Je me cale sur la section *bipède* du tapis roulant, prenant garde à ne pas écraser les trois libaces sur la voie d'à côté. Je joue des coudes pour me frayer un chemin entre les membres articulés des octopodes et les passages en trombe des queriennes. Elles, elles ont beau rouler à toute berzingue, elles s'acharnent à nous piquer notre trottoir, soi-disant que la piste haute vitesse est contaminée par la bave d'aartite.

Dans le miroir de la rampe, je distingue ma paire d'yeux monter au ciel.

Tu parles ! Elles adorent slalomer entre nous, c'est tout.

De chaque côté du tapis, les devantures bariolées des boutiques bordent l'artère. Ce lieu devrait nous être réservé, mais des dizaines d'échoppes aliens s'y sont implantées. On a l'inconvénient de résider dans le niveau de gravité médian ; c'est l'endroit idéal pour que des formes de vies aussi différentes que les délicats aths ou les massifs octopodes se rencontrent. Du coup, chacun a fait son trou, et les bars interespèces ont supplanté les restaurants humains.

Du haut de mes quinze anniversaires, je suis loin, très loin de pouvoir accéder à ces bars. Une humaine, « juvénile » de surcroît, c'est-à-dire trop jeune pour avoir un traducteur universel, ça n'intéresse personne.

En théorie.

Je descends du tapis roulant, contourne une devanture qui brille d'un vert acidulé. À l'arrière, la poubelle à compost malmène mon nez. J'entre vite et traverse une cuisine deux fois plus grande que notre appartement, mais qui paraît étriquée tant l'alien qui s'y trouve se tord et se retord pour caser sa silhouette longiligne entre les fours. Je salue FalthazarS, le cuistot, maître des lieux. Il lève un de ses yeux des tubercules qu'il épluche, et l'une de ses neuf queues s'agite pour m'accueillir. FalthazarS est le seul alien profondément gentil que je connaisse – un cas unique, qui a pris le temps de m'enseigner sa langue mêlée de signes et d'odeurs. Je bouge les doigts en articulant :

— Revenir/après/concert.

Je suis presque en retard, et ça me stresse. Je ne peux pas lambiner.

Avec un dernier regard sur l'échine courbée de mon ami, je quitte la cuisine et me précipite dans le réduit qui me sert de loge. Je pose mon sac sur la table de maquillage, fébrile. J'enlève ma veste et le badge « juvénile » qui indique mon statut d'humaine inintéressante.

Ce soir, personne ne saura.

Ma tenue de scène m'attend, suspendue à la porte. Je fourre mon nez dedans, inspire un grand coup. Le contact doux du tissu contre mon visage et le parfum fané, trace de mes précédents concerts, me rassure. Ma respiration se calme.

J'enfile la chemise et, imperceptiblement, je me redresse face au miroir. Je ne me souviens plus à quel moment de mon enfance mon regard a été attiré par ma propre image. Quel que soit le support, dès qu'il y a un reflet, mes yeux s'y accrochent, et mon double me sourit. Pourtant, je ne suis pas un modèle de beauté. Mes cheveux courts batifolent sur ma tête, et mes joues rebondies me donnent l'air d'un hamster. Avec l'adolescence, mon corps a décidé qu'il allait tenter la croissance circulaire.

C'est pour paraître plus impressionnante face aux aliens, voyons.

Je trempe les doigts dans un pot de peinture végétale et dessine deux traits parallèles sur chacune de mes pommettes. J'ai hérité de la peau pâle de mon père, presque rosée, loin du teint mordoré de la plupart des humains. Ces traces ocre me permettent de berner certains aliens, de rester une humaine insignifiante dans la masse.

Ton public est aveugle, Myri', tu ne risques rien.

Bon, d'accord. J'aime me maquiller, voilà tout.

Ces deux traits sur les joues, c'est classieux, c'est vrai.

Et puis ça m'aide à me mettre dans l'ambiance de mon concert.

Dernier rituel, je prends un mouchoir et me lave le nez, puis respire à pleins poumons mon flacon d'eau pure. Tout va bien. La frustration de la journée se dilue dans l'air de mes sinus. Je souffle un grand coup par les narines, l'expulse de moi. Je ne pense même plus à la réaction si étrange de maman ce soir, oublie mon image dans le miroir. Je suis ailleurs.

Je suis prête pour le show.

Chapitre 3

La scène brille dans l'ambiance tamisée du bar. J'ai dû insister longuement pour avoir droit à une lumière à mon goût, la plupart des clients ne voient pas le même spectre[2] que moi, et Patron ronchonne tout le temps que louer deux méduses fluorescentes pour ma prestation, c'est une dépense inutile. Il faut dire, Patron, c'est le boss, et c'est un llérunien – la même espèce que Prof. Des aliens bipèdes à la peau écailleuse, dont les deux queues pointues et la langue immense fouinent tout le temps partout. Ils ne recherchent qu'une seule chose dans la vie : le profit. Seul l'argent leur permet de passer outre leur dégoût des humains, dégoût qui les pousse à nous interdire de les appeler par leur nom. Donc c'est « Prof » et « Patron ». Point barre.

Pour mes méduses, j'ai eu gain de cause en inventant une pseudo-influence positive des ondes lumineuses sur ma performance. Patron m'a tapoté le dos de ses deux queues, énervé, puis quand je lui ai dit que son chiffre d'affaires augmenterait de dix pour cent, il a craqué. J'ai plus qu'à espérer que mon public soit au rendez-vous pour remplir les caisses…

Je chausse mon casque antibruit. Mon auditoire est surtout composé d'aths, de petits aliens dont je ne distingue que deux ailes noires. Leur vol, aussi acrobatique que silencieux, est magnifique à voir. Par contre, ils stridulent un chant suraigu très désagréable qui me déconcentre. Le problème, c'est que plus ils apprécient le spectacle, plus ils s'en donnent à cœur joie.

Isolée du sifflement de la salle, protégée par la pénombre, je me détends. La scène est mon cocon, mon nid. Elle est aussi grande que notre appartement, et je ne dois la partager avec personne. Dans ces moments, même la voix dans ma tête reste silencieuse.

Je repère mes instruments. Autour de moi, une cinquantaine de cloches m'attendent, savamment disposées sur ma console, une immense table en croissant de lune. Je fais courir mes doigts sur le verre arrondi. J'inspire profondément. L'atmosphère est calme. Les portes ont été fermées, la pression stabilisée. Je lève un œil au plafond. Le public est nombreux, ce soir. Parfait.

D'une pichenette sur une jarre en métal, j'annonce le début de ma performance. Je me tourne vers la gauche et entrouvre l'un de mes pots à miracle.

Un effluve d'herbe s'échappe, frais et léger. Éphémère.

Je soulève à nouveau cette cloche, ainsi que deux autres. Premier bouquet. Accord de feuilles tendres sur note d'humus affiné.

Je laisse le parfum courir sur les ailettes de mon nez, remonter mes narines. Une subtile pression aux articulations de ma mâchoire m'indique qu'au-dessus de moi, le public est attentif. Leurs ultra-sons titillent mes os malgré le casque.

J'expire, tourne sur moi-même, dévoile en rythme une autre série de caches aromatiques. Les odeurs s'enlacent, s'entremêlent en un concert olfactif. J'accélère, passe au vrai premier tableau. Mes pensées quittent la scène alors que les parfums m'envoûtent. Une base musquée et boisée, rehaussée d'un zeste d'acidité lactique et accompagnée d'une pointe rocheuse. Je suis dans les immenses cavernes de la planète ArEs3 dont FalthazarS m'a tant parlé.

Je laisse les senteurs infuser pour que mon public en apprécie toute la subtilité. Puis j'attrape mon éventail et disperse les derniers traits de mon tableau. Après l'échauffement, il est temps de montrer de quoi je suis capable.

Je joue avec mes cloches, libère au gré de mon inspiration les effluves capiteux de mes pots à épices. La cannelle danse avec le poivre et la muscade, saisit par surprise mon auditoire, que je transporte dans la chaleur du désert de la planète Tat'N. J'enchaîne avec des compositions plus travaillées, dépose ici une goutte d'eau sur un morceau de bois sec, passe là ma main dans une mousse fraîche, secoue une gousse de kappa, relâchant un délice qui fait jaillir derrière mes paupières des paysages grandioses. Les ultra-sons ébahis de mon public courent sur mes bras dans un frisson d'exaltation.

On dit que l'odorat est le seul sens commun à toutes les espèces de la galaxie. Probablement parce qu'il est le plus simple, le plus moléculaire. C'est de la chimie, et la vie, qu'est-ce sinon de la chimie ?

Enveloppée dans mon manteau de parfums, je voyage de scène en scène. Je suis attentive à mon public, certes. Mais ces concerts représentent avant tout mon bol d'air, mon évasion. Oubliés les murs de métal de la station, les lumières artificielles, les espaces saturés de monde et d'objets. Le tableau final approche. Mon préféré. J'ouvre et referme rapidement de minuscules fioles où s'épanchent des fleurs aux couleurs vives. C'est un cadeau que j'ai durement gagné auprès d'un phytecte, ces aliens aux allures d'arbres à lianes, et leur parfum est semblable à nul autre pareil. Subtil et délicat, il dessine derrière mes paupières un cocon douillet. Une boule de chaleur se loge entre mes omoplates, dévale ma colonne, détend ma nuque. Ma respiration se calme. Je me sens bien. Figée dans l'instant, soulagée que le temps se soit arrêté.

Ce concert est mon œuvre d'art.

À… l'ai…de…

Surgie de nulle part, une voix rompt ma transe. J'ouvre les yeux, et les odeurs perdent leur intensité. Je referme aussitôt les paupières, renifle bruyamment. La note d'aubépine mêlée de résine me rappelle ma partition. Je reprends le fil, évacuant la frustration qui menace de me faire louper mon splendide final. Je dois rester concentrée !

À l'aide !

Une fiole m'échappe des mains et se brise au sol. Je regarde autour de moi, perdue. Qui crie ainsi à l'aide ? Mais derrière la pénombre, je sais qu'il ne peut y avoir d'humain ailleurs qu'avec moi, sur scène. On n'a jamais vu personne suspendu au plafond avec les aths !

Le poivre me monte au nez, au sens propre du terme. Vite, j'étouffe l'odeur en jetant l'une des méduses fluorescentes sur l'épice. Je saisis mon plus gros éventail, fais de mon mieux pour disperser les notes trop piquantes. Je regarde mes cloches, perdue. Ma mélodie olfactive, coupée en plein élan, est en train de retomber comme un soufflet. Je caresse une fleur, frotte une pierre, tente de rattraper le coup en priant pour que le résultat soit à la hauteur – les aths n'aiment pas être déçus, Patron encore moins. Le vertige me prend, la scène tangue. Un haut-le-cœur remonte des remugles acides de mon estomac. Je panique. Vomir ici serait la pire des catastrophes, la fin de ma carrière. Je ferme les yeux, scelle ma bouche et enchaîne rapidement les ultimes accords de ma pièce.

Des acouphènes déstabilisent un peu plus mon équilibre. Épuisée, je me jette sur la dernière cloche, la soulève avant de sombrer dans une obscurité tourbillonnante, emportée par les échos d'un appel à l'aide désespéré.

Chapitre 4

Quand je reviens à moi, le visage de FalthazarS emplit tout mon espace visuel. Je papillonne un instant, ravie. Le voir là, si proche, est une marque de confiance inédite. Je me perds dans les volutes colorées de la fourrure sur son front, les motifs complexes d'ocre et de beiges iridescents.

Soudain, le souvenir de mon concert chaotique me fait bondir de la couche où je suis allongée. FalthazarS m'a ramenée dans ma loge. Aux mouvements saccadés de ses queues, je comprends qu'il est inquiet. Les signes qu'il me fait s'accompagnent d'une forte odeur ferrugineuse[3]. J'en saisis les notions principales :

— *Morte/inhabituel/malade ?*

Il est *très* inquiet.

Je bouge les mains et articule les mots que je connais dans sa langue :

— Final/concert… Problème. Envie/vomir… pas/souvenir. Perte/conscience.

Pas de nausée, pas d'arrière-goût dans la bouche. Je me sens bien. Étrange. Face à moi, mon reflet me sourit, rassurante.

Tout va bien. Il y a toujours un peu de bizarre dans la vie, c'est normal.

Je me lève et parcours du regard la loge, à la recherche d'un indice qui expliquerait mon malaise. FalthazarS émet un pet d'amande torréfiée pour marquer son soulagement. Mis à part sa présence incongrue, son corps littéralement plié en quatre pour rentrer dans l'étroit espace, tout est habituel. Mais comment suis-je revenue dans ma loge ? Je ne vois qu'une solution :

— FalthazarS/ramener/Myrina ?

Les neuf queues de mon ami s'agitent à l'unisson.

— *Bonheur/aider.*

Je songe un instant que j'aurais aimé être consciente pour apprécier le trajet, sa peau est probablement un duvet d'une douceur incroyable. Je meurs d'envie de le caresser depuis si longtemps ! Face à moi, mon image éclate de rire.

Pas comme les jiihs, ça, c'est sûr !

Je secoue la tête. Après tout, si je parle à mon reflet, c'est que tout va bien. J'ai depuis belle lurette accepté que ma propre normalité consiste à discourir avec mon miroir. RAS. Mais je suis à peine rassurée qu'une autre inquiétude vient agiter mes neurones. Je me tourne vers mon ami.

— Réaction/public/Patron ?

Cinq queues frappent le sol énergiquement, accompagnées d'un effluve acide.

— *Pas content/recette cinq pour cent/inférieure.*

Je me mords les lèvres. Je vais être en dette. Je devrai me débrouiller au prochain concert pour rattraper ça, car je ne touche un pourcentage des ventes qu'au-dessus d'un certain seuil ; en dessous, si ce n'est pas assez, c'est à moi de rembourser. Système pourri.

Soudain, j'avise la couleur de la veilleuse. Vert malachite[4] !

C'est sûr, t'as fait un bon dodo, Myri' !

J'ôte vite ma chemise de concert, ramasse mon sac tout en essayant de signer :

— Rentre/retard. Parents/pas contents !

Mes parents pensent que je pourrais disparaître en un claquement de doigts. Résultat, ils passent leur vie à contrôler où je suis, à me demander par où je vais et avec qui je partage le chemin de l'école. Réussir à déjouer leur surveillance pour mes concerts a exigé beaucoup d'efforts et l'aide de Prof. Une complicité chère payée, vu qu'il prend vingt pour cent de mes revenus. Même si je me sens le dindon de la farce de tout cet arrangement, pour rien au monde je ne voudrais renoncer à mes seuls moments de plaisir. Je traverse la cuisine en secouant les mains pour saluer :

— Merci ! Cuisson/favorable.

Mon ami ondule jusqu'à ses fourneaux adorés en me faisant signe des queues. Une chaleur toute douce démêle le nœud de mon estomac. C'est la première fois qu'un alien prend soin de moi.

*

Mon sac sur l'épaule, je m'extirpe de la passerelle qui donne sur l'arrière-boutique du bar et fonce vers l'artère principale, avant de me figer. Par la Terre ! Un convoi entier d'octopodes bloque la rue. Une fête du cent-vingt-cinquième-cycle-de-l'exode ou un rituel pour-faire-fleurir-les-mâles, je ne sais pas, mais ça fait un boucan d'enfer et ça occupe toute la place. J'ai beau être petite, me faufiler entre leurs gigantesques pattes qui cliquettent sur le sol ne va pas être possible. Elles sont trop nombreuses, et en plus elles portent des traînes flamboyantes qui m'attraperont aussi sûrement qu'un poisson dans les filets d'un sirun.

Un coup massif me projette contre le mur de la rue. L'octopode qui m'a bousculée soulève sa pince chitineuse et caquette :

— Djeket *! Kij'rohan, daltapir'houna !*

Je me frotte l'épaule en ronchonnant tandis qu'elle continue son chemin. « *Djeket* » est bien l'un des rares mots que les espèces capables de vocalises arrivent toutes à prononcer, sans exception.

Ils l'utilisent pour nous les humains. « Tueur de planètes ». Comme si j'avais une quelconque responsabilité dans les conneries de mes lointains ancêtres. Je suppose que le reste de la phrase n'était pas là pour me souhaiter bon anniversaire. Un parfum âcre d'au revoir vient me confirmer toute la satisfaction qu'aurait eue ladite importune à ne pas me trouver sur sa route. Alors qu'elle me tourne le dos, j'entraperçois mille de mes reflets s'indigner dans les pampilles qui décorent sa robe.

Qu'elle tombe dans un trou noir !

La réplique m'arrache un petit rire. Je me ressaisis et rebrousse chemin. Les passerelles transverses m'obligent à faire un détour, mais vu le capharnaüm ici, j'irai quand même plus vite.

Je grimpe sur le niveau supérieur grâce à une des nombreuses échelles qui tapissent les parois de la station. Les rares ascenseurs sont réservés aux adultes, et il y a plus de risques de se faire écraser par un phytecte trop feuillu pour rentrer dans ces capsules que de tomber d'un barreau.

À défaut d'être gracieuse, je suis agile : j'escalade, tourne, redescends, rapide et silencieuse. Les passerelles forment un dédale de rues parallèles plus ou moins fréquentables, et mes parents mourraient définitivement d'apoplexie s'ils savaient que je mets les pieds ici. Plus de soleil artificiel ; seules des veilleuses diffusent leur halo vert aux teintes orangées, me rappelant incessamment mon retard. Mille et une odeurs agressent mes narines, entre fumets d'arrière-cuisines âcres, restes de détergents chimiques et composts trop fermentés. Je tente de les ignorer et continue mon chemin en évitant les silhouettes, tantôt humaines tantôt aliens, qui trouvent dans la pénombre une protection à quelques échanges tout aussi réglementaires que mes propres concerts.

Alors que j'observe un mur à la recherche du symbole indiquant le quartier H, une nausée me plie en deux. Je m'arrête et respire un bon coup, mais les fumets des cuisines aartites au-dessous de moi me remuent l'estomac. Qu'importe, je dois rentrer au plus vite. Je plisse les yeux pour déchiffrer le panneau de circulation lorsque j'entends un appel.

À l'aide !

Soudain, le final de mon spectacle me revient en mémoire. C'est la même voix ! Je tourne sur moi-même, observe les lieux. À droite, la passerelle s'enfonce dans une rue anonyme, où quelques devantures crasses reflètent la lumière orangée. À gauche, une façade sans ouverture, un logo identifiable sur ses murs. Un centre de recyclage.

La... benne...

Pas de doute, la voix vient de là. J'hésite un instant, puis me mords la lèvre. Aucun alien ne pourrait crier aussi distinctement dans ma propre langue. Un humain est dans la mouise.

Le cœur battant, je me dirige vers le bâtiment. Je n'ai jamais sauvé personne. Trois étages plus bas, une loupiote marque l'entrée qui sert à trier les déchets. Je descends, m'approche des diverses ouvertures. Je tends l'oreille. Rien.

— Y a quelqu'un ?

Je jette un coup d'œil dans la rue. Personne. Je me penche sur un trou et tente, plus fort :

— Ohé ! Y a quelqu'un ?

Ma voix résonne dans le volume de la benne. Sans réponse. Je fais le tour des différents hublots qui récoltent les déchets. Fibres, métaux, composites... Il y en a pour toutes les formes et toutes les odeurs. Je me bouche le nez. Les cases sont assez grandes pour qu'un enfant sans surveillance bascule au travers. Je frémis. J'espère que personne n'a chuté au milieu des bris de verre. Je n'ai aucune compétence pour recoudre des blessures.

Tiss... uuuu...

Je me précipite sur la case à fibre, électrisée par l'appel. La voix est faible, enfantine. Je passe la tête par l'ouverture. Ça pue la sueur et la poussière, et on n'y voit que dalle. Je tente de rassurer le gamin :

— T'inquiète pas, petit ! J'arrive !

Je farfouille au fond de mon sac. Entre mon miroir de poche et mes mouchoirs, j'ai une lampe de secours. Au départ, Patron n'avait pas pensé à mettre de la lumière dans ma loge, j'ai dû apporter la mienne, chèrement échangée contre la solution d'un devoir à un camarade de classe. Je pointe le faisceau dans la benne. Des monceaux d'étoffes aux formes variées dessinent des silhouettes en trompe-l'œil. C'est bien ma veine.

— Où es-tu ?

L'absence de mouvements ne me laisse pas le choix. Je me faufile par l'ouverture, tortille des hanches pour passer et chute la tête la première dans le ventre mou des vêtements déchirés.

Pouah, quelle puanteur !

J'avance tant bien que mal sur les monticules de textiles encore imprégnés d'exhalaisons corporelles. On dit que les humains empestent – la faute à notre odorat pas assez sensible, paraît-il – mais pas mal d'aliens nous concurrencent haut la main. Je me pince de nouveau les narines. Pas question d'abîmer mon précieux nez avec ces remugles acides.

— Ohé ! Petit, t'es où ?

Je balaie mon faisceau lumineux, mais j'arrive au fond de la benne sans rien avoir trouvé. J'ai le souffle court, à crapahuter dans la masse fuyante des déchets.

— Hey ! T'es où ? Fais-moi signe !

Le silence de plomb me fait douter. Ai-je bien entendu ?

Je continue d'examiner la poubelle de long en large, tandis qu'une colère exaspérée roule dans mon ventre. C'est tout moi, ça ! Ça ne me suffit pas de parler avec mon miroir, maintenant, j'entends des voix dans le noir.

Je me mords la lèvre jusqu'au sang, furieuse contre moi-même. Au moment où, à moitié asphyxiée, je vais ressortir, mon pied heurte une balle qui dévale le monticule de fringues usées. Intriguée par ce mouvement, je m'approche. Sous le faisceau de ma lampe, une boule pleine de plumes sales et déchirées. Un jouet ? Un alien ? Je tends une main tremblante. Je la touche un bref instant. À peine tiède. Immobile. Inodore.

Je renifle de plus près pour en être sûre. Les relents ambiants n'ont pas de prise sur ce petit ballon, à peine plus gros que ma main. Il ne sent rien. Quelle est cette magie ?

Je la saisis, la fais tourner entre mes doigts. Pas de bouche, pas d'yeux, rien de rien…

J'hésite. Et si ce truc était un désodorisant naturel ? Ça pourrait m'aider. J'ai l'habitude de ramasser tout ce qui est assez odorant pour servir à mes concerts – écailles séchées, marc de cafeh, couches imbibées… car bien sûr, c'est à moi de payer mes « instruments » de spectacle.

Je fourre la balle dans mon sac et, désormais convaincue d'avoir perdu du temps à sauver un fantôme, je me hisse au travers de l'ouverture. Mon pantalon se déchire à mon passage. Cette soirée est aussi pourrie que l'haleine d'un aartite !

Je me rétablis au sol, me relève et me secoue. Au moins, vu l'odeur qui me colle à la peau, je vais pouvoir justifier mon retard sans mentir. Sur la porte d'en face, mon image tempère, légèrement accusatrice.

Presque sans mentir.

Je hausse les épaules, ignorant l'amertume qui pointe au fond de ma gorge. Mes parents ne connaissent pas assez d'humains pour se rendre compte que l'enfant que j'ai sauvé n'existe pas. S'ils me faisaient confiance, je n'aurais pas besoin d'inventer des bobards. Chacun sa part de responsabilité.

Je repars en courant, mon sac à peine plus lourd avec la boule de plumes.

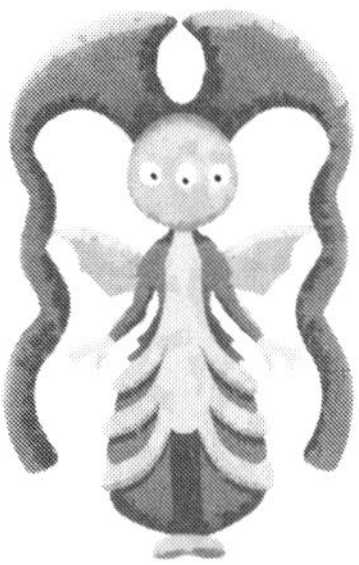

Chapitre 5

— Eh, regardez, Bouboule s'endort sur son bureau !

J'adresse un signe on ne peut plus clair à Auguste pour lui signifier à quel point je me contre-fiche de son avis. J'ai déjà bien assez de problèmes pour me préoccuper de son besoin puéril de rabaisser les autres. Le premier de mes soucis étant de garder les yeux ouverts, le second de convaincre mon petit-déjeuner de rester sagement au fond de mon estomac.

Forcément, en rentrant hier en retard avec des fringues puant les ordures, j'en ai pris pour mon grade. Non pas que maman, dont l'odorat a été réduit à néant depuis qu'elle travaille à l'usine d'épuration, ait remarqué le délicat fumet qui se dégageait de ma tenue. Par contre, elle était aussi cramoisie que la loupiote qui dénonçait la teinte indue de mon retour. J'ai été accueillie par un chapelet d'injures mêlé de pleurs qui feraient rougir des lléruniens. Sur la surface polie du dossier de mon voisin de devant, mon image compatit.

C'était pas agréable...

Je ne comprendrai jamais mes parents. Mon père a la bouche en cœur face aux aliens, ma mère me répète qu'ils ne sont pas méchants, mais à la moindre seconde de retard, je suis grondée comme si j'avais risqué ma vie. Expliquer que j'avais pris du temps pour aider un enfant à retrouver son chemin n'a rien changé.

Comme si les autres humains n'existaient pas pour eux.

Forcément, je me suis énervée. Comme d'habitude, papa s'est tu, laissant maman m'inonder de déclinaisons diverses et variées des pseudo-menaces de la rue pour une juvénile solitaire. Nos voix sont montées, l'air est devenu aigre, comme si nos colères faisaient tourner les tisanes de papa. Bien sûr, ça s'est achevé sur un implacable « si c'est comme ça, les cours du soir, c'est terminé ! » J'ai tempêté, hurlé à l'injustice, argumenté que sans ça, mes chances de faire carrière allaient s'évanouir, je leur ai fait miroiter l'appartement plus grand que je pourrais prendre pour toute la famille une fois mon diplôme en poche, je leur ai même dit que le maître me prédisposait à des postes jamais atteints par des humains chez les phytectes, rien à faire. Ma mère se fout que l'on vive à quatre dans huit mètres carrés, que je passe mes nuits à retrouver des clones jiihs au fond de mon lit et que je n'ai pour tout horizon futur que l'allée H. Tout ce qui lui importe, c'est que je sois rentrée à la bonne teinte, point barre.

C'est vraiment pas juste.

Autant dire qu'une fois couchée, je n'ai pas trouvé le sommeil. Ce matin, maman était encore rouge de colère et ne m'a même pas adressé la parole. Je me suis habillée en silence, j'ai avalé vite fait un jus de sal'hades et trois biscottes et je suis partie sans un au revoir.

Après tout ça, j'ai du mal à suivre les explications soporifiques de Prof sur le processus de digestion enzymatique des phyto-ondes[5]. Je papillonne des yeux, tente de me concentrer. Une nausée me monte à la gorge. Vomir ici serait aussi malvenu que sur scène : la station déteste tout ce qui s'approche d'un parasite, et chasse le moindre miasme. Être malade, c'est risquer quinze jours d'isolement.

Ah non, non, hors de question !

Malheureusement, mon état doit se lire sur mes traits, car Auguste en rajoute une couche.

— Alors bouboule, t'es souffrante ? Tu devrais le dire à Prof, non ?

Lui, il ne digère pas que tu aies eu la meilleure note au dernier exam.

Je daigne adresser à mon exécrable voisin un semblant de parole.

— Ça va, j'ai juste avalé un jiih de travers…

Il se rencogne dans son siège, une lueur mauvaise dans les yeux.

Je n'aime pas ça.

Les lléruniens distinguent mal les couleurs, et Prof ne devrait pas s'apercevoir de ma teinte verdâtre. Mais si l'ordure derrière moi me dénonce, il serait capable de m'envoyer en cellule de confinement.

Auguste lève la main, et mon cœur manque un battement.

Soudain, la porte de la classe s'ouvre abruptement. Un délicat effluve de violette fraîche caresse mes narines.

Insidieux piège… Méfie-toi.

Je sais ce qui arrive derrière ce parfum innocent, et mes jambes tremblent alors qu'un énorme guepicte s'encadre dans l'ouverture. Je déglutis à l'unisson de mes camarades face à la toison d'aiguilles affûtées comme des poignards qui recouvrent d'incassables plaques ventrales. L'alien est un croisement entre un porc-épic violet et un rhinocéros à cinq cornes et autant d'yeux, dispatchés sur une face asymétrique. Un frisson de dégoût dévale nos échines. Quatre bras courtauds terminés par des griffes crochues se mettent à cliqueter en rythme, accompagné de grognements sourds. Le guepicte s'adresse visiblement à Prof.

De quoi ils peuvent bien causer ? De nous ?

La classe entière retient son souffle. C'est la première fois qu'un alien vient perturber un cours.

J'aurais préféré un jiih, pas toi ?

Quand la conversation s'arrête, Prof appelle :

— T'hin', Lucrèce, Jin, M't'fou, Auguste, Eyou, vous partez avec Kl'KeqU.

Mes camarades virent au blanc. Tout le monde se regarde sans moufter. Ça sent l'arnaque. Dans mes entrailles, le petit-déjeuner s'embrase. On bosse déjà tous les après-midi à nettoyer les rues gratos, soi-disant que ce sont des « travaux éducatifs », ils veulent aussi nous réquisitionner pour autre chose ?

Prof fait signe aux désignés volontaires de s'activer. Un électrochoc secoue Auguste, dont la superbe a glissé au sol comme s'il s'était fait dessus.

Un instant, j'hésite à aider mes copains – encore un coup à passer pour une *intello*. Les mines apeurées autour de moi me convainquent. Je prends mon sourire le plus innocent pour questionner Prof.

— *Ter Dissous*, mes camarades seraient plus efficaces s'ils savaient comment ils doivent contribuer.

Ter Dissous, c'est le titre honorifique de Prof dans sa propre langue. Il adore quand je l'appelle comme ça. « Contribuer » et « efficace » sont deux mots-clés sur la station. J'ai mis toutes les chances de mon côté pour obtenir une réponse. Prof a déjà le nez dans sa tablette, mais nous gratifie d'un semblant d'explication :

— Il y ' besoin de main-d'œuvre ' l'usine d'épur'tion. Les plus forts de l' cl'sse pourront netto'er les filtres. C'est un bon 'pprentiss'ge.

— Et la fin de la leçon ? s'étrangle Auguste, qui a tout autant que moi l'échéance de l'examen phytecte en tête.

Prof secoue ses deux queues de concert, une façon de dire que ça n'a pas d'importance. Le guepicte réclame son dû en s'ébrouant. Son mouvement résonne dans la classe, carillon de fer. Mes camarades sursautent puis se lèvent enfin, rassemblent leurs affaires et sortent en tremblant.

Le maître reprend son cours comme s'il ne s'était rien passé. Je bous sur place. Mon reflet vire au rouge.

C'est tout ? Genre on a besoin de main-d'œuvre, allez-y, servez-vous ?

Je secoue nerveusement les pieds, triture mon stylet. Je suis parfaitement réveillée, mais je n'arrive plus à suivre les explications de Prof. L'indignation a chassé mon mal de ventre. J'aimerais me lever, me révolter, hurler qu'on n'est pas des marchandises à disposition.

Malheureusement, je sais ce qui m'attend si j'ose ne serait-ce que lever le petit doigt. Des semaines de corvée de punition, mon père en larmes et ma mère en colère.

C'est injuste.

D'un coup, je pense à maman rentrant hier soir, épuisée et déconfite. Le lien avec la scène que je viens de vivre me saute aux yeux.

Que se passe-t-il à la station ?

Un désagréable pressentiment me serre la gorge. Tout ça sent mauvais.

Et quand il s'agit de flair, on peut dire que tu en as un bon, Myri' !

*

La passerelle qui dessert mon étage est déserte. La légère luminescence du métal amplifie l'effet vertigineux de cette droite presque sans fin. D'habitude, les silhouettes des travailleuses qui discutent après une journée harassante coupent la perspective, saturant le faible espace du piquant de leur sueur. Ce soir, je n'ai pas besoin de jouer des coudes pour me frayer un chemin jusqu'à notre appartement. Un mauvais pressentiment pulse dans mon ventre au rythme de tambours d'exécution.

À peine suis-je rentrée que mon père se jette sur moi, faisant valdinguer la dizaine de bébés jiihs qu'il portait sur ses genoux. Il m'enlace précipitamment, me serre contre lui à m'en couper le souffle. Je me raidis.

— Qu'est-ce qui se passe, papa ?

La pression autour de mes épaules s'accentue. J'entends son cœur cogner contre sa poitrine. Trop fort. Il soupire de soulagement.

— J'avais peur qu'ils t'aient choisie pour remplacer ta mère à la station. Ce lieu n'est pas fait pour toi…

Mon sang se glace.

— Remplacer maman ? Il lui est arrivé quelque chose ?

Le regard de mon père s'embue. Derrière lui, je distingue la silhouette de papy, la tête baissée. Papa hoquette.

— Les guepictes ont arrêté ta mère et son équipe. Il y a un problème avec l'épuration de l'eau…

— Un problème ? Quel problème ?

— On ne sait pas vraiment. Quelqu'un a déposé une plainte, maman et ses collègues ont été interpellées et conduites en prison.

Mon cerveau déraille. La panique me submerge.

— En prison ? Comment ça, en prison ?

Je ne savais même pas qu'il y avait une prison. Mon père tente de me calmer.

— Je suis sûre qu'elles sont bien traitées. Les aliens sont intelligents. J'utilise le mot « prison », mais tu sais, c'est plus subtil que ça, avec eux. Elles ne risquent rien.

Je ne suis pas convaincue, mais mon père ne me laisse pas l'espace pour tempêter et continue dans sa lancée.

— C'est juste une détention provisoire, le temps de l'enquête. Ça ne va pas durer. Tout est sous contrôle, ils suivent juste la procédure légale. La plainte est consultable sur le phytonet, c'est juste que…

Qu'on ne peut pas lire le phytonet. La voix de mon père grimpe dans les aigus et mange la fin de sa phrase. Qu'importe. Toute l'horreur de la situation me saute aux yeux. La communication officielle sur Station Symbiose est un mélange complexe de graphèmes et d'hormones qui jaillissent de nos tablettes. En vain. Même mon nez est incapable de différencier les subtilités entre une molécule et une autre. Les aliens ont développé un langage, le symbiosimple, que nous pouvons lire… mais il n'est utilisé que pour la base du quotidien. Pas pour le système judiciaire. Jusqu'à présent, ça ne m'empêchait pas de dormir, mais soudain, les conséquences me font froid dans le dos. Ma voix se coince dans ma gorge.

— Tu… tu veux dire que personne ne sait pourquoi elles sont… en prison ?

Mon père tente de rationaliser.

— Aucun humain. Mais les aliens connaissent les tenants et aboutissants. Ils ne font rien au hasard, c'est encadré par des lois.

Le dégoût me hérisse le poil.

— Elles sont forcément accusées à tort ! Maman se donne beaucoup de mal pour son travail !

— Elles ont peut-être enfreint une règle oubliée, ou se sont trouvées face à un cas exceptionnel et n'ont pas pu réagir correctement…

La révolte me brûle le ventre. Je crie :

— Je n'y crois pas une seule seconde !

Mon père grimace comme s'il venait d'avaler une larve aartite.

— On ne peut pas savoir, Myrina. Il y a forcément un malentendu qui va s'éclaircir, et ta mère reviendra d'ici quelques chromas…

Quelques chromas ? Attendre « quelques chromas » sans savoir ? Il plaisante ? Je ne veux pas passer une seule nuit sans maman ! J'essaie de me calmer et trouver une solution.

— On peut demander aux guepictes de nous expliquer, non ? Tu as un traducteur, tu peux leur parler ?

Une fois adultes, humains comme alien se font implanter un organisme microscopique dans le cerveau, un glot, qui s'occupe des traductions interespèces. Mais mon père détourne le regard, gêné.

— Ça ne se fait pas. Les aliens vont croire qu'on ne leur fait pas confiance.

Je m'énerve.

— On s'en fout ! Si maman est en prison, on a bien le droit de comprendre ! Comment peut-on prouver son innocence sans ça ?

Papa pose ses coudes sur la table et son front dans ses mains, dépité.

— Nous avons accepté de nous conformer aux règles qui régissent Station Symbiose en arrivant ici. Remettre en cause la justice des aliens aurait de graves conséquences.

— Qui a donné son accord ? Nos arrière-arrière-grands-parents ?

Mon père lève vers moi un regard suppliant.

— Myrina… Les aliens sont plus doués que nous. Ils ont plus de connaissances, plus d'expériences, plus de recul. L'innocence de ta mère sera bientôt prouvée, j'en suis sûr. Il faut juste attendre.

Je déglutis de rage, et ma salive est comme un oursin qui râpe ma gorge. Quelques mètres plus loin, coincée dans le petit miroir rond de mon lit, mon reflet tente de m'avertir.

Attention, Myri', tu vas déborder…

Mais l'indignation me submerge. Je vomis des paroles amères :

— Tu veux dire que maman est quelque part enfermée sur cette station et que tu ne lèveras pas le petit doigt ne serait-ce que pour demander à lui parler ? C'est ça, l'amour ?

Les yeux de mon père s'humidifient. Les derniers haillons d'autorité glissent de ses épaules au sol. Son dos se voûte tandis que les larmes coulent le long de ses joues, attirant une flopée de bébés jiihs à ses pieds.

Douche bonus ! Ils n'ont AUCUN respect.

Je reste figée, clouée par la rage. Papa renifle, se lève et tend les bras vers moi.

— Je suis désolé, ma puce…

Je recule, les pommettes brûlantes.

— Mais quoi, papa, bats-toi !

Il se rassoit sur la table, le visage entre les mains. La colère me consume de l'intérieur. Je saisis le sac que j'avais laissé tomber à terre et ouvre la porte.

— Puisque personne ne se bouge, je vais me débrouiller toute seule pour sauver maman !

Et avant que papa ait eu le temps de me retenir, je fonce dehors.

Chapitre 6

J'avale ma salive bruyamment.

Il n'a pas l'air commode, ce gardien.

Il m'a fallu une teinte entière pour trouver la prison. J'ai bien tenté de demander mon chemin, mais les rares aliens qui m'ont comprise m'ont ordonné de nettoyer la rue plutôt que de les importuner. Je me suis trompée quatre fois de route, j'ai traversé des passerelles brinquebalantes, des tunnels tapissés de mousses fluorescentes, des entrelacs d'échelles labyrinthiques. La colère qui bout dans mes muscles m'a donné la force d'aller vite, mais là, face au guepicte de trois mètres de haut qui garde l'entrée de la prison, je me dégonfle comme un ballon trop usé.

Il est gentil, tu crois ?

Les lames affûtées qui couvrent son dos grincent sur le plafond ; il est tellement grand qu'il doit se courber pour tenir dans l'alcôve. Les plaques violettes superposées les unes aux autres sur son torse oscillent à chacune de ses respirations. La présence de mon reflet, nette sur un panneau d'affichage vitrifié, ne me rassure pas assez pour tenter quoi que ce soit.

Beurk ! C'est quoi ce truc sur son côté droit ?

Un nodule[6] rose poupin parsemé de pustules blanches s'est frayé un chemin entre les plaques et les pics, débordant en bulles baveuses. Je fronce le nez. Ça ne sent pas bon. Dans les deux sens du terme.

Tu n'as pas fait tout ce chemin pour rien. Courage, Myri', tu peux le faire !

Je respire un grand coup, mets mon badge « juvénile » en vue sur mon torse et avance timidement.

— Hum… excusez-moi ?

Le guepicte ouvre cinq yeux violets aux pupilles étoilées. L'effet est étrange. Il ne bouge pas. J'ose un pas de plus.

— C'est ici, la prison ?

Des paupières remontent du bas vers le haut. Je l'ai interpellé. Je continue en articulant et en signant des mains.

— Vous parlez le symbiosimple ?

Il ne réagit pas. Je ne sais pas quoi faire.

À défaut d'autre chose, j'avance un pas de plus, sans paraître trop impressionnée par les fils aiguisés des pics. Soudain, le guepicte se penche vers moi. Un cri m'échappe alors que les cinq cornes effleurent ma joue. Les pupilles étoilées m'envoient une claire et scintillante menace et, tandis que mes jambes jouent les castagnettes, deux plaques ventrales s'entrouvrent et expulsent un gaz irritant. J'éternue.

Pouah ! C'est infect !

Le temps que je retrouve mes esprits, le gardien m'a tourné le dos et s'est encastré dans la porte. Je ne vois plus qu'une pelote de pics prêts à s'éjecter vers moi et m'empaler sur la paroi.

Comment tu veux discuter comme ça ? s'indigne mon reflet, qui tape les bords de son panneau comme si cela pouvait réveiller le malotru.

La fatigue et le découragement s'abattent sur mes épaules. Je me laisse glisser contre le mur, dépitée. Si j'attends, peut-être que quelqu'un entrera ? Peut-être que je pourrais le suivre ?

Les teintes passent, et rien ne bouge. Les aartites déambulent en traînant une odeur de café brûlé, les membres chitineux des octopodes cliquettent sur le sol, accompagnés du *flop-flop* doux du vol des aths. Le flot des aliens coule à côté de moi sans une once de perturbation. Régulièrement, un « *djeket* » dédaigneux tombe de leur bouche. Je suis prostrée, assise sur le côté de la rue, et tout ce que je récolte, ce sont des injures racistes.

La faim réclame bientôt son dû, bataille sa part d'estomac avec la nausée qui, petit à petit, revient. Mes viscères mènent leur propre vie, aussi indifférentes à ma douleur que les passants. Pour couronner le tout, je commence à trembler. La température de cette section est plus fraîche que la mienne, et l'immobilité ne m'aide pas à me réchauffer.

Dans le trou noir qui a avalé mes pensées, l'image de mon père réapparaît. Un frisson de colère électrise mes nerfs. Comment les adultes peuvent-ils rester les bras ballants ?

Je songe que, malgré ma détermination, je ne suis pas plus avancée que lui. Si nous étions plusieurs à nous tenir ici, les aliens daigneraient-ils répondre à nos questions ? Au loin, mon reflet baisse les bras.

Non. Djeket. *Nous ne sommes pas plus intéressants que les déchets que nous traitons…*

L'injustice de la situation me déchire. Je pense à maman, à notre dispute. Mes larmes tombent par terre dans un ploc sonore. Je ne lui ai même pas dit « bisous » en partant. C'est le premier matin de ma vie où je n'embrasse pas ma mère. C'était peut-être le dernier où je la voyais. À cette pensée, une vague de douleur me submerge, envoie valser mon cœur au fond de mes talons. J'enserre mes jambes de mes bras et laisse couler les pleurs qui débordent.

Tu vas trouver une solution, Myri'. Courage.

J'oublie la notion du temps. D'étranges petits rampants à fourrure viennent lécher mes larmes tombées au sol, puis disparaissent aussi vite qu'ils sont arrivés. Mais à part eux, personne ne s'arrête. Personne ne s'inquiète d'une juvénile humaine qui traîne sur la route. Personne ne m'aidera. Le guepicte n'a pas bougé d'un pic.

Épuisée, je ramasse mon sac et fais demi-tour.

*

Quand j'arrive, papa se précipite sur moi. Sans un mot, il m'enserre de ses bras en sanglotant, les yeux rouges et le visage gondolé d'avoir trop pleuré. Je me laisse faire, partagée entre le soulagement et l'amertume. Il n'est même pas sorti de notre appartement pour me chercher. Ses lèvres balbutient une prière :

— Je… je… ne veux pas te perdre, Myrina.

Ma voix crisse sur les murs.

— Puisque les aliens relâchent les innocents, je ne risque rien, si ?

Mon reflet se crispe.

Tu y vas un peu fort…

Un hoquet silencieux me sépare de mon père. Il détourne le regard, indécis, presque honteux, et mon cœur se brise en morceaux, incapable de choisir entre la colère et la compassion.

Dans leur fugue gênée, les prunelles de mon père rencontrent l'horloge et s'y accrochent comme un naufragé à une bouée.

— Dans deux teintes, tu as école… Il faut que tu te reposes.

La fatigue abat sa poigne sur ma nuque. Je ploie et enterre la hache de guerre. Je me glisse tout habillée dans les draps désespérément froids. Comme si l'absence de maman se ressentait jusque dans les fibres rêches de la couverture végétale.

Une main apparaît au-dessus de ma tête. Sur le lit du dessus, papy a attendu mon retour. Je la serre, et sous le regard compatissant de mon reflet, laisse les ténèbres de l'épuisement m'engloutir.

Chapitre 7

Le réveil est un enfer.

Pendant les quelques secondes où j'émerge du sommeil, la bouche pâteuse, je crois avoir simplement cauchemardé. Il me suffit d'ouvrir un œil pour me rappeler qu'il n'en est rien. La table du petit-déjeuner est vide. Maman n'est pas là. Papa, qui est en train de programmer le phyto-ondes, a les yeux rouges et des cernes qui lui mangent les joues. Il évite mon regard, nettoie comme tous les matins chaque recoin de l'appartement. Le voir s'escrimer pour recevoir et garder ces parasites à tentacules roses me fout la gerbe. J'ai envie de hurler, de frapper, de lui dire d'aller chercher maman, de faire quelque chose. Ma rage reste coincée dans ma gorge. Je l'avale, de fatigue. Même mon reflet reste de marbre, épuisée.

Je finis par m'attabler. Pur automatisme. Je fixe mon bol sans le voir. Papa a programmé la meilleure synthèse disponible : mon nez capte une senteur de vanille mêlée de cacao, et le liquide pâteux luit d'une promesse onctueuse et gourmande. Me régaler alors que maman n'a peut-être rien à manger, là-bas en prison ?

Mes lèvres restent closes.

*

— Élèves, interrog'tion surprise !

La voix de Prof me sort de ma torpeur. Je ne sais même pas comment j'ai fait pour aller à l'école. Je fixe le questionnaire qui s'imprime en lettres luisantes sur ma tablette.

« Quels sont les nutriments essentiels à la croissance des sal'hades ? »

Je cligne des yeux. Aucune idée. Dans le dossier de la chaise devant moi, mon reflet s'indigne.

Passez-les au vide, vos damnées sal'hades, c'est pas le moment !

La classe est silencieuse. Encore plus que d'habitude, je veux dire. Les six tables inoccupées de nos camarades se sont volatilisées, avalées par le sol pour que les éléments qui les composent servent à d'autres choses. La technologie phytecte déteste l'espace gâché. La salle s'est réorganisée, cinq colonnes quatre rangs, et le mur du fond commence à bourgeonner. Bientôt, des bacs apparaîtront, permettant la culture de briques d'algues ou de lianes caoutchouteuses. De quoi remplir de longs après-midi de taille et de récolte, pour les plus chanceux d'entre nous…

Humaine, sors de cette pièce.

Je sursaute, regarde autour de moi. Personne n'a bougé. J'ai bien entendu une voix, pourtant ? Je me tourne vers mon reflet, accusatrice. Mon autre moi lève les mains en signe de reddition.

J'ai dû rêver. Je me penche sur ma tablette, un mauvais pressentiment nouant mes entrailles vides.

Humaine, sors de cette pièce.

— Qui ça, moi ?

L'exclamation m'a échappé. Mes camarades se tournent vers moi, surpris. Prof fait claquer ses queues sur le sol.

— 'vez-vous terminé ? Non ?

Humaine, pose le stylo et sors de cette pièce.

Un courant électrique déferle dans mon corps.

— Qui a parlé ?

— Vous, rétorque Prof, ulcéré. Et si vous perturbez le cours, vous finirez ‘ récurer les to’lettes !

Je courbe l'échine et me penche aussitôt sur ma table. Être la chouchoute de la classe ne m'autorise pas à trop d'extravagances. Prof m'enverra aux sanitaires, même si cela abîme mon odorat et que la recette de mon concert – et donc sa part – faiblit. Les aliens détestent qu'on leur tienne tête.

Je ne comprends rien à ce qu'il se passe.

L'épuisement te fait entendre de plus en plus de voix, c'est tout. C'est normal, pas de panique.

Djeket, *lève-toi et marche !*

Sous le coup de la surprise, mon stylo m'échappe des mains. C'en est trop pour Prof qui, d'un coup de langue bien placée, rattrape ledit stylo et me signale la porte.

— Si vous ne s'vez même p's tenir votre crayon, comment voulez-vous aider St'tion Symbiose? ‘llez récurer les t'lettes !

Je proteste vigoureusement :

— Ce n'est qu'une erreur d'inattention ! Je vais être plus soigneuse.

Le regard noir dont j'écope me dissuade d'en dire plus. Autour de moi, aucun élève n'a bronché. Tous ont le nez collé à leur table, prenant bien garde à ne pas se mêler au débat. Il ne fait pas bon de s'opposer aux décisions des aliens. Je me lève en maugréant, saisis mon sac et sors de la classe. Mais à peine suis-je dans le couloir que la voix rejaillit.

C'est pas trop tôt ! Maintenant, à droite.

Je me fige. Je n'ai pas rêvé. Je regarde autour de moi. Un maigre corridor oblong aux parois couvertes de lianes en caoutchouc, complètement désert. À moins qu'une créature se cache dans le mur végétal ? Je tente :

— Y a quelqu'un ?

Non, y a personne. Tu pars à droite et tu arrêtes de poser des questions débiles, djeket *!*

Problème. J'entends des voix. Des vraies, je veux dire.

Tu vas bouger ton derrière, oui ? Fais ce que je te dis !

Un haut-le-cœur me submerge brutalement. Je me précipite vers les toilettes, les lèvres serrées. J'ai à peine le temps d'ouvrir la porte que mon estomac me lâche. Je crache de la bile dans la cuvette. Le goût est immonde. Un second spasme me prend. Je le retiens à grande peine. Déjà que je dois vider les toilettes, si en plus je vomis avant même d'avoir commencé...

Tu ne vides que les lieux et tu files dehors, par Kelket ! Depuis quand les humains n'obéissent-ils plus ?

Je me pince. Ce cauchemar est décidément trop créatif pour être vrai. Maman en prison, papa en pleurs, et moi définitivement folle à lier.

Djeket, *déchet de l'univers ! Je suis ton maître, ta seule volonté. Obéis-moi et sors de ce réduit.*

Je détaille fébrilement les parois brunes des sanitaires, risque un œil derrière la cuvette. Rien.

— Vous êtes où ? Montrez-vous !

Ma voix tremble. Première erreur ; ne jamais laisser voir aux aliens que vous avez peur. Ça les conforte dans leur dédain.

Un second haut-le-cœur me fait embrasser de nouveau les toilettes. Si Prof me surprend, je suis bonne pour la quarantaine !

Pas de quarantaine. J'ai besoin d'un hôte fonctionnel avec toute sa capacité de mouvement.

Mon sang se glace instantanément dans mes veines. C'est pire que ce que j'imaginais.

Tu entends mes pensées ?

Question idiote. Avance !

Si j'étais assise sur une chaise, j'en tomberais au sol.

C'est impossible ! Je n'ai pas d'implant traducteur !

Technologie archaïque pour aliens sous-développés. Tu m'appartiens. Ton corps, tes pensées, tu es mes mains et mes yeux, la manifestation physique de ma volonté. Mesure la chance qui t'extrait de la boue où pataugent tes semblables et sors, maintenant !

Ça va pas, non ? Je suis pas une esclave ! T'es quoi, d'abord ?

Je me creuse la tête, mais aucun alien que je connais n'est télépathe. Les glots, des organismes microscopiques que l'on implante dans les cerveaux pour traduire les langues, peuvent donner l'impression d'entendre des voix... mais ils ne parlent pas eux-mêmes dans la tête des gens ! Et puis, il faut attendre d'être adulte pour en avoir un, et je ne suis pas encore équipée. Je réfléchis, regarde autour de moi.

Je sais ! Tu es un ath qui se cache dans le plafond ?

Comment peux-tu me confondre avec ces primitifs ?

Facile, vous êtes des malotrus.

Une puissante nausée me plie en deux. Cet enfoiré me rend malade !

Soudain, une tornade se déchaîne dans ma tête, envoie mes neurones s'écraser contre ma boîte crânienne et sature mes tympans.

COMMENT OSES-TU PARLER AINSI DE MOI ?

Par réflexe, je porte les mains à mes oreilles. En vain : la voix vient bien de mes pensées. Je réfléchis à toute allure en serrant les lèvres jusqu'à les mordre. Il faut absolument que je trouve où est la bestiole qui me siphonne le cerveau avant de finir lobotomisée.

Mais à quoi peut-elle ressembler ? Si la plupart des aliens sont plus grands que les humains, il en existe de toutes les formes et de toutes les couleurs. Je pourrais en avoir un caché au fond de la poche sans le savoir. Je vérifie, les mains tremblantes. Rien.

Un picotement électrique parcourt mon cuir chevelu. Ma vue se floute un instant. J'ai l'impression d'avoir un jiih enragé dans le cerveau.

Hey, fous pas le bazar partout ! Je tiens à mes neurones !

Une légère suspension – l'intrus m'a entendue. Il renquille son discours, pugnace comme une libace.

Sors de ce réduit et va dehors. Au segment M.

La nausée remonte joyeusement mon œsophage. Je me mords

les lèvres jusqu'au sang. Je dois gagner du temps. Je capitule.

D'accord, d'accord, je sors ! Si tu arrêtes de me faire vomir !

Je ne négocie jamais.

L'énergumène tempête, mais je sens l'écœurement refluer. Je me lève et pousse la porte du couloir.

Tu oublies ton sac. Suis-je vraiment tombé sur le pire déchet des djekets ?

LA pire, je remarque, piquée au vif.

Aucune différence.

La bouche pâteuse et le ventre encore retourné, je renonce à discuter. J'enfile mon sac sur l'épaule et pointe le nez dehors. Personne dans le couloir. Prof va me tuer lorsqu'il verra les toilettes encore pleines. Mais là, tout de suite, j'ai d'autres priorités. Ma survie.

Une décharge électrique descend le long de ma colonne.

Enfin ! Maintenant, à droite !

Je déglutis. Je n'aime pas ce que les émotions de ce truc font dans mon corps.

Mon reflet apparaît, coincée dans la courbe polie d'un portemanteau. Paniquée.

Il faut que tu te débarrasses de ce parasite au plus vite !

Je me fige, prête à encaisser une nouvelle nausée.

Aucune réaction.

Un instant, je retiens ma respiration. Est-il parti ?

Par Kelket, tu avances, oui ?

Je soupire de dépit. Un bref moment, j'ai cru que j'avais rêvé. Mais non. Je jette un œil dans la glace.

Il ne m'entend pas, Myri'.

À peine rassurée, je me glisse discrètement dans le couloir. Je rejoins l'avenue H et cale mes pas dans le flot ambiant d'aliens. Je suis les directions de mon parasite, ce qui a pour effet de stopper ses jérémiades et de me laisser réfléchir. À chaque rampe huilée, chaque panneau vitrifié, dès que la moindre surface renvoie un tant soit peu la lumière, je devine les contours de mon reflet, ombre bienveillante avec qui j'essaie de dénouer la situation. Où l'alien peut-il être caché ? Loin ou près ? Cela dépend de son rayon d'action : les aths se parlent entre eux via des ultrasons qu'ils perçoivent sur plusieurs kilomètres. Si c'est ainsi, je peux le chercher longtemps…

Je m'arrête un instant pour céder le passage à un octopode. Aussitôt, une nausée me prend.

Plus vite !

Deux secondes. Tu veux me faire écraser ?

Silence. Une étincelle jaillit dans mon esprit.

C'est vrai, ça. Si un alien m'aplatit, est-ce qu'on est deux à finir en bouillie ?

Un froid brûlant solidifie mes veines, me coupe la respiration.

A-VAN-CE.

J'ouvre la bouche pour happer l'air, parviens enfin à inspirer. L'horrible sensation s'effrite en un clin d'œil, comme un sort mal ficelé. Il me laisse pantelante, mais déterminée. Je tiens quelque chose. Il n'est pas à l'aise, je l'ai *senti.*

J'avance pour endormir sa méfiance.

Il est avec toi, c'est sûr.

Comment pourrais-je transporter un alien inconnu ? Mes mains farfouillent dans mes poches. Bâton de K'nL odorant, échantillon de menthe écrasé, mouchoir à moitié utilisé… non, rien d'étrange. Si l'énergumène n'est pas plus gros qu'une poussière, il va me falloir trouver une douche de décontamination fissa.

Je renifle sans vergogne, emplis mes poumons de l'air ambiant, fourre mon nez dans ma veste. Chaque espèce a son parfum, peut-être pourrais-je le sen…

Le ballon inodore !

La pensée m'a échappé, sans contrôle. Une crispation muette électrise mon corps. Il m'a entendue. Et pourtant, il ne réagit pas.

Je chauffe.

Je prends une voie parallèle et me réfugie sous une échelle, dans un coin discret.

Ce n'est pas la bonne route. Retourne sur l'allée !

Une imperceptible variation colore ce nouvel ordre – un rien, un gratouillis dans ma gorge, une nausée moins prégnante. Ignorant les récriminations qui fusent, je pose mon sac et farfouille dedans. Comment n'y ai-je pas pensé ? Mes maux de ventre ont commencé avant-hier, quand j'ai suivi une voix inconnue jusqu'à une benne à ordure…

— Je te tiens !

Dans mes mains, la balle à plumes bleues est toute douce. Elle a bien meilleure mine que l'avant-veille. Les trous ont disparu et les plumes, larges et souples, ondulent sous mes doigts comme une caresse. Elle n'a toujours aucune, mais alors aucune odeur. La satisfaction de la victoire ouvre grand le champ de ma curiosité.

— Comment tu marches ? Y a pas de bouche, pas de tentacules, pas d'yeux, rien de rien ! T'es quoi ?

Soudain, une claque intérieure envoie valser mes tripes sens dessus dessous. J'ai le cœur dans l'estomac, les neurones dans les talons. Je tombe à genoux, déboussolée, alors que l'alien tempête dans mes pensées.

Ôte tes sales pattes de moi TOUT DE SUITE !

Par réflexe, je jette la balle à terre. Le mouvement remet les sensations de mon corps à l'endroit.

Mais ce n'est pas assez pour mon tortionnaire.

Ne laisse pas ma beauté à la vue de tous !

Le temps de retrouver mon souffle, et je cache le télépathe bleu à l'intérieur de mon sac. La douleur est passée, mais j'ai l'impression que mon estomac est coincé dans ma gorge. Je tremble. Je cherche désespérément une surface réfléchissante, mais rien. Je reste seule avec mon angoisse. Qu'est-ce que ce truc est capable de me faire ?

Maintenant, à la section M !

Je prends appui sur le premier barreau de l'échelle et me lève doucement pour rejoindre l'allée centrale, clopin-clopant. Il faut que je largue ce parasite sur le chemin avant qu'il ne s'en rende compte et me fasse vomir mes tripes, au sens propre du terme.

J'aperçois le panneau caractéristique des recycleurs dans une rue transverse. À peine visible sur la rambarde laquée du trottoir, mon reflet articule clairement :

Balance-le là d'où il vient.

Je quitte le trottoir roulant, l'air de rien. Mon cœur tambourine à mes tympans dans un vacarme peu discret. Mon ventre se noue.

Qu'est-ce que tu fais ? Ce n'est pas le bon chemin !

Je rassemble ce que je peux de conviction.

Je connais un raccourci.

J'espère que l'hurluberlu n'a pas de détecteur à mensonge.

Il n'y a pas de raccourci, ici. Retourne sur l'allée !

Je serre les dents alors qu'une sensation désormais familière remonte de mon estomac. Je tente le tout pour le tout. Je scelle mes lèvres et prends mes jambes à mon cou en direction de la benne.

NON ! Hors de question !

Mon sang se fige, gelé. La brûlure me coupe la respiration. Des larmes de glace percent mes paupières.

J'ouvre la bouche par réflexe. Inspirer.

La sensation se délite, la chaleur revient dans mon corps. Mes yeux accrochent une vitre teintée. Mon reflet me presse.

Vite, Myri' !

J'avance de trois pas avant qu'un coup au ventre me jette à terre. J'ai l'impression que l'alien fait des nœuds avec mon intestin. Je ferme les yeux, concentrée pour ne pas vomir. Ici, sur la place publique, c'est le prétexte assuré pour me faire quarantainer à vie. Je me fie à mon odorat pour m'approcher du collecteur.

Retourne sur l'allée ! Maintenant !

La puanteur de la déchetterie ajoute à mon supplice. J'entrouvre les yeux. Le bec souillé où chacun déverse le contenu de ses toilettes est là.

Une seconde nausée, plus forte encore, me submerge. Les parois de ma trachée se collent entre elles et me bloquent la gorge. Impossible de respirer.

Je croise les yeux arrondis de terreur de mon reflet.

Je ne vais pas mourir là, si ?

Mes pensées s'effritent. Tout devient flou, et le monde se met à tourner... Tempête ou valse ? Un parfum de lait m'emplit les narines. Un goût âpre remonte dans ma bouche, comme si le lait tournait, caillait… jusqu'au sang ?

Je ne sais plus.

Soudain, la pression se relâche, mes pensées s'éclaircissent. Plus de reflet. Pas le temps de réfléchir. Je reprends mon souffle, avance à quatre pattes, une main, un genou, une main, un genou. Lèvres serrées. Le sol est poisseux. L'odeur, insoutenable. Le parasite, silencieux. J'en profite.

Enfin, je pose la paume sur la paroi froide de la poubelle. La voix de l'intrus revient dans ma tête, comme enrouée. Brusquement suppliante.

Non… ne me jette… pas ! Tu vas me tuer !

Je fixe le broyeur qui jouxte le recyclage. Je réplique, amère :

Et qu'est-ce que tu es en train de faire avec moi ?

L'alien se met à pleurnicher, coupant court avec son attitude précédente.

Je ne veux pas… te tuer ! J'ai besoin de toi, tu ne comprends… pas ? Pourquoi tu n'obéis pas ?

T'obéir ? Mais tu sors d'où, toi ? Je ne suis pas une esclave, et encore moins un jouet. Tu fais quoi, là, de la pâte à modeler avec mes organes ? T'es dingue ou quoi ?

Je profite qu'il ait relâché la pression sur mes intestins pour l'extraire de mon sac. Une véritable terreur s'empare de lui.

Non non non ! Je ne te ferai plus rien, promis, promis ! Me jette paaaaaaaaas !

Dans le bec du broyeur, je distingue par à-coups mes joues rouges sous l'effort, ma frange collée par la sueur sur mon front. Mon reflet clignote, comme s'il était brouillé.

Ce truc est... dangereux... ! Balance-le... vite !

Le rythme implacable des mâchoires du triturateur résonne dans mes os. Je tends la main vers l'ouverture, la boule bleue toute douce dans ma paume. Juste à côté, le bac du recyclage où je l'ai ramassé hier. Un peu moins… définitif, comme solution. J'hésite une seconde. L'alien glisse ses lamentations dans cet instant suspendu.

Je peux t'être utile, très utile ! Je peux communiquer avec toutes les espèces intelligentes, toutes ! Je peux t'aider à rentrer dans la prison pour trouver ta mère.

Maman. Comment sait-il ça ?

C'est-à-dire ?

J'étais là quand tu as essayé de parler au guepicte, hier. Dans ton sac. J'ai tout vu. La gardienne ne connaît pas ta langue, elle n'a rien compris. Je peux être ton traducteur. Je peux te faire rentrer dans la prison.

Tu communiques avec tous les aliens ? Dans leur tête ?

Malgré sa situation précaire au-dessus des mâchoires du broyeur, un sursaut de fierté anime le parasite.

Je suis un télépathe, un vrai ! Le seul, l'unique. Je capte les pensées conceptuelles avant leur transcription en langage. Rien ne m'est impossible.

Je me mords la lèvre. L'offre est tentante…

Mon reflet, inhabituellement translucide, m'envoie un avertissement épuisé.

Il est... dangereux, Myri' ! Jette...

L'alien ne pèse rien, mais mon bras tendu s'alourdit. Mon coude tremble. L'alien perçoit mon hésitation et renchérit :

La guepicte affectée à la prison est en plein bourgeonnement. C'est à ce moment que cette espèce est la plus virulente, c'est pour ça qu'elles font de bonnes gardiennes. Caresse son bourgeon et tu verras, elle deviendra toute gentille. Allons tester, sortons de cette rue infâme, je t'en supplie !

Je sens le piège à plein nez. Mais j'ai besoin d'entrer dans cette prison. Je détourne le regard du bec où mon reflet a disparu, et capitule.

D'accord, on y va. Mais je te préviens, y a des broyeurs partout sur la station. Tu me retournes encore une fois l'estomac et tu finis en purée pour aartite !

Chapitre 8

La guepicte – puisque visiblement c'est une femelle – me toise de haut.

Et maintenant, je fais quoi ?

L'intrus qui squatte mon sac à dos s'est tu tout le long du trajet, et les nausées ont disparu. Je pense très fort à maman, et l'espoir chasse la culpabilité de n'avoir pas suivi les conseils de mon reflet.

Caresse son bourgeon.

Son… quoi ?

Un soupir exaspéré envoie valser mes neurones. Je frémis, écœurée. Je me pince le nez, autant par réflexe que pour éviter de voir mon cerveau couler par là. Le parasite découpe les syllabes au porte-voix dans ma tête.

Son BOU-RE-GEON ! Le juvénile qui pousse sur son côté droit. T'es bigleuse ou débile ?

Pour suivre les instructions d'un alien ramassé dans une poubelle, ça oui, je suis bien débile !

Je t'interdis de te moquer de moi ! Tu n'as AUCUNE idée des épreuves que j'ai dû traverser !

Je vais pleurer, c'est sûr !

Tu veux entrer dans cette prison, oui ou non ?

Je grommelle, bien obligée de revenir à la guepicte qui me fait face. Je l'observe attentivement, détaille le furoncle rose qui émerge tel un cancer sur son côté droit.

C'est un… bébé, ce truc ? Beurk !

Quel toupet ! Tu veux que je te montre à quoi ressemble un accouchement humain ? Vos petits sortent d'un trou humide, couverts de fluides puants et hurlants à réveiller les massal'eths. Vous êtes mal placés pour juger.

Ma main me démange, trop envieuse de coller une baffe à cet alien désobligeant. Mais je me retiens, consciente que je ne suis pas cent pour cent au clair sur le protocole de ponte humaine. Il paraît que c'est l'instant le plus merveilleux de l'existence, mais l'autre jour, il y a eu un accouchement dans le quartier à trois échelles au-dessus de nous, et les cris qui s'échappaient de l'appartement n'avaient pas l'air joyeux. Heureusement, ça n'arrive qu'une fois dans une vie !

Je reviens à ma guepicte, dont les prunelles en étoile continuent de me jauger de loin. Elle m'a reconnue, c'est certain.

Donc je vais, genre, caresser cette pustule rose qui lui pousse entre trois écailles ?

La réponse tambourine mes tympans tel un marteau-piqueur.

*C'est-ce-que-je-viens-de-te-dire-*djeket.

Je m'insurge.

Mais t'as vu la taille de ses pics ? T'es dingue ou quoi ? Tu veux qu'elle me transperce, c'est ça ?

La déception me serre la gorge. L'alien bleu cherche à me tuer pour se venger, c'est sûr. Maman m'a bien appris à ne pas suivre les inconnus, même s'ils sentent bon et qu'ils me proposent des biscuits. J'aurais dû écouter mon reflet et le jeter par-dessus bord tout à l'heure.

Je me retourne et m'éloigne de la prison, furieuse.

Hey ! Qu'est-ce que tu fais ?

J'ai peut-être un badge juvénile, mais je ne suis pas assez naïve pour croire tes sal'hades. Je vais me faire découper en lamelles, si je m'approche !

La voix télépathique devient métallique, comme un rouage crissant sous un grain de sable.

Pour qui tu te prends ? Je connais tout sur cette station bien mieux que toi ! Les femelles guepictes sont plus agressives quand elles sont en pousse, mais si tu te mets son bébé dans la poche, elle sera ta meilleure amie.

Je m'arrête un instant. Un ath passe en trombe et me force à reculer. Je me retourne, observe la gardienne, trois mètres plus loin. Je préférerais serrer maman contre moi plutôt que d'aller risquer ma peau près de ces poignards géants. Mais justement, si je n'essaie pas, je ne verrai plus jamais ma mère. Mon regard accroche le panneau d'affichage qui trône à côté de la guepicte. Mon image s'y matérialise un instant, floue et hachée. Je sens une onde de détermination m'encourager :

T'es pas... une mauviette, Myri' ! Vas-y !

Le soulagement détend mes muscles. Mon reflet ne m'en veut pas d'avoir gardé l'alien. Inspirée par son soutien, j'ai tout à coup une idée lumineuse. Je fais demi-tour tout en basculant mon sac à dos sur mon ventre.

T'es vraiment sûr de toi, je ne risque rien ? Parce que si la guepicte est pas contente, tu seras le premier à ressembler à une pelote d'aiguilles.

Le malotru n'hésite pas une seconde avant de répondre.

Que vous êtes pénibles, les humains, avec vos peurs ! Porte ton cartable où tu veux, du moment que je suis dedans. Je ne suis pas une peluche à exhiber en public.

À moitié rassurée, j'avance lentement vers la gardienne des lieux.

Ne la fixe pas comme ça, voyons ! Il faut que tu regardes le bourgeon, rien que le bourgeon. Fais comme si la mère n'existait pas.

Je grommelle en baissant les yeux.

Ah bah oui, cinq mètres cubes de poignards affûtés comme des dents à oublier, facile.

Tu vois des poignards parce que tu es humaine. Dis-toi qu'un massal'eth ne verrait que de la matière première pour construire une structure de vaisseau.

Oui mais je ne suis pas un massal'eth, moi.

Fais un effort.

Je hausse les yeux d'exaspération, mais ne prends pas la peine de répondre. Faire comme si j'étais une espèce alien que je n'ai jamais vue en vrai… Je suis humaine, point barre.

Cependant, le parasite n'a pas tort sur une chose. Je me concentre sur le gloubi-boulga rose qui jaillit du côté de la guepicte. Des bulbes poupins, luisants de bave, aux plis et replis infinis. Je devine deux globules laiteux sous la membrane, l'un sous l'autre. Je réprime un frisson de dégoût. Des yeux, qui se baladent là comme si de rien n'était. Beurk.

J'avance lentement, évite de lever le regard vers la gardienne. Je n'ai jamais approché une guepicte d'aussi près. C'est grand. Vraiment grand. Genre, deux fois ma taille.

Bon, tu te presses un peu ? On va pas y passer le cycle !

Refusant d'obéir au tyran qui squatte mes pensées, je tends timidement la main vers le juvénile. Un parfum de foin macéré me monte au nez. Je plisse les lèvres de dégoût en anticipant le contact poisseux du bulbe rose poupin. Au final, les bébés jiihs sont plutôt cool.

Alors que je ne suis qu'à trois centimètres du bourgeon, un soubresaut parcourt la guepicte, et les énormes plaques ventrales se frottent les unes aux autres dans un concert de crissement. Je me fige.

Elle vient de tousser, c'est rien !

Je ferme les yeux et tends la main, sans réfléchir.

Le contact du juvénile est étonnant. Doux comme une peluche et lisse comme du métal. Il dégage une chaleur légère, qui se diffuse aussitôt dans ma main et remonte dans mon bras. Son odeur âpre se pare de subtiles notes de crocus séchés. J'expire, prenant d'un coup conscience que j'avais retenu mon souffle tout du long.

La voix nasillarde de mon pseudo-traducteur vient rompre la douceur du moment.

Sors ta bouteille d'eau et arrose-le.

Quoi ?

Je t'explique : je suis dans ton cerveau, et je t'assure, il n'y en a qu'un seul. Un cerveau, une consigne, ça colle. On va pas y arriver si je dois répéter chaque instruction.

L'insulte me passe au-dessus. C'est quoi cette histoire de douche ?

Ça ne suffit pas de le caresser ? La guepicte va pas me laisser entrer ?

Si, mais pour ça, toucher son juvénile ne suffit pas. Il-faut-que-tu-l'arroses, miss cerveau lent.

Tu m'en as pas parlé tout à l'heure, je réplique, méfiante.

Je ne pensais pas qu'elle était déshydratée. Elle doit assurer sa garde depuis trois teintes au moins. Si tu donnes à boire au petit, la mère va se détendre. Crois-moi.

J'hésite. Je jette un œil suspicieux au bulbe que je caresse toujours.

Et je fais comment ? Il n'a pas de bouche !

Tu L'A-RRO-SES ! Tu prends ta bouteille, tu dévisses le bouchon, tu la verses sur le bébé jusqu'à la dernière goutte, tu revisses...

Ça va, ça va, j'ai compris.

Fulminant intérieurement, je retire ma main du juvénile et farfouille dans mon sac pour trouver ma gourde, en profitant au passage pour cogner innocemment la boule à plumes bleues.

Abuse pas ! s'indigne l'intrus.

Je fais comme si je n'avais rien entendu. Au moment de verser l'eau sur le petit, j'hésite.

T'es sûr qu'elle ne va pas prendre ça pour une agression ?

L'eau est précieuse, sur la station. Peu d'espèces sont capables de s'en passer. Même si la guepicte adore les douches, en jeter la moitié par terre risque de provoquer sa colère. Sans compter que je n'aurai plus rien à boire de mon côté.

Mais t'en poses, des questions ! C'est pas la confiance qui t'étouffe...

T'as essayé de me tuer !

Non, j'ai tenté de te contrôler, rien à voir. Et sinon, tu comptes agir avant qu'il tombe de sa mère ou pas ?

Piquée à vif, je verse ma gourde sur le juvénile d'un coup. Un bruit de succion aussi fort qu'un rot de llérunien me fait sursauter. Incrédule, j'observe le bulbe, sec. L'eau a disparu !

Il a tout... absorbé ?

Il n'y a bien que vous, djekets, ***pour gaspiller.***

Sidérée par le spectacle qui s'offre à moi, je ne rétorque même pas à l'insulte. Le bourgeon se met à enfler, poussant les pics et les plaques ventrales de sa mère. Des plis de peau rose apparaissent entre les jointures, enveloppent les éléments de la carapace jusqu'à les recouvrir entièrement. En quelques secondes, la terrible guepicte se transforme en barbe à papa fuchsia, rapetissant de moitié. Des bruits d'air éjecté ainsi qu'une odeur de nourriture macérée ne me laissent pas d'illusion sur le processus.

Elle réduit de taille en... pétant ?

Elle se détend. Elle va t'ouvrir, fais-moi confiance.

De l'intimidante gardienne qui se tenait devant moi quelques secondes auparavant ne reste plus que les pupilles en étoiles, perdues dans un amas de chair rose. Elle est méconnaissable. Deux yeux laiteux se baladent sur son excroissance de droite, seul signe du bébé. Un concert de cliquetis étouffés résonne dans la rue.

Elle te remercie d'avoir pris soin de son juvénile. Elle a hâte qu'il s'en aille, en l'arrosant tu lui as fait gagner dix chromas sur les deux-cent-quatre-vingt-quatre du bouturage.

J'acquiesce maladroitement sans savoir quoi dire. Difficile de croire que la masse informe à cinq yeux face à moi est en train de me parler.

Soudain, elle roule sur elle-même et libère l'entrée. Mon reflet réapparaît brièvement sur le panneau d'information, les doigts en V pour fêter ma victoire. Sous ses encouragements muets, je me précipite à l'intérieur.

Chapitre 9

Je suis à peine rentrée que je dois m'arrêter. Face à moi, une dizaine de couloirs aux contours arrondis. Je jure, dépitée.

— Merde ! Je vais où ?

Tu cherches des humaines ? Attends deux secondes…

Une étrange sensation parcourt mes nerfs, désagréable comme un grincement de dents d'aartite.

— Tu fous quoi ? C'est horrible !

Bougon, mon parasite me rabroue :

Je tente de détecter ta mère par ondes télépathiques. Enfin, c'est comme tu veux, hein. Sinon, arrête de parler à voix haute, ça m'épuise.

L'horripilante impression disparaît au moment où l'alien rend son verdict :

Elle est en C9° 538541 B° 458,358 H° 58934

Euh… c'est quoi ce charabia ?

Un soupir descend le long de ma colonne. Je déglutis, enferme la rage qui me prend dans la gorge. Je n'aime pas cet intrus qui joue avec mon corps. Mais dans la pénombre du lieu, l'absence de miroir me fait enfouir mes envies de meurtre au plus profond de moi-même. Ce n'est pas le moment qu'il sente que je veux me débarrasser de lui.

J'oublie à quel point les humains sont primitifs ! Je traduis : troisième à droite, quatrième à gauche, première à gauche deux fois, demi-étage, tunnel milieu, cinquième à droite.

Je retiens une insulte, trop occupée à mémoriser ce qu'il vient de me dire. Je m'engage dans le dédale labyrinthique, à moitié rassurée. Un courant moite fait perler des microgouttes d'humidité sur mes narines. Une odeur de résine acide flotte par intermittence dans les couloirs percés de cellules aux airs d'œufs translucides. La matrice fibreuse qui constitue les murs est trouée comme une éponge. Végétal ou alien ? Mieux vaut ne pas savoir.

Certaines cellules mesurent plusieurs mètres de haut, d'autres sont minuscules. Elles scintillent comme des lucioles, sans quoi je n'arriverais pas à me repérer. Les corridors sont biscornus au possible, bien loin de la régularité mathématique des serres phytectes. Un détail me préoccupe.

Ils font comment pour entrer, les guepictes ?

Ils gardent l'entrée.

Le silence condescendant qui suit me hérisse les poils sur les bras.

Et ?

Ils ne rentrent pas. Ils gardent l'entrée. Rien à voir. Tu ne maîtrises même pas le vocabulaire de ta propre langue ?

À l'évidence, TA langue ne connaît pas les subtilités du mot « pédagogie ».

Une contraction désagréable de mon estomac me répond, juste assez pour me rappeler les vomissements de la journée. Je cherche du regard une surface polie, un peu d'eau, quelque chose qui me renverrait l'assurance bienveillante de mon reflet. Mais la pénombre avale la lumière, et je continue mon chemin, le ventre noué. Heureusement, mon parasite se mure dans un silence savoureux. Hors de question de relancer la conversation.

Petit à petit, l'air se fait plus moite, plus acide. Je me gratte le nez. Un éternuement reste coincé dans mes sinus. Désagréable.

Quelque chose cloche dans cette prison-éponge. J'aperçois une silhouette vaguement tentaculaire derrière l'une des membranes teintées des cellules-œufs. Un jiih ? Il est bien immobile. Un effet de la pénombre ?

Mes tympans bruissent d'acouphènes anxieux, opprimés par le silence. Je rends les armes et reprends la conversation avec mon parasite là où je l'avais laissée.

Si les guepictes ne rentrent pas, qui s'occupe des prisonniers ?

Le concierge. Tunnel du milieu, on est bientôt arrivés.

Moi qui pensais trouver des cellules en métal, avec des bancs, des barreaux et ma mère derrière, je suis désarçonnée par ce dédale bien trop paisible pour être de bon augure.

Un coude du couloir me fait soudainement déboucher sous un dôme. Tout autour de moi, une vingtaine d'œufs nacrés éclairent l'espace, laissant voir par transparence des silhouettes à deux jambes et deux bras. Je me précipite sur les premières, tente de distinguer les visages au travers de la membrane translucide.

— Maman ! Où es-tu ?

Chut ! Tais-toi donc, où as-tu la tête ?

Je cherche ma mère !

Pas la peine de hurler. Les locataires sont tous en stase. Personne ne risque de t'entendre.

Une pierre tombe dans mon estomac.

— En… en stase ?

Tu croyais quoi, par Kelket ? Des prisonniers, ça respire, ça mange, ça exsude ou ça défèque… Le sommeil artificiel est économique. Faudrait pas non plus que les criminels piquent la nourriture et l'air des honnêtes aliens !

Je vois rouge.

— Ma mère n'est pas une criminelle !

Sois discrète ! T'es pas censée être là, je te rappelle !

La remarque douche ma colère. Pour le coup, il n'a pas tort.

Je m'approche sur le bout des orteils de la première cellule. Je plisse les yeux, distingue la salopette orange caractéristique. Mais les cheveux de la femme sont tressés. Ce n'est pas maman. Dépitée, je passe à l'œuf suivant. Chou blanc. Alors que j'examine la troisième cellule, le parasite se manifeste de nouveau.

T'en as encore pour longtemps ?

Je contrôle difficilement mon agacement.

Il y a une vingtaine de geôles au moins. Aide-moi un peu, si tu es pressé !

Tu ne sens pas dans laquelle est ta mère ?

Comme si mon nez d'humaine pouvait flairer autre chose que la résine acide des lieux ! J'avise du coin de l'œil l'une des anfractuosités vides de la matrice qui tient les cellules-œufs ensemble.

Si t'es pas content, je te colle dans un de ces trous et tu y restes pour la « stase » de ta vie, hein !

Je dis ça pour ton propre bien. Le concierge finira par passer par ici tôt ou tard, et ce serait mieux qu'on soit partis.

Je continue mes recherches comme si je n'avais rien entendu. Cette prisonnière-ci est trop corpulente. J'enchaîne, l'avertissement toujours en tête. Soudain, j'ai une idée lumineuse.

Hey, toi, le télépathe… Tu peux pas leur parler, les réveiller ?

L'alien s'insurge, et mon estomac écope d'un nouveau nœud.

Je ne suis pas à ta disposition !

C'est toi qui veux sortir vite, je te rappelle…

Silence. J'enfonce le clou d'un ton détaché :

Désolée, j'ai cru que tu étais le télépathe le plus fort de la galaxie, je me suis trompée.

À ma grande satisfaction, mon parasite réagit au quart de tour.

La télépathie, ça n'a rien à voir avec les rêves humains ! Ce ne sont pas des pensées cohérentes que vous avez, que veux-tu que je fasse avec le bazar de vos têtes ensommeillées ?

T'es obligé de rentrer dans les songes ? Et si tu regardais de loin, juste pour chercher des indices ? Une femme qui rêve de… de…

Tiens, c'est vrai, ça. De quoi rêve maman ?

Je réfléchis un instant. Je l'imagine posée sur sa couchette dans les bras de papa, le soir, avant de s'endormir. Quand j'étais plus jeune, je sautais entre eux, et elle me montrait comment filer les morceaux de fibres colorées qu'elle retrouvait coincés dans les boues d'épuration. Maman a toujours eu le chic pour composer des petites poupées de bric et de broc.

Prise d'inspiration, je saisis le porte-clé qui pendouille sur la poche avant de mon sac à dos. C'est une réplique d'aartite, reconnaissable à ses cinq pattes vertes et sa forme oblongue.

Regarde ! Si maman visite un pays en rêve, je suis sûre qu'il est habité par des peluches en fils colorés !

Si tu insistes... Va bien falloir qu'on sorte d'ici, de toute façon. Tais-toi et laisse-moi me concentrer !

Je ne bouge pas, pleine d'espoir. Une tension s'empare de mon estomac, remonte le long de ma gorge. Les nausées reviennent. Je ferme mes lèvres, décide de patienter quelques instants avant de coller l'alien au trou comme promis. Il semble bien qu'utiliser ses pouvoirs de télépathe puise directement dans mon propre corps...

Le nœud dans mon ventre se serre de plusieurs crans.

Troisième cellule à gauche, second rang.

La nausée disparaît brusquement. Je m'approche du lieu mentionné, le cœur battant. À travers la paroi, la tête brune de maman, sa peau caramel et ses cheveux courts. Avec ce degré de flou, elle ressemble à beaucoup d'autres silhouettes. Sa carrure musclée est à peine perceptible. Mais une certitude au fond de moi ne me trompe pas.

C'est elle.

Je reste un instant face à la cellule-œuf, les larmes au bord des yeux. Ses bras et ses jambes flottent comme en apesanteur, son dos courbé donne l'impression qu'elle tombe en arrière dans un geste gracieux, si légère qu'elle en est immobile. Une plume en équilibre sur une poussière d'étoiles.

Le flou de la membrane cellulaire me cache les traits de son visage. Je ne reconnais que l'arrête bosselée de son nez. La frustration me fait monter les larmes aux yeux ; tant d'efforts pour arriver là, et je ne peux même pas lui parler !

Comment va-t-elle ?

Elle dort comme une humaine : paresseusement. La prison ne doit pas beaucoup changer ses habitudes.

Un courant de rage électrise mes nerfs. Je dégage une épaule de mon sac à dos.

— Toi, tu vas finir au trou !

Hey, le prends pas comme ça ! Le repos des humains est trente fois plus long que le plus assoupi des aliens, c'est un fait, j'y peux rien !

Et moi, j'y peux quelque chose ? Tu crois que j'ai décidé d'avoir ce corps qui me tire et pèse une tonne parce que je manque de sommeil ? J'ai bien envie de te fourrer dans ce trou pour que tu comprennes ce que ça fait, de pas avoir le choix !

Une douche effrayée submerge mes nerfs.

Non non non non non ! Je sortirais jamais d'ici !

Je passe le sac à dos sur mon ventre.

Magnifique nouvelle !

Ta mère rêve de toi !

Je suspends mon geste. L'alien se précipite, déblatère dans un déluge de peur moite :

Je perçois de la douceur, des câlins. Une odeur étrange, comme une plante… et un truc à la fois fruité et acidulé… du cassis !

Mon cœur manque un battement, mes narines frémissent. Tous les trois soirs, papa synthétise une tisane, toujours la même. Celle qu'il a créée quand je suis née, la tisane de notre famille, que nous dégustons ensemble. La veirbleue, un mélange de Ver'N, de cassis et de quelques épices secrètes. Personne ne la connaît.

L'alien enchaîne, trop content de détourner mon attention.

Ta mère va bien. C'est normal, la matrice du concierge est naturellement faite pour charmer les détenus. La plupart des espèces consomment moins d'air, d'eau et de nutriments lorsqu'elles sont détendues.

L'explication m'exaspère. Tout est toujours calculé ! Néanmoins, la remarque me ramène au concret de la situation.

Comment je sais de quoi elle est accusée ? Il faut que je la réveille !

Ah non non non, très mauvaise idée !

Et comment tu veux que je sache ce qu'on lui reproche, hein ? Y a personne pour me répondre !

Il y a bien quelqu'un, et s'il rapplique, tu vas…

J'ignore le pépiement de l'alien et entreprends de tâtonner la paroi de la cellule pour comprendre comment elle marche. Mais à l'instant où je palpe la membrane, qui a l'air ferme et solide comme une vitre, mes doigts se font aspirer dans la matrice. Je lâche un cri de surprise.

— Oh ! C'est tout doux !

Un souffle exaspéré envoie valdinguer mes neurones.

C'est une tromperie sensorielle de bas étage qui n'a bien d'effet que sur vous, djekets ***! Ôte vite tes mains de là, tu vas le regretter !***

Tu rigoles ? Je vais tirer maman hors d'ici !

Pauvre idiote, crois-tu qu'il soit si simple de sortir d'une prison ? Partons avant que le concierge ne déboule !

— Aïe !

La membrane durcit brutalement, emprisonnant mes avant-bras dans un étau métallique. Toutes les cellules-œufs s'opacifient. La faible lumière qu'elles émettaient s'éteint. Je me glace, tords le cou pour regarder autour de moi. L'obscurité règne, le silence est oppressant. Le parfum de résine se solidifie dans mes narines, prend des notes fumées.

— Qu'est-ce qui se passe ?

Je tire sur mes bras, sans succès. Pas moyen de bouger. Mon cœur accélère. Je fais un effort pour ne pas hurler et réitère ma question intérieurement.

Qu'est-ce qui se passe, dis-moi ? Dis-moi !

Mon parasite me répond d'une voix d'outre-tombe :

Je t'avais prévenue ! Tu as attiré le concierge. T'es dans la mouise, djeket.

Chapitre 10

Un reniflement sonore emplit l'obscurité. L'écho d'une aspiration de fluide hérisse mes poils. L'image d'une ventouse collée à mon visage, tentant d'extraire tout mon cerveau, s'imprime dans mes pensées.

Qu'est-ce que c'est ? Dis-moi !

La panique suinte de mes mots. Je ne suis définitivement pas une héroïne.

Le concierge. Le seul lorvon de la station. Heureusement.

Mes épaules se crispent douloureusement. Malgré les ténèbres, mes yeux balaient l'espace compulsivement à la recherche d'un miroir, d'une présence rassurante.

Soudain, des phosphorescences nacrées surgissent de l'obscurité. Retrouver la lumière relâche ma nuque une fraction de seconde. Juste une fraction. Le temps de… voir.

Des vers blancs rampent goulûment entre les trous des murs, apparaissant et disparaissant au gré des alvéoles. Une humidité acerbe vient chatouiller mes narines, au risque de me faire éternuer. Dans la pénombre, la paroi se contracte, se détend. Des reniflements emplissent l'espace, m'arrachant une grimace dégoûtée. Je ne sais pas si ce sont les vers qui traversent le mur ou si c'est plutôt…

Les contractions du mur font avancer les organes tactiles. C'est le principe du lorvon.

L'horreur.

— Je suis *dans* un alien depuis le début et tu ne m'as rien dit ?

Je tire sur mes bras à m'en démettre une épaule. Les vers rampent sur le plafond juste au-dessus de moi. Je panique.

— Par la Terre, aide-moi, aide-moi !!

Pas la peine de hurler, je suis pas sourd !

— Je hurle si je veux, j'ai peur ! C'est quoi ce truc ?

L'un des vers blancs tombe de l'éponge pour atterrir dans mon cou. Il est froid et gluant. Un cri de terreur pure écorche mes cordes vocales.

— Aide-moi !!!

Le deal mentionnait juste la traduction pour arriver ici...

— Tu veux finir dans une cellule ? T'es dans mon sac, je te rappelle !

Oh là, tout de suite les grandes menaces...

Garder mon calme pour négocier avec le crétin bleu tandis que les vers me collent aux basques n'est plus possible. Le truc gluant s'invite sous ma combinaison. Ma voix part en vrille.

— Fais quelque chose !!

J'y travaille, mais si tu me déconcentres toutes les secondes en hurlant, c'est mort ! Tu te rends pas compte qu'à chaque fois que tu parles, je t'entends dans ta tête mais aussi via tes propres oreilles ? Ça me donne mal aux plumes.

Un flash de colère chasse une seconde ma peur. Si je sors de là, il finira sa vie en ballon de baskets pour jiihs !

Cette remarque digne de mon reflet me change les idées, mais lorsqu'un ver visqueux enserre mon autre bras, la terreur revient au galop. Un bruit de succion goulue m'éclaire sur les picotements que je ressens à son contact. Je me retiens de parler à voix haute.

Il veut me bouffer ! Fais quelque chose !

L'air est saturé de moisi. Ma peau se hérisse de dégoût.

Tu exagères. Il cherche juste à t'envelopper pour te mettre en stase. Reste calme, tu prends toute son attention en gigotant comme ça, il ne m'écoute pas.

Je me mords les lèvres, ravale le hurlement qui se coince dans ma gorge, tente vainement de respirer posément, mais mon larynx est bloqué.

Une aspiration froide et gluante remonte mon cou jusqu'à ma joue. Je gémis. Ma tête, mon bras droit, mes jambes... Petit à petit, la pression autour de mon corps augmente, comme si j'enfilais une combinaison glacée et bien trop petite pour moi.

Est-ce qu'il peut me broyer les os ?

Quelle question idiote ! Les lorvons sont calmes par essence, voyons ! Ils ont juste une dimension temporelle différente de la nôtre, qui nécessite de mettre en stase leurs interlocuteurs pour les synchroniser avec leur propre rythme. C'est d'un pénible...

Ses tentacules sont un peu trop rapides, pour un alien escargot, non ?

Coup de vent dans mes neurones.

C'est son intellect qui est lent, pas ses organes ! Arrête de me déconcentrer, djeket ***!***

Je m'exécute, même pas rassurée de savoir que la gangue de gélatine blanche qui m'enserre de plus en plus ne va pas me broyer.

Pour tromper ma peur, je secoue mes doigts, toujours emprisonnés dans la cellule de maman. Dire qu'elle n'est qu'à quelques centimètres de moi ! J'aimerais la toucher avant de finir en boîte de conserve pour alien-éponge. Je ne demande pas grand-chose, juste un millimètre carré de contact, le bout de mes doigts sur la pulpe rugueuse des siens, juste pour lui transmettre que je suis désolée de m'être fâchée avec elle, que je ne voulais pas, que c'est pas contre elle, que je me suis emportée, oui, je tiens à mes concerts, mais je veux bien tout abandonner si ça peut me la rendre...

J'ai besoin de toi, maman.

Soudain, un tentacule gluant rentre dans ma narine droite.

Il va m'étouffer !

Non, il va juste squatter tes poumons et se chargera de transporter l'oxygène pour toi. En plus, il se nourrit des cellules mortes qui parsèment tes bronches. Ça va te faire du bien, crois-moi.

Du bien ? Je vais crever !

Tout de suite les grands mots ! Respire calmement, laisse-le faire, sinon je ne peux pas discuter avec lui.

Je ravale ma peur, essaie une fois de plus de me contrôler. Je ferme les yeux, visualise la Myrina que je croise à chaque miroir, celle qui m'enveloppe d'un regard aimant, confiant et serein. Je dois croire en moi. Je suis forte, je peux traverser cette épreuve.

Lorsqu'un second tentacule emplit ma narine gauche, j'ouvre la bouche pour inspirer. Je tente de me réconforter, me focalisant sur l'air qui passe dans ma trachée, mes poumons qui, malgré la gangue de gélatine, parviennent encore à bouger.

Ça va le faire, ça va le faire. Il n'est pas méchant… Pas d'anthropomorphisme, comme dirait Prof…

Je continue d'invoquer le souvenir de mon reflet pour me calmer, mais la sensation visqueuse d'un tentacule rampant de mes narines à l'arrière de la gorge annihile tous mes efforts. Lorsqu'un nouveau ver caresse mes lèvres pour s'infiltrer derrière mes dents, je perds définitivement le contrôle et émets un gargouillis désespéré.

Pitié ! Je peux plus tenir !

Oh là là, vous, les humains, quelles chochottes… Attends encore une minute. À raison d'une syllabe toutes les dix-sept secondes, il m'en faut, du temps, pour formuler une demande…

J'inspire à fond et décompte dans ma tête.

Cinquante. Le ver glisse sur ma langue.

Quarante. Il atteint mes dents arrière.

Trente. Un mince filet d'air passe encore dans ma trachée. Remplir mes poumons est long.

Vingt. Trop long.

Quinze… dix… Je ne respire plus.

Zéro.

Qu'est-ce que tu fous ? Je suis en apnée !

Zéro pointé.

Zéro triplé.

J'étouffe.

Soudain, une aspiration puissante extrait les tentacules gélatineux de mon corps, glissant contre ma gorge, dans mon nez. Libre, je tombe à genoux, toussant tout mon soûl.

Mais quelle horreur !

J'avale goulûment de l'air. Je sens mes poumons reprendre leur forme, comme un ballon de baudruche tout plissé que l'on gonfle. Sans demander mon reste, je me lève et me précipite vers l'extérieur, manquant de chuter.

Non, pas par là… Mais tu n'as aucune mémoire ? Va à droite. Gauche. Droite.

Je suis les indications du parasite bleu, sans réfléchir. Je ne suis qu'un corps affolé qui cherche la lumière, confond sa gauche et sa droite, se perd, revient, corrige, court, court… Quand l'éclat violacé de la rue apparaît au loin, je pique un sprint final et me jette dehors sans un regard pour la guepicte qui a retrouvé son armure. Je tombe dans le recoin du bâtiment en ahanant.

— Plus jamais… plus jamais ça !

Chapitre 11

Je ris, soulagée d'être encore en vie. Je pleure, en état de choc. Je ne sais plus où je suis. Mes yeux accrochent une vitre teintée. Les joues striées de larmes, les cheveux aplatis par la sueur, mon reflet translucide m'offre un regard plein de fierté et de compassion.

C'est passé, Myri'... Tout va bien.

Petit à petit, l'odeur caractéristique de la rue, mélange de phytoplast caoutchouteux aux relents d'acier, me ramène à la réalité. Mon moral plonge aussi vite qu'un astéroïde attiré par une planète. J'ai paniqué comme une gamine dans le noir.

Tu as fait... ce que tu as pu.

Non ! J'ai laissé maman là-dedans. Pire, je ne lui ai même pas jeté un dernier regard avant de m'enfuir. Et tout ça pour quoi ? Je n'ai obtenu aucune information pour l'aider.

Ne t'en veux... pas.

Mon reflet s'estompe, mon moral s'enfouit six pieds sous l'allée. Je me sens nulle. L'empreinte du concierge encore fraîche dans ma gorge et mon nez fausse le goût de ma salive. J'ai l'impression d'être sale. J'ai honte.

Eh oh, t'es pas morte, fais pas cette tête !

Un courant incandescent enflamme mes nerfs. Je me lève de

rage, furibonde, et hurle :

— Je suis pas morte ? En moins d'un cycle, je me suis fait arracher mes camarades et ma mère, je me suis perdue dans cette foutue station de merde, pour trouver un foutu alien de merde, pour rentrer dans une foutue prison de merde, et en sortir sans RIEN pour prouver que ma mère n'a pas fait de la merde avec la MERDE qu'elle a pour travail ! Alors non, je suis pas morte, mais j'ai le droit d'avoir une tête de MERDE ! Et si ça te plaît pas, tu retournes au trou !

Je finis ma tirade, le souffle coupé. Trois lléruniens tournent leurs museaux reptiliens vers moi. Deux aths se sont rapprochés. La seconde s'éternise de silence malaisant.

Les djekets *et leur goût du spectacle, peuh !*

Leur attention pèse sur moi comme une épée suspendue par un fil. Je réalise que mon sort est vissé à ces aliens. Un geste de leur part, ils appellent la sécurité, trouble à l'ordre public, n'importe quoi, probablement qu'ils n'auraient rien à justifier pour que des guepictes couverts de poignards m'emmènent trimer gratos à l'épuration… Je suis une humaine, après tout. Je suis naturellement bête.

Mon échine se plie.

Je me mords les lèvres, écœurée.

Pas le choix, comme toujours, ici.

Je me penche pour regarder le sol, presque à quatre pattes. Conforter les aliens dans leurs doutes. Simuler le nettoyage d'une rue. Je repère une vielle peau de bané, m'en saisis avec un grand sourire, joue les pantins en la jetant dans la poubelle la plus proche.

— Oh, que c'est beau, c'est génial, je suis contente, laver les rues est ma passion !

Voilà ! Finis le nettoyage et fous-moi la paix !

Tu me prends pour qui, tas de plumes ?

Je continue de sourire de toutes mes dents, éviter que les aliens en face me trouvent bizarre, poursuis mon inspection, la tête presque collée au sol, le nez gorgé des émanations acétiques du phytobéton. Enfin, les lléruniens daignent détourner le regard. Un bruissement discret m'indique que les aths se sont envolés. Je me redresse, pousse un soupir de soulagement.

C'est la PIRE journée de ma vie.

Tu m'en diras tant.

Oh toi, le parasite, ferme-la !

Pour mon plus grand bonheur, il ne réplique pas. Les jambes lourdes comme des pierres, le dos courbaturé et le cœur en miette, je prends la route de chez moi. Entre deux portes réfléchissantes, mon reflet, aussi épuisée que moi, trouve la force de me soutenir avant de disparaître.

Tu as fait... ce que tu pouvais, Myri'. Tu es... courageuse.

Je remonte les passerelles, les échelles, avec l'enthousiasme d'une libace neurasthénique[7]. Je marche par automatisme. Je ne sais pas si le chemin que je suis est le bon, le plus direct ou non, peu importe. Je marche, je ne sais plus faire que ça, hébétée par la fatigue et l'émotion.

Après un temps qui me semble infini, le parfum foisonnant de l'allée H vient titiller mes narines, me ramenant à la surface de moi-même. La proximité de la maison me revigore. J'hésite en passant près d'un des bacs de détritus. Mon reflet réapparaît, clignote, les traits fermés.

Débarrasse-toi... de... lui.

Mais sans cet alien, je n'aurais pas trouvé maman, et je serais encore moins sortie des ventouses du lorvon. Et puis, comme je ne suis pas plus avancée que ce matin, je risque d'avoir encore besoin de lui… Je me détourne de l'icône scintillante du recycleur et rentre chez moi.

*

Quand j'entre dans l'appartement, papa me saute dessus.

— Myrina ! Qu'est-ce qui s'est passé ? Où étais-tu ?

— À l'éco…

Le mot meurt dans ma bouche alors que j'aperçois la tablette de papa pulsant d'écarlate sur la table. Sur l'écran, ma punition : j'ai manqué une après-midi de travaux pratiques, ce qui me vaut un avertissement et des teintes additionnelles à récupérer. Je me renfrogne. J'avais complètement oublié les conséquences de ma sortie de classe. J'anticipe les reproches.

— Je ne me sentais pas très bien, alors…

— Pas très bien ? Est-ce que tu as des symptômes ? Où as-tu mal ?

Mon père affolé me tourne autour à grand renfort de « ouvre la bouche », « fais aaaaah », « combien j'ai de doigts ? » et autres. Un goût amer remonte dans ma gorge. Il ne s'est pas autant soucié de l'arrestation de maman. Je me mords la lèvre, jugule mes reproches et tente de modérer la tornade d'inquiétude que j'ai déclenchée.

— Rien de grave, je manque simplement de sommeil… Je n'ai pas beaucoup dormi la nuit dernière, avec tout ça…

Un éclair de soulagement traverse les prunelles vert d'eau de mon père, disparaît aussitôt, et les cernes sous ses yeux s'allongent.

— C'est… c'est normal d'être fatiguée.

Il fait un pas en avant. Je devine, je sens qu'il va ouvrir les bras. Un réflexe. Je recule. Papa s'arrête. Le parfum de l'appartement se flétrit dans l'immobilité gênée de nos corps. Je détourne le regard, pose mon sac à dos au fond de ma couchette. Mon père se ressaisit comme il peut.

— Je vais préparer une tisane, ça t'aidera pour cette nuit.

Sa voix a la perfection synthétique des senteurs artificielles. Il hésite, puis rajoute :

— Tu sais que si tu as le moindre symptôme, il faut en parler ? Ça peut avoir de graves cons…

Je le coupe, exaspérée :

— Oui, papa, je sais ! Tu te feras retirer ton agrément de nourrice et toute la famille sera confinée pendant trois cycles, et on n'a pas de quoi manger pour ce temps, donc on s'endettera pour être approvisionnés, donc je devrai quitter l'école, donc, donc, donc… Je sais, je sais. Je suis une grande fille, maintenant !

Mon père tique, se détourne. Je me renfrogne, maugrée une vague excuse :

— Je suis fatiguée.

Je prends ma tisane en baissant la tête et enfile quelques barres protéinées face à papy. Il a les mêmes yeux verts que papa, sauf qu'ils sont entourés de tout un tas de ridules souriantes, comme un écrin à ces joyaux. Enfin, d'habitude. Ce soir, son regard est immobile, ses rides plissées étrangement, comme s'il fixait quelque chose que je ne peux voir.

— Ça va, papy ?

Il hoche la tête mécaniquement. De mon côté, je me laisse submerger par la fatigue. Le silence ronronnant de l'appartement et l'odeur citronnée de la tisane m'enlacent. Je bâille. Il me faut quelques instants avant de me rappeler l'importun de mes pensées.

T'es mort ou tu dors ?

Les quelques secondes que met l'alien à réagir me plongent dans un abîme de perplexité. Dort-il vraiment ?

Tu m'as demandé de me taire.

Je suis étonnée par la sobriété de la réponse, mais trop fatiguée pour chercher des explications. Je rejoins ma couchette alors que mon père s'occupe de papy. Le miroir rond de mon alcôve me renvoie une image floue, à peine une silhouette. Je cligne des yeux. Une part de moi sait que je ne suis pas vraiment *normale* à converser ainsi avec mon reflet tous les jours. Je pensais l'avoir accepté, mais d'un coup, ne plus me voir m'angoisse. Suis-je en train de franchir un pas de plus dans la folie ?

L'épuisement m'avale tout entière, abandonnant ces questions au flot de la marée. L'important est de rester à la surface. Je m'affale sur mon oreiller, songeant qu'une fois tout ceci fini, il faudra peut-être parler à maman de mes étrangetés. Je m'imagine blottie contre elle, comme lorsque j'étais petite. Depuis combien de temps ne lui ai-je pas fait de câlin ? Trop longtemps.

Je remarque à peine que la main de mon grand-père ne vient pas prendre la mienne comme d'habitude avant de sombrer dans les limbes de l'oubli.

*

Je suis dans ma loge. La symphonie de mon concert chatouille délicieusement mon nez. Dans le miroir, mon reflet.

Quelque chose cloche.

Je m'approche, sans distinguer quoi que ce soit. Un mauvais pressentiment au creux du ventre, j'ouvre mon pot de maquillage, trempe deux doigts dans la pâte ocre et les passe sur mes joues. Deux traits à droite, deux traits à gauche. Le miroir me renvoie mon geste.

Je me fige.

Mon image n'a pas de maquillage.

Je touche mes joues, sens la trace grasse de la marque. Mon reflet m'imite. Il n'a toujours pas de maquillage.

La symphonie olfactive prend de l'ampleur et de l'acidité. Des effluves terreux et rances distillent un parfum de danger. Je m'approche du miroir. Je tends la main, jusqu'à rencontrer celle de mon image. Nos gestes sont symétriques. Parfaitement symétrique.

Mon côté rebelle, cette excentricité de mon imagination, cette autonomie à la fois espiègle et bienveillante, a disparu.

Je me fige, horrifiée.

Soudain, mon reflet hurle et frappe la vitre de ses poings. Je recule en criant. Je n'entends rien, mais l'expression de terreur sur mon propre visage me prend à la gorge. La symphonie explose en fumets de sueur âcre. L'odeur de la peur. Mon cœur s'accélère. Mes yeux exorbités fixent une silhouette que je vois s'approcher dans le miroir. Derrière moi.

Je me retourne.

Mon grand-père, les traits déformés par la rage, tend ses bras maigrelets vers mon cou. Je cille sans comprendre. Je ne reconnais pas papy.

J'ai du mal à respirer. Le concierge enfonce ses lents tentacules dans ma gorge.

Deux mains serrent ma trachée.

J'asphyxie.

Papy devient phosphorescent. Ses pupilles se dilatent en étoile, ses dents poussent en longs pics métalliques.

L'air sang le lait.

Je vais mourir.

Je me dresse dans mon lit en hurlant.

Aussitôt, la lumière s'allume et mon père se lève.

— Myrina ! Ça va ?

L'éclat cru de la lampe dessine sans ombre le plan de travail de la cuisine qui fait face à ma couchette. Trois bols sont posés dessus, en prévision du petit-déjeuner. Le mien est orange, teinté à l'encre de K'rail. Ma couleur préférée.

Je reprends mes esprits, rassurée. Papa s'est agenouillé à côté de moi.

— Ça va, ma puce ?

J'acquiesce, cherche dans mes souvenirs.

— J'ai dû faire un cauchemar… Je sais plus…

Mes yeux accrochent mon miroir. Vide. Le ventre noué, je vais pour demander à mon père ce qu'il y voit, lorsque je prends conscience d'un autre problème : le lit superposé au-dessus de moi n'est pas bombé comme d'habitude.

— Papy n'est pas là ?

J'ai à peine formulé ma question qu'un bruit de chute retentit derrière la porte des toilettes. Papa et moi nous précipitons pour découvrir mon grand-père affalé sur la cuvette, un reste de vomi sur la lèvre.

— Bon sang, papa ! Pourquoi tu t'es levé ?! s'affole mon père.

Je l'aide à le redresser. Vu la taille de l'appartement, trois pas nous suffisent pour le ramener sur son lit-fauteuil qu'il ne quitte quasiment jamais. Cet objet qui lévite a coûté un bras à la famille, mais il lui permet d'être confortable et de bouger en toute autonomie. D'habitude, il mène lui-même son fauteuil jusqu'aux toilettes, ce qui lui évite de se mettre debout trop longtemps. Pas besoin d'être médecin pour comprendre, à la maigreur de ses membres, qu'il n'a plus beaucoup de muscles.

Je passe une serviette humide sur son visage pendant que papa lui amène un grand verre d'eau. Papy a le regard dans le vide, les traits figés. Mon père le questionne, inquiet :

— Comment ça va ? Qu'est-ce que tu as mal digéré ? On n'a pourtant rien changé dans ta nourriture…

Je vois déjà papa s'affoler sur les risques de maladie. Je détourne l'attention :

— Il a peut-être avalé un jiih ? Je savais bien que ces bestioles étaient nocives !

Ma blague fonctionne. Un bref éclair traverse les pupilles de mon grand-père, et ses rides se décontractent. Papa est moins convaincu, mais n'insiste pas. Comme toujours, il trouve une solution à sa façon.

— Je vais faire une infusion de fenouil et de carach'. Ça nous détendra, et ça rééquilibra notre flore intestinale. Tout ce stress doit nous faire sécréter trop d'acide pour notre microbiote. Puis je désinfecterai l'appartement. En entier. Et… heu…

J'acquiesce et complète ses paroles avant qu'il ne change d'avis :

— Pas besoin de signaler l'incident. Ça va aller mieux, c'est juste une indigestion de jiih.

Papa secoue timidement la tête, à moitié convaincu, et retourne à sa cuisine. J'installe correctement papy sur la table centrale. Papa qui sort une tisane miracle, ça sonnerait presque comme la routine. Mais la place vide de maman pulse de son absence.

Une fois la tisane bue et papy allongé sur son lit, je me couche. Dans le miroir, toujours pas de reflet. L'angoisse m'étreint la gorge. Je me tourne et me retourne longtemps avant d'enfin m'endormir.

Chapitre 12

— Myrin', r'ppelez-mo' l' raison d'être de St'tion Symbiose ?

Je rentre ma tête dans les épaules, d'aussi mauvaise humeur que la guepicte d'hier. Avec l'emprisonnement de maman, l'alien bleu dans mon sac et la disparition de mon reflet, je n'ai plus la force de jouer les bonnes élèves. Je débite ma leçon d'une voix monocorde :

— Station Symbiose est un écosystème où chacun a un rôle primordial, quelle que soit sa fonction. Du massal'eth qui construit les vaisseaux grâce aux écailles de tatuliks, en passant par les phytectes qui nous offrent leur technologie végétale, chaque échelon est crucial.

Je m'arrête un instant, reprends ma respiration, guette d'un œil si la réponse est suffisante. Les deux queues de Prof tapotent impatiemment le bureau. Trois squames desséchées tombent. Il en veut plus. Je retiens un soupir et continue sur le même débit désincarné :

— Si l'un faillit à ses devoirs, la chaîne est rompue, et tous les habitants en souffrent. Il en va de même dans la galaxie : Station Symbiose est la démonstration à petite échelle que chaque espèce, chaque planète a sa place dans la grande boucle de la vie.

Je n'ajoute pas que ce système est bien pratique pour nous tenir en laisse : faire une bêtise dans Station Symbiose, c'est s'exposer à ce que l'espèce entière soit éjectée de l'Alliance Carrée, qui gère notre galaxie. Certains ont déjà été renvoyés chez eux, sans plus aucun accès aux stations commerciales, aux planètes voisines, aux astéroïdes et aux étoiles qui composent ce système politique. Le souci, c'est que nous, les humains, n'avons plus de Terre où retourner. Nous sommes obligés de bien nous faire voir. Si quelque chose merde ici, tous les humains se feront expulser de tous les coins de l'Alliance, pour terminer leurs jours dans le grand vide spatial.

Prof fait durer le silence. Entend-il mes reproches muets ?

Mon cœur manque un battement lorsque je me rappelle la journée d'hier.

Soudain, un bâillement résonne dans mes mâchoires.

Moooooooooouaaaa...

Si je n'étais pas tendue par la situation, je ne me priverais pas de rabrouer mon alien de service. Dire qu'il a eu le toupet de me sortir que les humains sont paresseux !

Je me retiens ; déclencher un débat télépathique n'est pas de mise au vu du savon qui traîne son aura menaçante au-dessus de ma tête. Enfin, Prof met fin au suspense dramatique d'un coup de langue fourchue.

— 'vez-vous bien compris, Myrin' ?

J'opine du chef. Bien sûr, cela ne lui suffit pas.

— En êtes-vous sûre ? Personnellement, j'ai du m'l ' saisir, peut-être p'rce que les humains sont si intelligents ! J'ai besoin de vos lumières. Pouvez-vous m'expliquer comment vous contribuiez ' l'effort collectif, hier 'près-midi ?

Je m'affaisse un peu plus sur ma table. Je donnerais beaucoup pour être une guepicte en ce moment, et opposer pour toute réponse la vue de mes pics tranchants. Je jette un œil dans le dossier de mon voisin devant moi, mais mon reflet est désespérément absent. Pas de voix rassurante.

Le Prof claque bruyamment sa langue de llérunien contre le bureau, projetant un relent d'haleine macérée jusqu'à mes narines. Je me gratte le nez et marmonne :

— J'ai failli à ma tâche.

— Oui. Pourquo' ?

Je tente de me justifier :

— Je me suis endormie. J'étais fatiguée, je n'ai pas fermé l'œil la nuit précédente. Ma mère a été emmenée je ne sais pas où, je suis morte d'inquiétude !

Prof balance ses queues de gauche à droite. Ma réponse l'a encore plus énervé.

Mauvaise pioche.

Il s'approche de moi d'un pas lourd. Mes camarades de classe ne bronchent pas, encaissant la scène comme de bons petits soldats. Je vais servir d'exemple pour leur faire comprendre à quel point aucune absence n'est tolérée, quelles qu'en soient les raisons.

Je me rétracte sur ma chaise alors que son museau allongé frôle mon oreille. Rien qu'à l'odeur, je devine les morceaux d'insectes qui moisissent entre ses deux rangées de dents. Je pince les lèvres – un geste beaucoup trop fréquent depuis quelques jours.

— Vous étiez endormie ? Voyons donc, susurre Prof, mauvais. Heureusement que les phytectes ne se sont p's endormis, sinon vous n'auriez p's d'air pour respirer. Heureusement que les siruns ne lambinent p's, sinon vous n'auriez p's d'eau pour boire. Heureusement que vous…

Une voix bien connue résonne dans ma tête, chassant jusqu'à l'effluve pestilentiel que Prof projette à chaque « a » qu'il ne peut vocaliser.

C'est quoi cette haleine d'aartite en décomposition ? Pouah !

Une soudaine nausée remonte mon œsophage. Mes dents s'enfoncent jusqu'au sang dans mes lèvres. La douleur brouille ma vue. Le temps de cligner des yeux, évacuer les larmes… le maître fait demi-tour, puis grimpe sur l'estrade, l'air de rien.

— Où en étions-nous ? Oui, les régl'ges de l' photolyse dans les systèmes d'év'cu'tion…

J'en reste coite.

Il s'est passé quoi, là ?

Il puait.

Quel est le lien ?

Je l'ai envoyé se promener plus loin.

— Tu as quoi ?

Vingt-trois têtes se tournent vers moi. Je rougis, comprenant que j'ai parlé à voix haute. Prof marque une pause, puis replonge dans ses explications.

Je n'en crois pas mes yeux.

Tu… tu as… comment ?

Même un **djeket** ***n'est pas censé avoir la mémoire aussi courte ! Je suis télépathe, par Kelket !***

Je me rebiffe, ouvre la bouche, me rappelle que je ne suis pas seule, et la referme.

Arrête de me parler comme ça ! Je ne suis pas bête, j'ai compris. Mais entre discuter par télépathie et… enfin… posséder quelqu'un, c'est pas pareil ! Tu lui as lavé le cerveau ?

Un agacement palpable me hérisse les poils de la nuque. La sensation augmente alors que l'alien bleu ronchonne :

Quelles élucubrations ! Je ne lave pas le cerveau ; je suggère. Il n'y a que toi d'assez bête pour ne pas suivre les conseils de ton maître…

Et le lorvon d'hier, on en parle ?

Il est juste lent, rien à voir. Je lui ai demandé de te relâcher, il t'a relâchée. Ton manque de confiance me consterne.

Un aiguillon de culpabilité me pique le cœur. J'inspire un bon coup, et lâche :

Tu as raison, tu m'as bien aidée.

Un silence surpris me répond. Puis une tornade pleurnicharde humidifie mes neurones.

Tu ne te rends pas compte du nombre d'informations que je suis allé chercher dans ses nodules de souvenirs ! Personne n'aurait réussi à en tirer autant en si peu de temps.

Je tique, intéressée.

Des informations ? Tu ne m'as rien dit.

***Vraiment ? Attends, c'est pour toi que je les ai prises ! Tu n'as juste rien retenu,* djeket.**

Le télépathe est d'une humeur massacrante, ce matin. Mais l'espoir me rend prête à encaisser.

D'accord, d'accord, je suis une bête humaine, je n'ai rien retenu, c'est ma nature, blablabla. Qu'as-tu trouvé dans la mémoire du lorvon ? Des choses intéressantes ?

Un silence buté me répond. Je me fais conciliante.

S'il te plaît, il faut que je sache ! Il n'y a que toi qui puisses m'aider à libérer maman. Tu m'as sauvée de la stase, hier, j'ai confiance en toi.

Un fourmillement familier me gratte la gorge. Je déteste m'écraser face aux aliens. Mais j'ai besoin de ces informations. Je force le trait, prends une voix suppliante.

S'il te plaît ? Sois le plus magnanime, le plus puissant, le plus gentil alien que je connaisse, dis-moi tout !

Le plus gentil ?

Il s'enferme dans un silence étonné – je pourrais presque sentir ses propres neurones s'activer. Puis il m'explique d'un ton un peu agacé :

Les humaines de la station d'épuration ont été arrêtées suite à la plainte des tatuliks. Il est question d'empoisonnement.

J'attends la suite, qui ne vient pas. Je relance :

Les tatuliks ? C'est qui, eux ?

Par Kelket ! Les aliens du troisième secteur, vos voisins ! Ceux dont les écailles sont si précieuses pour fabriquer les isolants à radiations pour vaisseaux spatiaux !

Des radiations ? Je laisse de côté les explications techniques. Il y a des priorités dans la vie, et l'expérience d'hier m'a appris à me méfier.

Les tatuliks, ils sont comment ? Grands avec des mains comme des poignards, des tentacules empoisonnés, ou des stridulations qui rendent sourd ?

Ils ressemblent aux ballons que vous utilisez parfois pour jouer. Leur passion est de faire des courses de vitesse dans les prairies artificielles. Ils vivent en autarcie.

La description me rassure. S'ils sont au troisième niveau, c'est que je peux m'y déplacer. La pesanteur sera un peu plus légère qu'ici, ça ne devrait pas me gêner. Avoir enfin une piste me revigore. J'en oublie la marque de mes dents sur mes lèvres qui me lance régulièrement.

Dès que le cours est fini, on va demander à ces tatuliks ce qu'ils reprochent à ma mère et son équipe !

Pourquoi attendre ?

La mauvaise volonté de l'alien ruine mes efforts pour être agréable.

T'as rien suivi ? Les absences en cours ne sont pas tolérées. Et ce n'est pas le moment de me prendre une punition et récurer la station d'épuration.

Nouvelle nausée. Je serre mes lèvres brûlantes.

La voix sifflante du prof coupe mes réflexions internes.

— Myrin' ! Il est temps de p'rtir chez les t'tuliks. Dehors !

Je tombe de ma chaise.

— Pa… pardon ?

— Sortez ! Je ne veux plus vous vo'r ici. Dépêchez-vous !

Sidérée, je range mon stylet dans mon sac et franchis la porte sous les regards effrayés de mes camarades.

*

Je suis machinalement les directions que me donne l'alien bleu, sans m'attarder sur le changement d'odeur au sortir de l'allée H ou la hauteur sous plafond des étroits couloirs de la section 3. Mes pensées jouent au ping-pong dans ma tête, et je n'arrive pas à arbitrer entre le soulagement de pouvoir sécher les cours et le malaise quant aux *suggestions* de la bombe télépathique que je trimballe avec moi. Je cherche du regard la moindre glace qui puisse m'aider, sans succès, jusqu'à ce qu'un miroitement de décoration se pare d'un froncement de sourcils.

Myri'... cet alien... dangereux...

Je cligne des yeux involontairement. Mon autre moi est déjà partie. Une pointe de culpabilité m'étreint. Je ne peux pas me débarrasser du télépathe : sans lui, aucune chance de communiquer avec les tatuliks. Même si j'avais l'âge légal, me faire implanter un glot traducteur coûte une fortune que je n'ai pas. Papa en a un, mais il ne sortira jamais de l'appartement. Je comprends un peu FalthazarS, mais pas assez pour pouvoir saisir les détails s'il me traduisait quelque chose. Il me reste l'option lléruniens, les seuls qui peuvent discuter avec des humains sans glot, mais ni Prof ni Patron ne s'abaisseront à jouer les interprètes pour moi. Je n'ai pas le choix si je veux libérer maman. Elle me manque tellement.

Le couloir est long, légèrement courbé. Morne. La déprime infiltre mes pensées. Il faut que je fasse quelque chose, que j'agisse. Mon reflet de nouveau absent, je tente d'engager la conversation avec l'alien. Après tout, plus j'en saurai sur lui, mieux ce sera.

Au fait, tu appartiens à quelle espèce ? Je n'ai jamais entendu parler de tes congénères.

Un crissement d'indignation retentit dans mes os.

Mais quelle honte ! Djeket, ça ne se demande pas ! Raciste !

Mon sang ne fait qu'un tour.

— Moi, raciste ?

J'ai parlé à voix haute, mais je m'en contrefous. Le vase déborde, et ma colère sort d'un coup.

— C'est la meilleure, celle-ci ! Tu fais quoi, toi, avec tes *djekets* à tour de bras ? C'est pas insultant, ça ? Et dire que les humains sont paresseux, lents, bêtes, c'est pas raciste ? C'est quoi, alors ? Et puis si je suis raciste, est-ce que c'est pas parce que vous l'êtes avec nous ? À force de nous entendre dire qu'on est moins bien que tous les aliens, j'ai compris, hein, que toutes les races ne se valent pas. Je suis une bonne élève, j'applique ce qu'on m'apprend !

Je m'arrête, le souffle coupé. Un silence à couper au couteau s'installe entre mes oreilles. Puis mes neurones tressautent – gêne étrangère ? L'alien tente de se rattraper :

Enfin... djeket, c'est pas... c'est factuel, c'est pas raciste.

— Ça oui, c'est factuel. « Tueuse de planètes ». Genre j'ai tué une planète, moi ?

Les individus partagent l'histoire de leur peuple...

Cet argument ne prend pas avec moi. Je contrecarre immédiatement, indignée :

— Non, c'est trop facile ! Ce n'est pas parce que certaines espèces ont une conscience générationnelle qu'on peut appliquer la règle à toutes ! Je suis une personne différente de mes arrière-arrière-arrière-grands-parents. J'ai un prénom rien qu'à moi. Leurs conneries, ce n'est pas ma faute.

Aussi incroyable que cela puisse sembler, j'ai désarçonné l'alien, qui soudain bafouille.

Hum... Oui, oui... enfin, tu es le premier à me faire part de... ça... et, heu... donc comment veux-tu que je t'appelle ?

Punaise, cet énergumène rentre dans le cerveau des gens et n'a jamais tilté que les humains ont tous des prénoms différents ?

Je chasse mon indignation, serre les dents et tente de paraître aimable. C'est le moment de faire ami-ami.

Je m'appelle Myrina, et je suis une fille, donc c'est « la première ». Et toi ?

La voix qui me répond a retrouvé toute sa superbe.

Mon nom est une élégie qui se danse dans l'immensité du vide. Clairement pas accessible pour toi… Disons que si tu m'appelles « Pyr'hus », je me reconnaîtrai.

Pyr'hus. D'accord.

Et vu que ton espèce ne peut conceptualiser que deux genres, tu peux dire « il ».

Je lui dirais bien que je conceptualise très bien que les jiihs n'aient pas de genre et que les lléruniens en aient quatre, mais ce n'est pas le moment de débattre. Je tente une approche plus douce.

Et donc, Pyr'hus, tu te passionnes pour quoi, dans la vie ?

J'adore jardiner.

Je me retiens juste à temps de demander comment il fait, sans membres préhensiles. Il pourrait mal le prendre. Je coasse, tourne autour du pot :

Je comprends, les plantes, c'est agréable. Je préfère passer mon temps à la serre qu'à l'usine d'épuration, d'ailleurs. Tu aimes quel type de fleurs, de tâches ?

Former et tailler les arbres. Quand tu sélectionnes les branches qui font l'architecture, que tu coupes celles qui épuiseraient le tronc, que tu guides chaque ramification pour qu'à un moment, l'ensemble tout entier ressemble exactement à ce que tu voulais… Cela me donne une grande satisfaction.

Je ne me suis jamais demandé… Les végétaux, ils pensent ?

Oh ! Beaucoup plus que ce que tu ne pourras jamais imaginer !

Petit haussement de voix. Le caractère exécrable de l'alien n'est pas loin de refaire surface. Je ne relève pas, continue mes questions innocentes.

Comment pratiques-tu ta passion ? Tu as un jardin, des serres à toi, ou tu vas tailler les arbres dans celles des autres ? C'est ton métier, jardinier ?

C'est plus que mon métier, dje… **Myrina ! C'est ma nature, c'est mon essence. La station est un bosquet que j'entretiens soigneusement. Je m'entraîne à former chaque plante, les faire interagir ensemble, élever une**

forêt en parfait accord avec le cycle de la vie, des racines aux feuilles… Et quand j'aurai validé le niveau station, je pourrai passer à une lune. Et après, une planète !

Il est clairement mytho. Mais je ne vais pas le braquer. J'insuffle toute la conviction dont je suis capable dans un semblant de réplique admirative :

Ouah, c'est… c'est grand. C'est beau d'avoir… d'aimer autant la végétation.

Un haussement d'épaules fourmille dans les miennes.

C'est l'ordre des choses.

Et donc, tu cherchais à jardiner dans la déchetterie ?

Mon sang gèle d'un coup. Un silence hostile s'installe entre mes oreilles, étouffe mes tympans. Je serre les dents, inspire lentement. J'ai brusqué mon alien. Contre toute attente, une réponse grince contre mes os.

Un échec cuisant.

J'essaie de dénouer la situation, prends un ton rassurant.

C'est pas grave. Ça arrive à tout le monde.

La pression sur mes tympans se relâche un peu.

Regarde moi, j'ai beau être douée à l'école, à chaque fois que je veux me faire des amis, je foire totalement. Je sais pas ce que je fais, y a que ce cancre d'Auguste qui m'adresse la parole, et c'est pas pour être sympa…

L'alien se détend, mais reste mutique. Je tente un peu plus loin ma chance.

Il y a peut-être quelque chose à changer que tu n'as pas vu dans ton… essai… de jardiner… avec des… déchets.

Je m'emmêle maladroitement.

Comment tu t'y es pris ? Peut-être qu'un avis extérieur t'aid…

On arrive à la section des tatuliks, me coupe l'alien.

Le sas est encore à cent mètres devant moi, point minuscule. Pyr'hus n'a clairement pas envie d'en dire plus. Je relègue à plus tard mes questions, pas la peine de le brusquer. Nous franchissons en silence la dernière ligne droite.

Chapitre 13

Le sas est à taille humaine – c'est-à-dire minuscule pour pas mal d'espèces. Les tatuliks ne doivent pas recevoir beaucoup de visites. Sur les conseils de Pyr'hus, je saisis un masque à oxygène. À mon grand soulagement, son odeur est douce, légèrement suave. Il est trop large pour moi, mais le caoutchouc phytecte qui le compose se colle comme une sangsue tout autour de mon visage, assurant l'étanchéité.

Une fois prête, la tête alourdie de mon attirail, j'enclenche le dispositif d'ouverture. Le ventre noué, je pense à maman pour me donner du courage. Un sifflement aigu marque le changement d'atmosphère. Je marche sur le bouton-poussoir de la porte, et un ovale pas plus haut que mon nombril dévoile un paysage des plus étonnant.

Contrairement à ce que laissait présager la petite taille de la porte, l'espace est immense, et j'ai du mal à distinguer le plafond. L'air luit d'un vert émeraude légèrement opaque, une brume à peine perceptible. Le sol brille de nuances de roses et carmins invraisemblables, de cette teinte un peu agressive qui trahit la présence d'infrarouges – des types de lumières que mon œil est incapable de voir.

Mes pas produisent un bruit de succion déplaisant. Le terrain est spongieux. Si la gravité était plus forte, nul doute que je m'enfoncerais dedans jusqu'aux genoux. L'humidité ambiante dépose quelques gouttes sur mes mains. C'est agréable. Frustrée que mon masque à oxygène m'empêche de humer les odeurs du lieu, je cueille une poignée d'herbe et la glisse dans mon sac. Je pourrai renifler leur parfum de retour dans l'allée H, et peut-être les utiliser pour mon spectacle.

Je redresse la tête, soudain consciente du vide à perte de vue.

Ils sont où, les tatuliks ?

Normalement, ils broutent dans la prairie...

Un chatouillement dans mon estomac.

Tu fais quoi ? Je te sens dans mon ventre...

Ah bon ?

La surprise de l'alien n'est pas feinte.

Je ne fais que scanner les alentours pour trouver les tatuliks. Tu le sens ?

Pas qu'un peu, oui. Je suis malade depuis le début, je te signale ! C'est pas normal ?

Un frisson me parcourt la colonne, comme un haussement d'épaules.

Personne ne s'est jamais plaint. Mais d'habitude, mes... hum, collaborateurs, ne sont pas des têtes de mules comme toi ! Ils m'écoutent plutôt que de lutter contre moi. Tu ferais bien de faire pareil, je suis sûr que tu ne serais plus malade !

Lui faire confiance ? Pas besoin de mon reflet pour savoir que ce serait la pire idée de ma vie.

Je les ai ! Va un peu à gauche, puis suis leur piste de course.

Je m'exécute, tombe rapidement sur une énorme ligne droite de plusieurs mètres de large. Je m'engage sur la route de métal, portée par la faible pesanteur. Des collines prennent petit à petit forme dans l'atmosphère verte, bien plus hautes que la serre où je bosse.

On arrive. C'est étrange que les tatuliks ne s'entraînent pas...

Je prends ça comme un signe d'espoir.

En même temps, si tout allait bien, ils n'auraient pas posé de plainte contre l'usine de maman, si ?

Pyr'hus approuve, tandis que les coteaux se rapprochent. Je plisse les yeux. Est-ce l'effet légèrement déformant de mon masque, ou ces collines sont-elles vraiment très, très rondes ?

Il y a beaucoup d'endroits sur Station Symbiose avec du relief artificiel ?

Ça peut arriver, mais les tatuliks aiment le plat.

Je tique et pointe l'horizon.

C'est pas du relief, ça ?

Question idiote ! Les tatuliks, voyons !

Les tatuliks ? C'est quoi cette blague ?

Tu m'avais dit que c'étaient de charmantes boules gélatineuses qui tiennent dans ma main.

Les juvéniles. Les adultes sont un peu plus gros.

Je m'étouffe en découvrant les boules de six à huit mètres de diamètre qui me font face.

Un peu plus gros ?

De plus près, je distingue les plastrons osseux qui recouvrent chaque sphère, coulissant les uns sur les autres en une solide armure. Aucun membre, aucun visage. Je réalise d'un coup que les spécimens ont exactement la même largeur que les traces parallèles qui recouvrent la route sur laquelle nous marchons. J'explose de colère en comprenant à quoi Pyr'hus faisait référence en parlant des « courses ».

Je rêve ou tu me fais marcher sur une piste de bowling pour alien géant ? Tu te rends compte que, si l'un déboule, là, je finis écrasée comme une crêpe ?

Et moi aussi, je te signale. Il n'y a aucun risque, je détecterai leurs mouvements bien avant toi.

Je reste la bouche ouverte, ne sachant que répondre à cet argument implacable.

Ton manque de confiance me consterne.

Je marmonne vaguement un « j'ai eu peur » et continue d'avancer, jetant des œillades méfiantes aux mastodontes immobiles.

Le sol se couvre petit à petit de spécimens moins imposants, dont les couleurs vont du bleu au violet. Leur carapace est molle, irrégulière. Lorsque je me retrouve dans un groupe dont les individus ne dépassent pas ma taille, je m'arrête, un peu plus à l'aise. Je balaye du regard le troupeau qui m'entoure. Il est temps d'enquêter.

Bon, euh… ils communiquent comment, ces aliens ?

Les juvéniles utilisent les vibrations du sol, et les adultes les phéromones. Rien que tu puisses émettre ou recevoir.

C'est là que tu interviens, ô grand télépathe interstellaire. Tu peux les saluer de ma part et m'introduire ?

Un rire chatouille mes neurones. Pyr'hus explose, hilare.

T'introduire ? Mais depuis que tu as posé le pied dans la réserve, ils connaissent tout de toi ! Le sol leur a transmis ton poids, ta taille, ton rythme, la hauteur de ton corps, ton espèce, ton âge même… Ils comprennent des infinités de variations que tu ne peux saisir.

Je réplique, de mauvaise humeur :

Ils connaissent peut-être mon prénom aussi, pendant qu'on y est ?

Vous, les humains, vous mettez le verbe au-dessus de tout. La notion de prénom et de personnification n'existe pas pour les tatuliks.

Devant mon silence perplexe, Pyr'hus m'explique :

Pour eux, comme pour les massal'eths, il n'y a qu'un seul humain. Tu vois à quel point ils changent de forme au cours de leur vie ; si quelqu'un d'autre venait ici, même plus lourd, plus grand que toi, ils se diraient que tu as bougé, c'est tout. Et encore, s'ils s'intéressent à la question. Vous n'êtes qu'un élément du décor, puisque vous ne pouvez pas communiquer avec eux.

Je fronce les sourcils. Parce qu'ils ne me comprennent pas, ils imaginent que je suis une plante verte ?

D'accord, bon… Ce qu'il m'importe, c'est de savoir ce qu'ils reprochent à ma mère.

Je sens Pyr'hus tendre ses pensées vers les aliens. Une demi-seconde lui suffit avant de me traduire :

Les adultes se plaignent du mauvais goût des juvéniles. Ils n'ont rien mangé depuis trois chromas.

Je croasse :

Pa… pardon ?

Les tatuliks ont un cycle de développement autophagique. Les plus vieux ingèrent les plus jeunes, jusqu'à être assez gros pour se reproduire. Ils muent, se décomposent, et leur corps sert de garde-manger aux larves qui deviennent ensuite des juvéniles. À part la phase où ils broutent, ils n'ont besoin de rien. C'est une espèce très frugale !

Je ne partage pas l'enthousiasme de mon parasite.

Ça me rappelle les jiihs. C'est immonde !

Pour toi, pas pour eux. Souviens-toi que, quand tu étais bébé, tu mangeais des bouts de ta mère.

Pas des bouts ! Du lait. Ça n'a rien à voir.

C'est un liquide qui, avant de venir dans ton estomac, est une partie du corps de ta mère…

Je baisse les bras.

D'accord, d'accord. Donc les juvéniles n'ont pas bon goût, les adultes ont faim et ils ont porté plainte. Mais par la Terre, quel est le lien avec maman ?

Les jeunes sont un peu plus loin. Allons leur demander.

J'avance parmi la marée de boules gélatineuses. Petit à petit, leur taille diminue, leur forme s'allonge et des antennes apparaissent sur ce qui doit être une tête. Quand Pyr'hus décide de s'arrêter, je suis entourée de jolies limaces tachetées d'un rose translucide. Elles broutent l'herbe mauve : on voit les brins traverser leur estomac. D'où les tâches. Je m'accroupis pour mieux les observer, pose un doigt sur leur corps tout mou. C'est doux.

— Elles sont mignonnes.

Un trille[8] d'exaspération dévale ma colonne vertébrale.

Et heureusement non toxiques. T'as demandé la permission avant de les caresser ? Y a des espèces qui te dévoreraient les intestins vivante pour te punir de les avoir touchées sans consentement.

Je retire ma main comme si je venais de me brûler, maudissant ma bêtise.

Alors, pourquoi elles n'ont pas bon goût, ces limaces choupinou ?

Pyr'hus sonde les aliens.

Les juvéniles n'en savent rien. Ils n'ont même pas conscience du problème, à vrai dire.

Je lève les yeux au ciel. On est bien avancé, avec ça !

Soudain, une minuscule tache de couleur m'attire. Une limace arbore un bleu flou qui détonne dans le décor.

Pourquoi n'est-elle pas comme les autres ?

J'approche tant bien que mal du spécimen, en faisant attention de n'écraser personne. C'est de plus en plus compliqué. S'il s'était agi de jiihs, je n'aurais probablement pas hésité. Mais là… je ne sais pas pourquoi, je fonds de tendresse pour la petite limace bleue, dont les antennes frétillantes semblent me saluer. Je m'accroupis et tends la main. La larve tatulik tâte mes doigts et grimpe. C'est doux et chaud, comme une caresse. Je monte la main face à mes yeux pour mieux observer ce corps translucide. Contrairement aux autres, il n'y a pas de brins d'herbe rose à l'intérieur, d'où sa couleur. Elle est à la diète.

Il dit que depuis cinq chromas, la pelouse est devenue immangeable.

Je jette un œil à la panoplie d'individus qui broute joyeusement. Visiblement, ses compagnons ne sont pas du même avis.

Il dit qu'avant, l'herbe avait un goût plus fort et qu'aujourd'hui, elle est fade.

Cinq chromas, ça a laissé le temps aux aliens pour porter plainte, mener une pseudo-enquête et remonter je ne sais pas comment à la station d'épuration… Ça colle. Je parcours du regard l'immense prairie qui constitue l'habitat des tatuliks. Je sais qu'en dessous se trouve un plancher métallique plein de tuyaux.

Je suppose que pour faire pousser la pelouse, ils l'arrosent avec quelque chose ?

Pyr'hus suit mon raisonnement et confirme :

Le cycle de l'eau sur Station Symbiose est assez simple : les Siruns potabilisent l'eau pour que les habitants puissent la boire et l'utiliser. Puis l'eau sale, ainsi que les excréments et l'urine, sont traités pour en ressortir une eau claire qui arrose les champs et retourne ensuite chez les Siruns.

Je n'ai donc qu'à cueillir l'herbe qui est arrosée par l'eau de la station et l'analyser pour trouver ce qui ne va pas.

Oui. Mais avant, il faut s'assurer que le seul qui n'a pas mangé d'herbe a bon goût. Sinon, le problème est ailleurs.

Pyr'hus n'a pas tort. Je jette un œil à la larve qui se trémousse dans ma main.

Mais comment je vérifie qu'elle a bon goût ? Elle est mignonne, ça suffit pas ?

Il faut le goûter ! C'est évident, voyons !

— Je ne vais pas la bouffer, quand même !

Je fronce les sourcils, puis regarde la larve dans ma main en grimaçant.

Toi, non.

J'écarquille les yeux, horrifiée.

— Sérieux ? Tu veux que je la donne à manger à un adulte ?

Quoi d'autre ? Décidément, le cerveau humain est long à la détente !

— Mais c'est cruel !

Pyr'hus réplique en détachant les syllabes, comme s'il parlait à une gamine de cinq ans :

Non, ce n'est pas cruel pour eux, arrête de faire de l'an-thro-po-mor-phi-sme ! Et t'as pas besoin de crier, personne ne t'entend.

Je regarde la larve, la bouche grande ouverte. Je cherche quoi répondre, mais ne parviens qu'à un mime déplorable d'un poisson hors de l'eau. Soudain, le juvénile se dresse, change de forme pour s'arrondir, comme une balle frétillante. Les antennes disparaissent, fusionnant avec le reste du corps.

Tu vois ? Rien qu'à la mention de servir de repas, il se pâme d'envie.

Je me lève, circonspecte. La larve pulse des flashs bleus. Aussitôt, les autres l'imitent et se roulent en boule. Certains sautent de joie. C'est la fête.

Le sol se met soudain à vibrer. Je déchante. Trois tatuliks adultes s'approchent, menaçants. Ces trucs sont énormes. Vraiment énormes. Je me souviens soudain comment Pyr'hus a manipulé Prof ce matin.

Heu… c'est toi qui les… comment dire… possède ?

Non, j'ai juste fait croire à la larve qu'elle est parfaitement mûre. Elle est tout excitée, et la lumière qu'elle émet attire les grands.

Y a pas des cobayes plus petits que ces trois-là ?

Toute la tribu n'a rien mangé depuis trois jours : ce sont les plus vieux qui priment. Très humain, comme comportement, d'ailleurs.

Je ne relève pas la pique, trop impressionnée. Mes jambes flageolent, pire que du coton. Dans ma main, la larve tatulik n'en peut plus de sautiller. Même sans connaître sa langue, il m'est difficile de ne pas percevoir son envie d'être dévorée.

J'hésite encore.

Hé oh, on va pas y passer la nuit ! Tends la main et on n'en parle plus !

Écœurée, je capitule, détourne la tête et lance la larve sur l'adulte le plus proche. Un claquement retentit dans le silence du secteur. Deux plaques dorsales se sont ouvertes puis refermées aussi sec pour accueillir la larve. J'ai un haut-le-cœur.

Il est bon, confirme Pyr'hus.

Ravie de le savoir.

C'est le résultat que tu attendais. La seule larve qui n'a pas brouté la prairie est bonne. Donc c'est bien l'herbe, le problème. Pas de doute.

Je vais pour rétorquer que je ne suis pas bête lorsqu'un nouveau tremblement fait vibrer le sol et remonte dans mes os. Les adultes se mettent à tourner sur eux-mêmes.

Pyr'hus… Il se passe quoi, là ?

Ils ont faim.

Une pointe d'inquiétude perce dans le ton de mon parasite. Je n'aime pas ça.

Faim ? Genre…

Genre ils pensent que c'est toi qui redonnes bon goût aux larves et ils en voudraient plus.

Mon sang se glace.

Mais c'est faux !

Recule doucement pendant que je leur explique.

Un pied après l'autre, je tente de m'éloigner des géants. Je sens Pyrh'us communiquer avec les tatuliks, mais impossible de savoir de quoi il retourne. Leurs mouvements sont de plus en plus rapides. J'accélère. Un *shmouilk* retentissant m'informe que j'ai définitivement testé le coefficient d'écrasement des larves. Zut.

Soudain, une imprécation me fend le crâne en deux.

COURS !

Je saisis mes jambes à mon cou, électrisée par la peur. Derrière moi, le sol tremble. Je jette un œil : les adultes roulent d'avant en arrière. Mon sang se glace quand je comprends leur geste.

Ils prennent de l'élan.

Je tire sur mes mollets, détale, vole, aidée par la faible pesanteur qui amoindrit le choc de mes pas sur l'herbe.

À gauche !

Par-delà la buée qui se dépose sur mon masque, je discerne la paroi. Mon souffle se fait déjà rare, résonne dans mes tympans, rauque. Les ondes de panique de Pyr'hus inondent mes muscles, les poussant à leur limite.

Un impact. Puis le sol se met à vibrer comme jamais, puissant et régulier. Je jette un œil derrière moi.

Je n'aurais pas dû.

COUUURS !

Un mur de tatuliks se rue sur moi à toute vitesse.

Je voudrais accélérer, mais mes jambes, à leur maximum, ne m'obéissent plus. La gorge me brûle, mon cœur crie grâce. La buée de ma respiration a complètement recouvert la vitre du masque. Je suis aveugle.

Fonce, fonce, FONCE ! Plus à gauche ! À GAUCHE !

Je tourne, me fiant à l'alien. Le vacarme des tatuliks résonne dans mes os à chaque pas.

Tout droit !

Un courant d'air secoue mes cheveux.

Accélère !

Un choc en pleine face m'envoie à terre. J'ai percuté la paroi ! Sonnée, je tâtonne, le tremblement de mes mains accentué par les soubresauts du sol.

À droite ! Non, plus bas !

Un parfum de fruits fermentés m'agresse les narines. Les tatuliks vont m'écraser !

Sous mes doigts, une poignée. Je tire.

Le vacarme de la course sature mes tympans.

Je vais mourir !

Une zone sombre se découpe dans ma vision flottée.

SORS !

Je me jette à l'intérieur.

Un gong sourd ébranle mes os, se répercute en échos dans le sas. Les tatuliks sont rentrés dans la paroi.

Ils sont fous ! Ils vont détruire la station !

J'actionne la fermeture de la porte. J'attends, la peur au ventre.

Le silence revient.

Les tatuliks ne s'acharnent pas. Soulagée, j'arrache mon masque et retrouve la vue. La fraîcheur de l'air sur mes joues couvertes de sueur a un goût inégalé.

Chapitre 14

Allongée dans le sas, je reprends ma respiration et laisse mon cœur se calmer. Par la Terre ! J'ai bien cru finir en purée. Sous mon dos, le béton a presque des allures de matelas accueillant. Je n'ai pas envie de bouger. Ici, le quotidien compact et dense de la station n'est qu'un vrombissement lointain. Ce silence est rare. Trop rare.

Un peu stressant.

Je cherche du regard une surface réfléchissante. La paroi de mon masque ne me renvoie qu'un vague trait translucide. Le contour de ma joue ? La solitude m'étreint le cœur. Je dois déjà faire avec l'absence de maman. Pourquoi ne suis-je même plus capable de me voir moi-même ?

Le silence devient oppressant. J'ai besoin de le rompre.

T'es toujours vivant ?

Le mutisme de mon parasite interstellaire n'est pas de bon augure.

Pyr'hus ?

Je m'appuie sur mon coude et m'assois en ronchonnant. Je tends le bras vers mon sac. Comment courir a-t-il pu me donner des courbatures aux biceps ?

J'ouvre la poche interne. Ouf, Pyr'hus est là. Je le saisis et l'examine.

— T'as pas intérêt à avoir tourné de l'œil, boule de plumes, hein. J'ai encore besoin de toi.

Le duvet qui le recouvre est désormais uniforme, doux comme un nuage. Dessous, je sens la sphère à la fois rigide et tendre. Trop mou pour de l'os ou de la carapace, trop ferme pour du muscle ou de l'organe. S'il lui est arrivé quelque chose, je serai bien en peine de l'aider. Je le secoue un chouia, près de mon oreille.

— Eh oh, y a quelqu'un ?

BOUH !

Le cri qui balaie mon corps m'envoie en arrière. Mon cœur s'arrête un instant de battre.

Un éclat de rire chatouille mes nerfs, s'amplifie, dévale ma colonne vertébrale.

Je t'ai eue ! Ah, si tu avais vu ta tête ! Par Kelket ! Ta tête !

Mon indignation n'a pas le temps de venir, aussitôt soufflée par l'hilarité de Pyr'hus. Je me surprends à esquisser un sourire. D'un coup, ma tristesse s'atténue. Nous sommes tous les deux en vie.

Je ne tiens cependant pas à rendre les armes aussi facilement. Je fais mine de me plaindre.

Je bats le record de vitesse de ma propre espèce pour échapper à des boules de billard géantes, et toi, tu m'achèves d'une crise cardiaque à l'arrivée ? Tu veux vraiment ma mort, oui !

La réponse met un instant à venir, comme une hésitation. Pourtant, il y a dans le ton de la voix télépathique un quelque chose, un début de chaleur que je n'avais jamais sentie jusqu'ici.

Ne dis pas de bêtises, Myrina !

Je décide de continuer la plaisanterie.

Si tu veux jouer avec mon cœur, j'espère que tu as ton diplôme de secouriste !

Je contrôle les esprits, pas les cœurs !

Dommage, j'aurais bien pris un coup de remontant magique. J'ai plus de muscles…

Techniquement, si. Ils sont même en état de marche, je t'assure. Vas-y, lève-toi. Tu as des herbes à analyser.

J'acquiesce et sors péniblement du minuscule sas, me félicitant de mes réflexes artistiques. La poignée que j'ai ramassée chez les tatuliks pour mon concert me servira au final à trouver ce qui rend malades les larves.

Le couloir a viré au vert chrome. Un déclic se fait dans ma tête.

Par la Terre ! Mon concert !

*

J'ai à peine salué FalthazarS qu'il me pousse dans ma loge. Je suis en retard. J'enfile ma veste, trace deux traits sur mon visage. Le temps d'un battement de cil, mon reflet apparaît, m'envoie un clin d'œil translucide. Un cran se détend dans mon ventre. Je monte sur scène.

Hey, m'oublie pas !

Zut. Je fais demi-tour, saisis mon sac à dos et le cache dans un coin du plateau.

Surtout, ne me perturbe pas pendant le spectacle !

Je pose le casque sur mes oreilles, observant la salle avec inquiétude. Ça et là, quelques trous dans le plafond montrent que ma mauvaise performance de l'avant-veille a fait fuir les clients… Ça ne va pas être facile de rattraper mes dettes. Je tente de chasser le souvenir de la journée, me concentre sur ma respiration. La présence de Pyr'hus est une inconnue qui m'angoisse. Pourvu qu'il ne s'immisce pas dans mes pensées au mauvais moment !

J'éteins les lumières et lâche mes premières fragrances. L'humus frais apaise mes tensions. Je me relâche, enchaîne mon tableau d'introduction. Mes mains volent sur les cloches, libèrent les odeurs tout autour de moi. La fatigue tombe de mes épaules comme un vieux costume fané. Agréablement surprise par ce soudain et inespéré bien-être, je ferme les yeux et continue ma danse.

Je me retrouve seule dans la forêt de N'palba. Je marche entre les tiges gigantesques des pic-arbres, apprécie leur écorce spongieuse sous mes doigts. Leur odeur acidulée chatouille mes narines, glisse sur le fond de ma langue. Je me penche, tapote le sol. La roche violette d'ici explose en une brume sucrée. Elle se disperse, dévoilant le plus beau champ que j'ai jamais contemplé.

Mille et une fleurs s'épanouissent en un concert voluptueux. C'est le parfum suave du miel transformé en notes graves ondulant sur ma peau, c'est le bleu indigo d'un myopollen qui coule dans ma gorge, c'est le chant d'oiseaux à trois becs qui emplit mes poumons de coton. Mes sens ne font plus qu'un. Je suis si apaisée, si repue de tant de beauté que je suis le champ, chaleur acidulée, douceur étincelante.

La tendresse d'un contact me ramène à la conscience de mon propre corps. Je suis lovée contre une présence rassurante et protectrice, au parfum de lait qu'ont les nourrissons lorsqu'ils rêvent.

Dans ma main, une autre main.

Mon âme est une éponge qui s'allège du poids de l'oubli ; un soulagement dont j'ignore la provenance suinte de tous mes pores, me baigne d'une eau fraîche.

Le battement d'un cœur résonne en écho du mien. J'ouvre les yeux.

Dans un halo doré de coucher d'étoile, mon propre visage me contemple, un éclat d'amour illuminant mes iris bruns.

Je souris. Mon moi d'en face aussi. Sur ses joues, il manque les marques du maquillage. Un intense soulagement détend mes muscles. J'ai retrouvé mon reflet.

Un monde défile dans ses yeux, une lueur d'espoir, de joie et de regrets.

Je ne me suis jamais sentie aussi bien. Je serre ma main – *sa* main ? –, me noie dans ce regard si évident, si étrange, si beau.

*

Un crissement désagréable me chatouille les mâchoires. Des ultra-sons ?

Soudain, le noir. L'eau glacée. Je me réveille dans un cri.

Bravo, mais bravo ! C'était fan-tas-tique ! J'en ai les plumes tout ébouriffées, quel spectacle !

Je cille, mets quelques secondes à retrouver mes esprits. Les effluves de mon dernier tableau s'évanouissent dans l'air. Au-dessus de moi, les aths volent en une danse fébrile, sifflant tant que mes dents vibrent.

Tu as fait un CARTON ! Ils adorent, ils t'acclament !

Les courbatures montent à l'assaut de mes muscles. Le retour à la réalité est difficile. Je bégaie :

— J'ai… mais je… j'ai fait quoi, pour mon final ?

Le souvenir d'un parfum m'étreint. Celui des nourrissons lorsqu'ils rêvent.

— J'étais… endormie, je crois ? Comment c'est possible ?

Encore sous le choc, l'esprit embué, je salue, puis rentre en coulisse. FalthazarS pointe le bout de ses neuf queues sur moi.

— *Fantastique/changement/merveilleux.*

Qu'as-tu changé par rapport à ton dernier concert ? traduit Pyr'hus.

Ce qui a changé ? Je jette un œil sceptique à mon sac à dos. Mais je préfère signer une réponse plus claire à mon ami :

— Ailleurs/rêve.

FalthazarS fronce les sourcils.

Pas compris.

C'est vrai, les rêves, c'est une notion très humaine.

— Corps/ici. Esprit/ailleurs/forêts/odeurs. Moi.

Le souvenir de mon propre visage m'apparaît. La beauté des iris noisette, la chaleur d'une main dans ma main. Une vague d'émotion me submerge. Soudain, un besoin irrépressible de me blottir contre FalthazarS me saisit. J'hésite… Mon ami me répond, secoue ses queues, mais avant que j'aie le temps de lire ses gestes, Pyr'hus me devance.

Ton art est arrivé jusque dans la cuisine, et c'était aussi voluptueux que les épices les plus raffinées de Tat'N !

La traduction me déroute. Une boule piquante se loge dans ma gorge.

Je sais, je parle sa langue !

Je voulais juste rendre service, pas besoin de râler !

La fatigue, l'émotion, Pyr'hus, les signes, tout se mélange dans un tourbillon flou, un siphon qui fait tomber mes paupières sur mes yeux. La magie de l'instant est passée, FalthazarS a attrapé une marmite de l'une de ses queues. Je n'ose plus avancer vers lui. La surface de cuivre poli me renvoie mon reflet.

Tu as besoin de dormir, Myri'. C'était une très longue journée.

Soudain soulagée de retrouver mon double, je saisis mon sac, lève neuf doigts et m'incline pour saluer respectueusement le maître des fourneaux, oubliant la frustration de ne pas m'être reposée contre sa fourrure tendre.

Je reprends la route, traîne mes pieds lourds sur les passerelles. Grimper aux échelles est une gageure[9].

Le silence buté qui emplit mes pensées finit par me peser. Je soupire.

Je sais que tu ne voulais pas à mal, Pyr'hus. Mais…

Mettre des mots sur ce que j'ai ressenti est difficile.

FalthazarS est mon ami. On se comprend.

C'est impossible que tu perçoives toutes les subtilités de cette langue avec tes deux yeux d'humaine. L'orientation des poils fait partie du vocabulaire !

Peut-être, mais… ce qui est beau, c'est qu'on arrive à communiquer, à tisser un lien même sans maîtriser tout l'un de l'autre. On échange à notre échelle, au-delà des concepts et de la grammaire. C'est quelque chose qui n'appartient qu'à nous.

Mes neurones valsent sous le coup d'un souffle exaspéré. Je m'accroche, tente de trouver les bons mots malgré la fatigue qui me tiraille le corps.

C'est... intime. Si tu t'immisces entre mon ami et moi, ça casse quelque chose de notre relation, tu comprends ?

Non, là, je ne comprends pas. En même temps, vous les humains, vous êtes vraiment trop bizarres !

La passerelle de la maison apparaît enfin. Je ne relève pas la dernière remarque de l'alien bleu, capitule sous la fatigue. Dans l'écho d'une porte, mon reflet m'entoure de sa bienveillance.

On verra ça demain, Myri'.

*

La porte de l'appartement s'ouvre sur le visage blême de mon père. Mon cœur tombe dans mes talons, et la culpabilité m'écrase aussi sûrement qu'un massal'eth. Je ne suis pas rentrée entre ma soi-disant journée de classe et mon pseudo cours du soir !

Papa pousse un cri de soulagement, se lève et se précipite vers moi, manquant de trébucher sur un jiih. Dans mon dos, la porte se referme, me coupant la retraite. J'encaisse l'embrassade humide de mon paternel, l'odeur gênante de tisane mêlée au sel de sa transpiration.

— Myrina, j'ai eu peur qu'ils...

Papa ne finit pas sa phrase. Soudain, il s'écarte de moi comme si tout allait bien et retourne à la cuisine. Je respire, mais le soulagement qui m'envahit s'évapore aussitôt. Les cernes de mon père ont rétréci de moitié en quelques secondes. Il accompagne d'un joyeux gazouillis le bruit de cascade de l'eau bouillante.

Il sifflote ?

Mon sang ne fait qu'un tour. La colère brise les remparts de ma retenue, et je m'étrangle d'indignation.

— Papa ! Maman est en prison, et toi, tu chantes en servant la tisane comme si de rien n'était ?

Un bref instant, une grimace tord les joues de mon père. Il arrête de siffler… et reprend aussitôt, l'air de rien. Je suis sous le choc.

— C'est ça, ta définition de l'amour ? Rester cloîtré chez toi en offrant des biscuits à tes foutus bébés jiihs pendant que maman est détenue par un affreux alien qui ressemble plus à de la morve qu'à un être vivant ?

Tu es sévère avec le lorvon.

Oh toi, je t'ai rien demandé !

Moi, par contre, je te demande d'arrêter de hurler. On s'entend plus penser, là !

Mon sang se fige. Penser. Je me tourne vers mon acolyte, suspicieuse.

Pyr'hus, c'est toi qui mets mon père dans cet état ?

Quel état ?

Idiot béatement heureux.

Ah, ça ? Il est mieux comme ça, non ? Trop de tristesse, c'est mauvais pour l'espérance de vie… déjà que la vôtre est faible…

J'ouvre la bouche, sidérée. Je saisis du coin de l'œil l'avertissement de mon reflet dans le miroir de mon lit.

Myri', il est dangereux…

Il me faut quelques secondes avant de reprendre mes esprits. Et d'exploser.

— Mais t'es dingue ou quoi ? Sors IMMÉDIATEMENT de mon père !

Papy remue dans son fauteuil, réveillé par mon cri. Papa cille, le regard perdu entre deux mondes. Comme s'il n'avait perçu de ma voix qu'un lointain écho.

Enfin, je fais ça pour votre bien ! Son embrassade puait, et il était rongé par le chagrin. Vous êtes mieux comme ça, non ? Lui en train de faire joyeusement de la tisane, et toi libre de te reposer.

L'accent de sincérité de Pyr'hus me tord les boyaux.

— Tu ne peux pas violer ses pensées comme ça ! Lâche-le !

Oh, madame-jamais-contente, si tu préfères le voir malheureux, après tout, c'est ton père ! Il dort plus depuis trois jours, à ce rythme il va perdre dix cycles de vie... Enfin, tu me diras, au point où vous en êtes, hein...

Je n'ai pas le temps d'intégrer les récriminations de Pyr'hus que les prunelles de papa retrouvent leur éclat humide, ses cernes se rallongent et, d'un coup, la théière tombe de ses mains, rebondit sur le sol dans un bruit mat en arrosant les alentours d'eau bouillante. Un cri de grelots aigus résonne sous la table. Mon père se jette à terre pour ramasser le jiih.

— Myrina, la bassine, vite !

Je regarde autour de moi, pas de bassine. Papa panique, papy tente de se lever pour nous aider et chute, Pyr'hus grommelle dans mes pensées, je suis perdue. J'aperçois enfin ledit récipient, l'attrape en retenant mon grand-père, m'étale de tout mon poids au sol. Papa saisit la bassine au vol, fourre le jiih à l'intérieur et fait couler de l'eau dessus. Je reste un instant à terre, la mâchoire crispée sous la douleur. La voix de papa calme le jiih.

— C'est bon, ça va, ça va... Nage un peu, extra-baignade, ce soir. C'est exceptionnel.

Je me relève en me massant la joue, furieuse d'être tombée – ou furieuse qu'après avoir défendu mon père, il se jette au secours d'un alien. Je passe ma colère sur le premier prétexte qui me vient.

— Il va pourrir notre quota d'eau de la semaine, ce foutu poisson à poils !

Les épaules de mon père s'abaissent, son regard se fait fuyant.

— Je ne sais pas ce qui m'a pris, je suis désolé d'avoir renversé...

— Mais papa, arrête d'être tout le temps désolé ! Ça arrive à tout le monde.

Franchement, je ne comprendrai jamais la psychologie humaine. Vous aimez vous faire du mal, non ?

Oh tais-toi, le parasite.

Je plante là papa, papy et Pyr'hus en me jetant sur mon lit, tournant le dos à l'Univers. Tout de suite, j'ai besoin d'une chose vitale et nécessaire.

Dormir.

Dans le miroir de mon lit, mon reflet me sourit. Sa vue me rassure et m'aide à sombrer dans le sommeil. Je l'entends chuchoter :

Prends soin de toi.

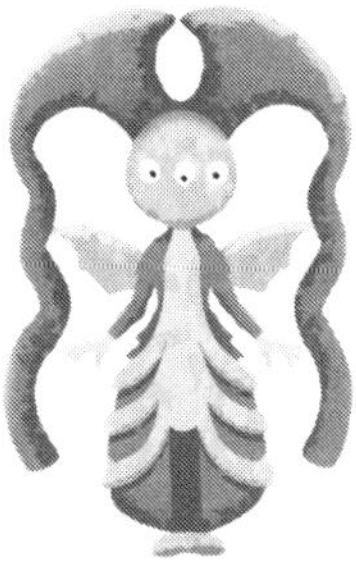

Chapitre 15

Myrina, réveille-toi !

J'émerge difficilement du sommeil, la bouche pâteuse, mal à la tête. Il me faut quelques secondes pour mettre un nom sur la voix pressante qui batifole sous mon crâne. Je marmonne :

— C'est quelle teinte ?

La teinte de sortir. Tu as des herbes à analyser pour sauver ta mère, tu te rappelles ?

Je me réveille tout à fait. L'appartement baigne dans une pénombre nocturne. Je regarde l'horloge : le violet électrique apparaît à peine. Bien trop tôt ! Si j'ai dormi cinq teintes, c'est un miracle. Mais j'ai beau être une marmotte, libérer maman passe avant mon bien-être personnel. Je me change doucement, écris un mot sur la tablette pour papa, en prétextant des révisions supplémentaires pour le prochain examen phytecte. Il n'y verra que du feu, et au moins, il sera rassuré si je rentre tard. Puis je saisis mon sac et m'éclipse.

Je prends la direction du laboratoire horticole qui jouxte l'école. En tant que juvéniles, tous nos après-midi sont occupés par des *travaux pratiques* – en réalité des tâches pénibles qui permettent de nous utiliser comme une main-d'œuvre gratuite. Je suis fière d'être la seule adolescente à bosser dans la serre. J'ai toujours eu un don avec les plantes, et mon professeur l'a vite découvert. Dans l'une des vitres, mon reflet remarque, acerbe :

Vite exploité, tu veux dire...

Certes. Mais le job est bien plus agréable que de trimer à l'épuration, au nettoyage des parois ou à l'usine de filature. Il n'y a pas beaucoup d'emplois sympas pour les humains, sur Station Symbiose.

Je pénètre dans le laboratoire. La salle me connaît et les appareils phytectes s'allument d'eux-mêmes. Je saisis un pilon, broie les herbes desséchées au fond de mon sac, les arrose de liquide révélateur et mets le tout dans un petit tube. Je paramètre la machine et enclenche l'analyse.

Quelqu'un arrive !

Par la Terre !

Je jette un regard affolé autour de moi. Le labo est comme toutes les salles phytectes, parfaitement rangé, sans un recoin ou une étagère inutile où me cacher. Je pourrais prétexter un besoin vital de travailler... mais j'ai déjà manqué l'école hier. Même si je viens « récupérer » mes teintes, Prof n'appréciera pas, et j'aurai droit à un beau savon. Ou pas. Il préférera me laisser nettoyer les toilettes à mains nues.

Soudain, je me rappelle les talents de mon alien bleu.

Pyr'hus, tu peux m'aider ?

Mon estomac prend la consistance d'une pierre. Le télépathe ronchonne.

Alors, hier, tu me fais tout un pataquès pour ne pas que je traduise ton ami ou que je seconde ton père, et là, hop, Pyr'hus, occupe-toi du méchant prof ! T'as pas l'impression d'avoir une éthique à deux vitesses ?

Un sentiment de culpabilité bien à moi m'oppresse le thorax. Je serre les poings. Le bruit des pas, accompagné par le frottement d'une queue au sol, se rapproche dangereusement.

Euh... oui, mais... c'est urgent, là ! On parlera éthique plus tard !

Même sans ça, je ne suis pas à tes ordres, je te signale...

Je me précipite pour donner à l'alien la reconnaissance dont son ego a besoin. Tout plutôt que de me retrouver cloîtrée pour la journée à récurer toutes les toilettes de la section.

S'il-te-plaît-ô-grand-télépathe-tout-puissant, daigne sauver la misérable poussière d'humaine que je suis !

Dans mon immense bonté, je vais voir ce que je peux faire. Loue ma tolérance et...

Pyr'hus s'arrête, surpris. L'angle du couloir dévoile non pas une, mais deux silhouettes de lléruniens.

Deux... C'est plus dur...

Tu vas y arriver ?

Le ton bravache de Pyr'hus ne me rassure pas du tout.

Bien sûr ! Je suis le meilleur ! Mais... surtout, ne bouge pas. Au cas où.

Les aliens nous disent souvent que nous nous ressemblons tous, les humains. Mais de notre côté, c'est tout aussi vrai. Distinguer un llérunien d'un autre n'est pas facile, d'autant qu'ils sont adeptes des combinaisons de seconde peau et que, comme ils discernent très peu les couleurs, elles sont toutes du même gris uniforme. Paraît-il qu'elles ont des motifs uniques dans le maillage, mais bien sûr, mon œil ne voit pas ce détail.

Dans la foule de silhouettes reptiliennes à deux queues, il n'y en a bien que deux que je puisse reconnaître. Et bien sûr, ils sont là, devant moi.

Comme par hasard !

Je sais que Prof est ami (ou amant, ou frère, je n'ai jamais compris la différence chez eux) avec Patron, c'est lui qui m'a fait embaucher en me surprenant à jouer avec les fleurs dans la serre. Jusqu'ici, je ne les avais jamais vus ensemble. Et ça m'arrangeait. Si Prof me grondait face à Patron, ce dernier serait capable de s'en servir comme prétexte pour diminuer mon faible pourcentage sur les recettes. Or, je touche juste de quoi acheter quelques matières premières... Je croise les doigts pour que Pyr'hus réussisse son tour de passe-passe et tente de respirer le moins fort possible. Je n'ai pas pris de douche depuis un moment, ça ne va pas l'aider. Les aliens trouvent tous que l'on sent fort à des mètres à la ronde.

Les deux acolytes s'approchent du labo.

Ils ont remarqué que c'était ouvert.

Tu m'étonnes. Le ronron de l'analyseur est discret, mais dès que la machine aura fini son travail, elle risque de me trahir.

Pas de panique, je gère.

La voix de Pyr'hus est tendue. Je me tais, de peur de le déstabiliser. Mes tripes me chatouillent désagréablement, signe que le télépathe se concentre. Les deux aliens continuent leur chemin droit sur moi, sans s'interrompre. Ils ne me voient pas ! Je me détends un peu. Soudain, je capte un mot connu dans la conversation. Mon prénom ! Je tends l'oreille : entre eux, les lléruniens ne prennent pas soin de leur prononciation, et j'ai du mal à tout comprendre.

Tu as explosé tous les compteurs, hier. Les aths sont ravis, ils reviendront. Paraît même que ça interroge les miyiss, qui voudraient bien tester. Ton patron aimerait rajouter une séance ce soir.

Une onde de fierté me fait dresser le torse, avant que le stress ne vienne tout gâcher. Hier, j'étais dans une transe aussi agréable qu'inhabituelle. Pourrais-je la reproduire ? Sur la vitre du laboratoire, mon reflet me rassure.

Fais-toi confiance.

Pyr'hus continue.

Ton prof est en train de négocier ton prix. Il joue les embêtés, prétextant un besoin de main-d'œuvre pour la station d'épuration ; tu pourrais faire partie du prochain recrutement.

Mon cœur s'arrête à cette nouvelle. Pyr'hus éclate de rire.

Oh, ne t'inquiète pas ! C'est un stratagème pour augmenter sa marge sur ta prestation. Ton boss négocie âprement. Il dit qu'il n'y a qu'une seule humaine comme toi et que te mettre là-bas gâcherait ton potentiel.

Non pas que j'aie jamais eu d'affection pour Patron, mais en cet instant, je pourrais.

Ton prof répond que ce n'est pas tant ton nez qui est important que ta capacité à assembler les parfums comme personne. Je te passe les détails techniques, ils ne connaissent rien à ton art.

Et toi, tu connais ? je réplique, dubitative.

Oh, c'est simple. Vous, les humains, vous avez des pensées en arbre. C'est plein de branches partout qui sont reliées entre elles par un tronc central. Eh bien, pour rester dans l'image végétale, quand tu fais tes concerts, tu arrives à faire communiquer entre elles les feuilles de branches différentes. C'est l'émotion.

L'émotion ?

Oui, vos sentiments, vos peurs, votre attachement, votre tristesse… Tout est plus intense chez vous, les humains, tu n'as jamais remarqué ? Vos émotions sont les plus puissantes du système.

J'oublie un instant les deux silhouettes qui se rapprochent. Nous, forts dans quelque chose ? Impossible.

Quand ils nous traitent de djekets, *les aliens ont l'air très doués pour l'émotion « dédain ».*

Beaucoup moins que ce que tu penses. C'est votre interprétation car vous souffrez de la mise à l'écart. Je n'ai jamais réussi à comprendre pourquoi. Je suppose que, comme vous êtes privés d'atouts biologiques, votre survie est tant liée à votre socialisation que cela a poussé à son maximum l'expression des sentiments.

Piquée, je rétorque :

Une analyse aussi froide et logique, ça oui, c'est dénué d'émotion.

Tu vois, tu le prends mal ! Pourtant, c'est un compliment. C'est cette capacité que ton patron et ton prof sont en train de louer. C'est ça qui fait le succès de tes concerts.

J'approfondirais bien le concept, mais les deux lléruniens se sont soudain arrêtés. Je me fige un cran de plus, hésite même à penser, de peur qu'un mouvement me trahisse.

Tout… tout va bien ?

Ils scellent leur accord par un échange de phéromones, d'où le silence. Ton patron n'a pas cédé, il a rabroué ton prof en disant qu'il n'avait qu'à laisser la natalité des humains augmenter. Il n'a concédé qu'un demi-pourcentage supplémentaire sur tes recettes. Ta part à toi progressera de cinq pour cent.

— Hein ?

Je porte les mains à ma bouche pour retenir l'exclamation qui vient de m'échapper. Deux trios d'yeux se fixent sur mon visage, marqués par une surprise tout aussi forte que la mienne. Pyr'hus rugit de frustration.

Et voilà ! Je manipule la conversation dans ton intérêt et tu gâches mes efforts !

Tétanisée, j'observe les deux lléruniens me déshabiller du regard, stupéfaits. Patron secoue les queues, signe de doute.

— Myrin' ? Que faites-vous ici ?

Je balbutie quelques mots pitoyables.

— Des… je cherche… de l'inspiration…

Tais-toi, laisse-moi faire !

J'obéis. Les aliens se rapprochent de moi, comme s'ils me distinguaient mal. Leur haleine me prend à la gorge. Voilà une odeur que je ne mettrai jamais dans l'un de mes concerts.

Prof projette sa langue en avant. Elle vient lécher mon visage. Je frémis de dégoût.

Pyr'hus, évite-moi ça, pitié !

Deux secondes…

Soudain, l'un tourne le dos. Le second l'observe, revient à moi. Je le sens hésiter.

Allez, petit, petit, fais demi-tour…

Mon vœu est enfin exaucé ! Les deux silhouettes se détournent définitivement de moi. Je suis leurs pas sans oser bouger ni penser.

Un bip strident résonne dans la pièce. Je maudis le sort : l'analyseur vient de terminer ! Les acolytes se retournent…

Une énorme nausée me plie en deux. Je scelle mes lèvres, retiens un haut-le-cœur. Pyr'hus doit envoyer la saucée d'ondes télépathiques pour que je sois aussi mal. Le duo recule, puis reprend sa route sans plus se soucier de moi. J'attends qu'ils soient hors de vue avant de me relâcher.

Bien joué, Pyr'hus ! C'était moins une.

La nausée se transforme en chatouillis presque agréable. Pyr'hus jubile.

Je progresse ! Contrôler deux intelligences, c'est sacrément plus dur qu'une seule !

Le danger écarté, je me tourne vers les résultats de l'analyseur. Je sors ma tablette de mon sac à dos, en jetant un œil au passage au miroir que j'y laisse toujours. Entre deux plumes bleues de Pyr'hus, mon reflet lève le pouce vers le haut en guise de félicitations. Je souris, l'espoir au cœur. Je vais retrouver maman, j'en suis sûre. Je farfouille dans les menus de ma tablette, trouve le cours adéquat pour décrypter le charabia de la machine. Je consulte plusieurs exemples avant de réussir à isoler une molécule que je n'ai jamais observée jusqu'ici. À défaut de connaître son nom, je note ses caractéristiques physico-chimiques et décide de l'appeler « Composant E ».

E pour Emmerdeur.

Très juste. C'est probablement en mangeant ce composant que les larves tatuliks changent de couleur et de goût. Ce qui explique que les adultes ne se nourrissent plus, donc ne muent plus. Les massal'eths ne récupèrent plus les écailles pour leurs chantiers navals. Ils s'en plaignent aux administrateurs qui envoient les guepictes direct à l'épuration régler le problème.

Je frissonne en me rappelant que « régler le problème » revient à enfermer toute une équipe dans les entrailles d'un alien.

Il faut donc que je trouve à quel moment ce composant E apparaît dans le cycle de l'eau, pour voir si la station d'épuration est vraiment le problème…

Si tu prends un échantillon avant, pendant et après l'épuration, tu en sauras déjà plus.

Une bouffée d'optimisme envoie des étincelles d'énergie dans mes membres courbaturés. Je peux trouver la solution, j'en suis sûre ! Pyr'hus renchérit gaiement :

Direction l'épuration !

Je me fige, mon enthousiasme douché.

Forcément, il fallait y passer.

Chapitre 16

Bien entendu, la station d'épuration est à l'opposé des serres, tout au bout de notre section. Il me faut marcher sur de longues passerelles, descendre des dizaines d'échelles et me couler dans de minuscules rues coincées entre des parois aveugles qui vibrent d'une activité intense. Derrière, les usines qui produisent les composés phytectes, les vêtements, les ustensiles du quotidien.

Plus j'avance, plus les aliens se font rares ; les humains représentent la seule main-d'œuvre de cette industrie. Rien à voir avec la diversité d'espèces flamboyante de l'allée H. Ici, la même mine désabusée recouvre les visages. À peine de temps en temps croisons-nous un llérunien ou un guepicte aux tenues caractéristiques de contremaîtres, qui se coulent dans le flot des travailleurs du matin.

Les tuyaux se font de plus en plus imposants. De l'extérieur, ils sont si lustrés que j'y distingue mon reflet. Mais à l'intérieur, ils charrient les eaux usées de tous les coins de Station Symbiose. J'approche du but. La plupart des humains se sont répartis dans les usines semées sur notre route, et la foule se fait plus éparse. Plus jeune aussi, à mon grand désarroi.

Soudain, je reconnais une tête. Une exclamation m'échappe. Bien sûr, de tous ceux que je pouvais croiser, il fallait que je tombe sur le pire de la classe ! Mon reflet me rabroue gentiment.

Ne juge pas trop vite...

Auguste se retourne vers moi. Je marque un arrêt, surprise.

La hargne moqueuse qui relevait sa lèvre gauche a totalement disparu. Ses yeux sont ternes, sa peau pâle. Un éclat de joie ramène un peu de vie dans ses prunelles.

— Ça alors, Boubou… Myrina ! Qu'est-ce que tu fais là ?

En deux secondes, j'improvise un mensonge facile.

— Les guepictes sont venus me chercher pour travailler.

Je n'ai pas besoin de simuler une moue de dégoût, l'odeur putride de la station m'irrite déjà le nez. Je vais passer une mauvaise journée. Très mauvaise.

Auguste a un rictus étrange, entre joie et contrition, qui ne lui ressemble pas du tout.

Laisse-lui une chance. Il peut t'aider.

Je détourne le regard de mon reflet et tente un sourire coincé alors que le cancre de la classe m'explique :

— Ne t'inquiète pas. Je vais te montrer. Ici, pas de prof, on apprend nous-même aux nouveaux. C'est pas facile, mais…

Je sens qu'il cherche quelque chose à me dire pour me rassurer, mais sa phrase reste en suspens.

Pas très bavard, ton ami, remarque Pyr'hus.

Ce n'est pas mon ami !

Dans l'une des conduites en fer chromé, mon reflet en rajoute une couche.

Tellement de choses ont changé en si peu de temps. Tu préfères tomber sur un guepicte mal luné ?

Je ronchonne, mais m'accroche aux pas de mon camarade. Visiblement, il a oublié tout ce qu'il m'a fait vivre, parce qu'il me tape la causette comme si de rien n'était.

— On a tous été séparés, dans la classe, mélangés avec des élèves d'autres secteurs. Je ne connais personne ici.

Il s'arrête un instant, comme s'il espérait que je compatisse. Face à mon mutisme, il reprend :

— L'usine est immense. On fait tous le même travail, mais sur dix étages indépendants. On se croise peu. Tu vas voir, au fur et à mesure de la journée, on avance dans le bâtiment pour nettoyer les différents types de filtres. C'est physique, ça pue, mais c'est pas compliqué.

Je me rembrunis, définitivement excédée. Le sport, c'est pas ma tasse de thé, et les trucs fétides… Je ne suis pas entrée que les effluves de la station saturent déjà mes narines, me donnent une nausée digne d'un Pyr'hus.

Eh, c'est pas ma faute si t'as mal au ventre !

T'es gonflé ! J'ai bien remarqué que tes fameux pouvoirs télépathiques me filent la gerbe, merci. Tu peux pas nier.

C'est pas ma faute quand même. Je te l'ai dit, tu fonctionnes pas comme les autres.

Peut-être que je ne me laisse pas manipuler comme les autres, plutôt ?

Personne ne trouve jamais rien à me reprocher !

Mais bien sûr…

Mon humeur exécrable empire encore alors que nous entrons dans l'usine. Auguste me guide dans le vestiaire, m'aide à enfiler une combinaison. Il me montre un minuscule casier.

— Il faut que tu laisses ton sac à dos ici.

Ah non, pas question. Tu me gardes avec toi !

J'ai trop besoin de l'alien pour l'abandonner, mais je ne suis pas prête à l'admettre.

Je ne vais pas lâcher un danger ambulant comme toi dans la nature, c'est sûr.

J'offre mon sourire le plus innocent à Auguste.

— Je préfère l'avoir sur le dos… C'est une seconde peau, il ne me gênera pas.

— Les contremaîtres ne vont pas être d'accord. Ils te le confisqueront.

J'ai une idée pour régler le problème, et bascule mon sac sur le ventre.

À peine ai-je levé la main pour ouvrir la fermeture qu'un vent de panique envoie valser mes neurones.

NON ! NE ME SORS PAS DE CE SAC !

Enfin, Pyr'hus, je vais juste te mettre dans ma combi de travail, y a la place. Ça me fera un gros ventre, c'est t...

Je reste dans le sac !!

Mais il va me gêner dans mes mouvements !

Si je suis dans ta combi, ça sera pire !

Non, je cr...

Je reste dans le sac, point barre ! Tu ne dois jamais m'exposer à la vue de tous, tu entends ? JAMAIS !

— Euh... ça va ?

J'ouvre la bouche pour envoyer balader Auguste, quand je croise son regard. Inquiet. Est-il capable de se préoccuper des autres ? Mon reflet a-t-il raison ?

Écartelée entre toutes ces émotions, je capitule, remets le sac sur mon dos pour calmer Pyr'hus et tente un sourire crispé à mon camarade de classe.

— Je prends le risque de garder mon sac. C'est important.

Auguste m'observe un instant, semble hésiter à se moquer, puis hausse les épaules.

— Si tu veux. Mets ça et suis-moi.

Il me tend d'immenses gants et deux ridicules bouchons d'oreilles, que je galère à positionner. Face à l'absence de masque, j'enroule ma bouche et mon nez dans mon écharpe – équipement non conventionnel, mais qu'importe. Je tiens à ma survie.

Les portes du premier bassin s'ouvrent, et je manque de défaillir. Un gigantesque tuyau, deux fois plus grand que moi, déverse une cascade d'excréments. Des exhalaisons putrides assaillent mes narines, percent jusqu'à mon crâne. Une migraine aussi violente que subite m'enserre la tête.

— On se fait vite à l'odeur ! me rassure Auguste en criant par-dessus le bruit ambiant.

Les contours de mon reflet se dessinent dans l'arrondi d'une canalisation crasseuse.

Ne t'éternise pas ici, Myri'. Sinon, ta carrière est terminée !

Je me pince le nez pour toute réponse. Malheureusement, je comprends rapidement que je vais avoir besoin de mes deux mains. Le flot de détritus passe dans de nombreux filtres, de simples maillages de fer, qui doivent être nettoyés pour éviter l'embourbement. Il faut tirer l'énorme grille à soi, la racler au-dessus d'une fente creusée dans le sol, puis la remettre à sa place. Je m'attelle à la tâche, en pensant fort à maman pour me donner du courage. Le filtre est lourd à en crever, et je m'échine en criant de rage.

Soudain, deux mains se posent à côté des miennes. La grille bouge et, grâce à Auguste, sort enfin de sa position.

— Tu verras, on se muscle vite, ça devient plus facile après quelques jours.

Pour tout remerciement, je ronchonne dans mon écharpe. La vue des formes visqueuses et noirâtres prises dans le maillage me retourne les tripes. Mais pas le choix. Je ferme les yeux. Frémis au contact fuyant des immondices.

— Passe tes mains comme ça le long de chaque barreau, ça pousse les déchets vers le bas, ça va plus vite, me conseille mon camarade de classe en joignant le geste à la parole.

Je m'exécute de mauvaise grâce, tente de ne pas penser aux personnes qui, sous moi, reçoivent ces immondices et les trient pour en sortir des composants réutilisables. Dans mon dos, la silhouette d'un llérunien. Je m'acharne sur ma tâche. Un fourmillement dans le ventre m'indique que Pyr'hus doit faire disparaître mon sac à dos de son esprit. Juste le sac à dos. Ma nuque se hérisse sous le poids du regard dédaigneux du contremaître.

Pourquoi c'est aux humains de se taper ce sale boulot de merde, hein ? Pendant que le llérunien se la coule douce ?

Y a que vous qui avez cinq doigts assez fins et articulés pour ce travail, réplique Pyr'hus sur le ton de l'évidence.

Non, c'est trop facile ! Les tentacules des jiihs feraient très bien l'affaire aussi !

Mais ils ont l'épiderme plus fragile que vous, ils se blesseraient en peu de temps.

Et perdre l'odorat, c'est pas une blessure ?

Pyr'hus reste silencieux. Ma mâchoire grince bizarrement, sans que je serre les dents. L'expression de sa gêne ? Je retourne à mon travail. Le temps que je finisse, Auguste a nettoyé trois autres filtres. Malgré moi, je suis impressionnée. Je pousse ma grille propre dans son emplacement. J'arrive à la manipuler seule, cette fois, mais la manœuvre me laisse en sueur. Désespérée, je contemple l'immense couloir qui accompagne le canal de détritus.

— Les prochains seront plus faciles, non ? On a éliminé les plus gros.

Auguste secoue la tête.

— Les filtres sont de plus en plus fins. Ils retiennent tous autant de cochonneries.

Et merde.

C'est le mot !

Je n'ai pas la patience pour ça, Pyr'hus…

N'oublie quand même pas ton échantillon.

J'acquiesce. Nos manœuvres projettent de l'eau sale partout. En récupérer une partie est la seule tâche facile de la matinée.

Lorsque nous terminons d'actionner la vingtaine de grilles de l'étage, mes bras sont en feu, mon estomac s'est retourné sur lui-même et ma tête va exploser. Je suis soulagée de sortir de la section.

Ma joie n'est que de courte durée. Le sas s'ouvre sur une pièce bien moins bruyante, mais à l'odeur insoutenable. La bile de mon ventre vide remonte dans ma gorge. Je me retiens de vomir. Auguste pose la main sur mon épaule.

— On s'y fait, Boub… Myrina. Dans trois jours, ton nez ne sentira plus rien, tu verras.

Hors de question !

Sur une canalisation, mon reflet me rassure.

Tu ne remettras jamais plus les pieds ici, Myri'. Ce n'est que l'histoire d'une journée, courage.

J'avale ma salive, pense à Maman. Elle affronte ça au quotidien. Je peux résister quelques teintes.

Dans cette nouvelle section, une immense piscine est remplie d'un liquide brunâtre aux relents d'urine. Des lames mécaniques raclent lentement la surface, écumant les particules qui y remontent.

— Les lames doivent rester propres, m'explique Auguste. Il faut juste les nettoyer quand elles ont fini leur rotation.

Je me dirige au bout du bassin et saisis une perche, qui me paraît légère par rapport aux filtres. Je déchante en moins de dix minutes : un élancement dans les lombaires m'indique que mon dos n'aime pas la position imposée par la manœuvre.

La journée s'écoule lentement. Je vis un cauchemar, ballottée entre la douleur, l'épuisement et la colère. Pyr'hus se tait, probablement conscient qu'il suffirait d'une remarque pour que j'explose. Auguste m'aide comme il peut, me montre les bonnes postures, et prend le gros du travail. Petit à petit, je sens ma colère contre lui baisser d'intensité.

À chaque étape de l'épuration, je prélève un échantillon. Les bassins de décantation se succèdent, abritant qui des éponges, qui des bactéries, qui permettent de séparer les eaux brunes en différents types de boues et, bien sûr, en eaux claires. Très peu d'espèces peuvent se passer du précieux liquide : l'eau est la ressource la plus importante de la station.

Et la dépolluer est le métier le plus pénible et méprisé… Y a pas un souci ?

Chacun doit faire sa part, répond évasivement Pyr'hus.

Enfin, la journée aux enfers touche à sa fin. Je ressors lessivée, d'autant plus épuisée que je me suis levée très tôt pour les analyses. Des muscles que je ne me connaissais pas manifestent leur existence par des tiraillements intenses. Mon crâne pulse d'une douleur sourde et, pire que tout, mes parois nasales sont recouvertes d'une gangue fétide qui frémit à chaque respiration. Plus aucune odeur ne passe. Malgré ma fatigue, je n'ai qu'une hâte : retrouver ma loge et mon attirail pour nettoyer tout ça. Auguste m'observe me déshabiller en gémissant.

— Les courbatures vont vite disparaître, ne t'inquiète pas. Tu vas bien dormir, cette nuit.

Il hésite un instant, puis rajoute, le rouge aux joues :

— On forme un bon binôme, hein ? Je suis content que tu sois là.

Je parviens à esquisser un sourire et hocher la tête. Mon reflet a raison : il a changé. La rudesse du métier, la solitude… La boule de rage qui loge au fond de mon ventre depuis que maman a été arrêtée sans explication grossit. Comment peut-on exiger de nous un tel travail ? Je serre les poings. Même pour Auguste, je ne souhaitais pas ce sort. Le monde est injuste.

Au fond de mon sac, les fioles que j'ai prélevées tintent délicatement.

Tu as réussi, Myri'. Bien joué.

L'espoir qu'elles représentent me redonne de l'énergie, et, sous le regard rassurant de mon reflet, je pars pour le bar.

*

Quand j'entre dans l'arrière-cuisine, épuisée, FalthazarS se hérisse de tous ses poils. J'explique en articulant :

— Tombée/déchetterie. Besoin/laver/urgent.

FalthazarS remue trois queues sur neuf.

— *Utilisation/gel/pas bon.*

Je fronce les sourcils, sans vraiment comprendre. FalthazarS secoue ses bras, réprobateur. Puis il se met à battre un tempo à trois temps, et s'en va fouiller dans ses tiroirs.

Tu es sûre qu'ils sont fiables, tes amis ?

La remarque de Pyr'hus m'interpelle.

Euh… pourquoi utilises-tu le pluriel ?

Ben… neuf queues, neuf personnalités. Tu as affaire à une entité multiple.

J'oublie un instant mon odeur et fixe la courbe du dos de FalthazarS. Plusieurs ?

Je… il ne m'a jamais rien dit.

Tu vois, tu ne les connais pas !

C'est peut-être juste de la… modestie ?

Ça m'étonnerait.

Une vague de fatigue me renvoie ma propre puanteur au visage.

On peut parler de ça plus tard ? Je ne peux pas gérer tes doutes sur mon seul ami, j'ai d'autres chats à fouetter, là !

Je ne leur reproche rien. Pour l'instant. Je suis juste sur mes gardes. Les humains interprètent mal les comportements des aliens.

Je le connais depuis des cycles !

C'est facile. Tout ce qui a des poils et n'a pas de dents tranchantes vous paraît gentil.

Pyr'hus exsude la méfiance. Sa réaction me surprend.

Voyons, c'est mon ami…

C'est ce qu'on dit avant de se rendre compte que le synonyme de « ami » est « nourriture » dans le langage natif dudit compère.

Je lève les yeux au ciel.

FalthazarS est végétarien ! Tu ne risques rien, il va pas te manger.

J'ai à peine prononcé ces mots que FalthazarS surgit de son placard, un vaporisateur tendu vers moi. Il appuie sur la gâchette. Aussitôt, un jet sec s'accroche à ma peau, rentre dans mes narines, recouvre mes vêtements. Des particules infiltrent mon nez, ma gorge, provoquant une affreuse quinte de toux. Sous mon crâne, Pyr'hus panique. Sa voix démultipliée trébuche contre mes neurones, agrémentée de maux d'estomacs.

Je te l'avais dit ! Ils sont en train de t'empoisonner ! Sauve-toi !

Je tente de le raisonner.

— Calme… *kof, kof…* calme-toi !

Pars ! Protège-moi !

L'émotion de mon alien bleu me parasite. La fatigue transforme mon énervement en colère. J'arrive à prendre une inspiration et hurle, à bout :

— Pyr'hus, tais-toi !!

La stupéfaction cloue le télépathe tout autant que FalthazarS.

— *Tout va/correct ?*

J'évacue ma quinte de toux par un raclement de gorge et me redresse.

— Excuse. Horrible/journée. Grosse/fatigue.

Le silence sous ma boîte crânienne m'inquiète, mais je n'ai plus la force de tout gérer. FalthazarS s'approche de moi.

— *Normal/Séparation famille/Très difficile.*

Sa compassion m'apaise. Il est le seul qui comprend à quel point ma mère me manque. Il prend un drôle de plumeau, m'époussette tendrement. Une sensation de fraîcheur bienvenue m'envahit, comme si je passais une lingette humide sur ma peau. Je respire un grand coup. La gangue de puanteur qui recouvrait l'intérieur de mes sinus a disparu. Je porte ma veste à mon nez. Un arôme floral a remplacé les effluves putrides. Je suis ébahie.

— Incroyable ! Où/acheter/produit/miracle ?

FalthazarS secoue son pulvérisateur d'un air blasé.

— *Shampoing/simple/boutique allée H/parfum Avisera.*

Je mémorise le flacon. Les juvéniles n'ont pas le droit d'aller dans les commerces, mais il suffit d'enlever mon badge, après tout. J'aimerais bien lui sauter dans les bras, mais je sais qu'il le prendrait très mal – c'est presque une déclaration de guerre, m'a-t-il dit un jour. Je me refrène et fais l'effort de signer correctement ma réponse.

— Merci/Sauver/Concert.

— *Concert/attention retard/beaucoup de spectateurs/bols de katrub pour miyiss.*

Je jette un œil vers un plat où se trémoussent des vers dont la texture me rappelle les tatuliks. Ne vivent-ils eux aussi que pour être dévorés ? Je ne m'attarde pas sur la question et file me préparer dans ma loge, Pyr'hus toujours muet dans mon sac.

Chapitre 17

J'entre sur scène et me fige. Patron n'a pas rigolé. Il a abattu le plancher pour l'ouvrir sur le bar, situé sous le plateau, afin de caser des spectateurs assis. J'entraperçois un système de ventilateurs destiné à faire circuler mes parfums tant vers les aths qui recouvrent déjà le plafond d'une masse grouillante et excitée que vers les chaises. Dans la pénombre, des phytectes, des miyiss et même des octopodes prennent place.

Par la Terre ! Il y en vient de partout !

Normal, vu ton talent.

Le ton est abrupt, mais l'évidence qui pointe dans la voix de Pyr'hus me réchauffe le ventre. Le trac chasse la lourdeur de mes muscles et les souvenirs de cette longue journée. Je m'avance. Au centre de la scène, ma table d'instruments a été agrandie, séparée en deux arcs de cercle qui m'entourent, me présentant l'ensemble de mes cloches et fioles. Parfait. Je cache mon sac à dos sous la table, chausse mon casque, respire posément, apprécie la bouffée fraîche qui remonte mon conduit et dévale ma trachée, si pure après la station ! D'une pichenette sur la cloche d'ouverture, je lance le concert.

Soudain, l'air devient dense de l'attention des spectateurs. Mon cœur cogne dans ma poitrine. Je soulève mes premières cloches, les referme, frotte des feuilles séchées dans mes mains, disperse des gouttelettes de parfum. Je suis raide. Mes bras me tirent, mon poignet souffre de secouer l'éventail. Mon cœur accélère. Et si je ne suis pas au niveau ?

Ne t'en fais pas. Laisse couler, c'est tout.

Plus facile à dire qu'à faire. Je ressens une tension dans la salle. Les miyiss exsudent le doute. Pyr'hus se fait plus chaleureux.

Tu as ce talent en toi, Myrina.

Une onde d'apaisement ruisselle sur ma tête comme un miel chaud. Je frissonne. Ma respiration se détend. Mes mouvements retrouvent de leur fluidité et, soudain, tout paraît simple et naturel. Le décor que j'esquisse prend de la substance. L'attaque voluptueuse de la vanille, la touche acidulée de l'ibibi qui résonne sur l'écho des jasmins. Une volée de miraë glaciale, aussitôt avalée par la puissance d'une écorce caféinée.

Petit à petit, je me fonds dans les paysages olfactifs que je crée.

Je suis dans une forêt luxuriante. Des feuilles de cotons frôlent mes bras. Une sorte d'écureuil jaune à six oreilles saute de branche en branche, dégageant une envolée de pollen à la saveur de miel à chaque mouvement. Je le suis du regard, tourne la tête. Un parfum de lait caresse mes narines.

Mon reflet est là, adossée à un arbre. Sa vue répand une douce chaleur dans mon ventre. Je souris. Elle aussi. Ses joues sont vierges, sans le maquillage dont j'ai paré les miennes.

Assise ici, dans ce paysage extraordinaire, elle me paraît plus vivante que jamais. Je l'observe attentivement. Ses traits me semblent plus fins que les miens. Les ailes de son nez un peu plus étroites. Ses pommettes, plus rehaussées.

Est-ce bien mon reflet ?

Plus je la contemple, plus elle est *elle* et non *moi*. Ses lèvres s'entrouvrent. Bougent. Je n'entends rien.

Je tente aussi de parler, mais mon rêve n'est que parfum et couleurs. Le son n'y existe pas.

Elle fronce les sourcils, contrariée. Je baisse les yeux, honteuse. C'est mon concert ; est-ce ma faute s'il n'y a pas de bruit ?

D'un mouvement, elle se lève et m'enlace. Une vague d'émotion me submerge. Son contact est tout à la fois doux et puissant, moelleux et ferme. Ces bras me redonnent du courage. Ici, rien ne peut m'arriver. Cette étreinte est la plus forte des protections. Celle de l'amour.

Un océan de larmes salées s'envole.

*

Soudain, la salle de concert se matérialise devant moi. Déstabilisée, je papillonne des cils, cherche mes repères. J'ai dans la main gauche la dernière cloche. Je viens de terminer ma représentation.

Mes mâchoires sont trop détendues. Au plafond, les aths sont silencieux. Je retiens ma respiration, prise de panique. Ai-je manqué quelque chose ? Ai-je été aussi nulle que ça ? La journée a été si longue… La fatigue abat tout son poids sur mes épaules. Je baisse la tête, épuisée.

Un mur d'humus saturé de naphtaline m'agresse soudain le nez, se colle à ma peau. J'ai à peine le temps de me rappeler qu'il s'agit d'une émanation de joie de la part des phytectes que, d'un même mouvement, les aths déchaînent leurs cris. Mes articulations crissent sous la pression des ultra-sons. Dans ma tête, une tempête de bonne humeur chasse la fatigue.

Grandiose ! Sublime ! Parfait ! IN-CRO-YABLE ! Par Kelket, Myrina, où vas-tu chercher tout ça ?

Le nœud dans mon ventre se détend d'un coup, expulse l'air de mes poumons. Mes zygomatiques s'étirent en un sourire qui titille mes oreilles. Sous la pluie d'applaudissements, je tourne sur moi-même pour remercier le public, lève les mains pour les aths. Un doute me fige.

Pyr'hus, comment saluer les miyiss ? Les phytectes ?

Eh bien... pour les premiers, tu vas pas pouvoir péter sur commande. Mais essaie ça...

Sur les conseils du télépathe, je frappe le sol puis mes joues pour rendre hommage aux uns, saisis une de mes fleurs et la secoue pour les seconds. Les signes d'enthousiasme redoublent. Pyr'hus rugit de plaisir.

C'est qui la plus forte, hein ? Tu déchires, Myrina !

Je finis par sortir de scène, revigorée par ce bain de hourras. Patron m'attend en coulisse. Je reste coite alors qu'il me serre la main – comme beaucoup, les lléruniens *détestent* toucher les humains.

— Merveilleux ! Sublime ! Incroy'ble ! Myrin', il faut vraiment que tu reviennes demain, et 'près-demain, et encore 'près. Je vais prendre plus de lampes méduses. Et 'grandir t' loge.

La surprise m'en fait tomber les bras. C'est bien la première fois qu'un alien, mon patron de surcroît, me donne quelque chose.

C'est... toi qui fais ça ? je demande à Pyr'hus, suspicieuse.

Même pas ! Il vient de calculer le chiffre d'affaires de la semaine. Les miyiss t'adorent, déjà pour ta prestation, mais quand tu les as salués dans leur langue, ils étaient si enthousiastes qu'ils en ont marqué leurs fauteuils. Ce qui veut dire qu'ils reviendront tous les soirs, c'est chimique, c'est assuré. Et les phytectes parlent d'inviter le grand triumvirat qui siège au Conseil Carré. Ton patron est riche, et toi aussi, bientôt !

Je bats des cils. Le début de joie est aussitôt chassé par une énorme lassitude. Le soulagement d'avoir réussi, et peut-être de l'avoir revue, *elle*, me laisse sur les rotules. Mes muscles protestent douloureusement contre le traitement que je leur ai infligé à l'usine.

Il faut que je rentre, Pyr'hus. Je suis épuisée.

Mon alien bleu grommelle.

Quoi, tu veux encore dormir ? Mais on commence tout juste à s'amuser ! Je pète la forme, moi !

Que veux-tu, les humains, c'est fragile ! Et puis, j'ai besoin de voir papa. Promis, demain je me réveille tôt, on a plein d'échantillons à analyser…

Je rentre chez moi avec le sourire. La tension de mes zygomatiques me rappelle qu'ils sont rarement actifs en ce moment. L'image de maman, enfermée dans le lorvon, me revient en tête. Je me mords la lèvre, soudain prise par la culpabilité. Comment puis-je me réjouir alors qu'elle est en prison ?

Sur la vitre d'un bâtiment, mon reflet m'enlace de sa bienveillance.

Ne t'en veux pas. Quand tu la retrouveras, elle sera contente de savoir que tu as passé un bon moment pendant qu'elle dormait.

Cette pensée me réchauffe le cœur, sans pour autant combler le vide que laisse l'absence de maman.

*

Après une nuit de sommeil réparateur, je repars au laboratoire. Les yeux encore lourds, je pénètre dans les lieux sans m'inquiéter. Si jamais je tombe sur Patron ou Prof, il suffira que j'invente une excuse bidon liée à mon concert pour qu'ils me laissent faire ce que je veux. Je souris. Je me sens armée face aux aliens. C'est une première.

Je débouche les flacons prélevés à l'usine, et l'odeur d'excréments me monte au nez. Je me protège derrière mon écharpe et mélange le plus vite possible les échantillons avec les solutions révélatrices. Je plisse des yeux pour vérifier l'homogénéité des liquides – j'ai du mal à me concentrer. Pyr'hus est si excité que j'ai la désagréable impression qu'il joue au billard avec mes neurones.

Par la Terre, reste calme ! Tu as trop d'énergie… Si tu continues, je t'utilise comme ballon de foot !

Son attitude change du tout au tout.

Ah non ! Tu as promis. Je reste dans le sac !

Je tique face à la peur qui émane de lui.

Je rigole, Pyr'hus !

Une chatouille court sur ma peau, signe qu'il se détend. Je place mes échantillons dans l'analyseur et, le temps que la machine fasse son travail, je questionne mon improbable alien de compagnie.

Ce n'est pas la première fois que tu renâcles quand je parle de te sortir de mon cartable… Il est si confortable que ça ?

Oui ! C'est comme des vêtements, c'est important. Pour l'intimité.

Cette réponse un brin expéditive me laisse perplexe.

Enfin, des habits, ça montre quand même une partie de soi. Là, tu es totalement invisible.

C'est le concept ! Je suis très pudique.

J'explose de rire.

Pudique, toi ? Je ne te crois pas une seconde, Pyr'hus !

Piqué au vif, l'alien rétorque :

Et pourquoi pas ? Tu as vu à quoi je ressemble ? Une boule de plumes bleues, sans aucun organe, ni sensitif ni préhensile... Même vous, les humains, êtes mieux lotis que moi.

Consciente d'être allée un peu loin, je temporise.

Excuse-moi, je ne pensais pas à mal. C'est difficile pour moi de comprendre : tu es magnifique ! Une sphère parfaite, des plumes incroyablement douces, une couleur intense aux reflets azurés… J'ai rarement croisé un alien aussi beau.

L'air pétille au fond de ma gorge. Je sens Pyr'hus hésiter, puis il m'avoue :

Ce n'est pas vraiment une question d'apparence... Je suis fragile. Je ne peux pas courir, grimper, saisir des objets... m'échapper... Je préfère rester caché.

Mais Pyr'hus, tu es télépathe ! Tu nous as rendus invisibles à deux lléruniens qui se tenaient à trois centimètres de nous. C'est flippant, comme pouvoir !

Un rire jaune vient cliqueter entre mes vertèbres.

Tu es bien placée pour comprendre que je ne peux pas manipuler tous les êtres pensants, n'est-ce pas ?

Vrai, j'admets.

Ma survie est liée au secret. Au secret absolu.

L'analyseur bipe. Je retire les échantillons et verse leur contenu sur la paroi révélatrice qui s'est matérialisée à ma demande sur le plan de travail phytecte.

Mais… il y a bien un endroit où tu peux être vu, non ? Tu as forcément un monde d'origine, des semblables ?

Une pointe de regret qui ne m'appartient pas vient serrer ma gorge.

Notre planète est un sujet tabou, je ne connais ni son nom ni sa localisation. Seuls les peri'ots les plus âgés et puissants détiennent ce secret. Sa découverte mettrait notre espèce en péril.

Je réalise que ne pas avoir connu la Terre ne me procure pas la même nostalgie que Pyr'hus. Si elle existait encore, me limiterais-je à un monde unique ? Je n'ai jamais compris la sacralisation des astres originels par les aliens, ni la tristesse qu'ont certains humains d'être privés de la Terre. Pour moi, le plus important est de vivre avec les gens que j'aime – bien sûr, ce serait mieux dans une véritable maison sur une planète, ou un appartement plus grand dans un coin plus sympa de Station Symbiose. Il paraît qu'il y a des jardins magnifiques dans la section I. Quand je pense à l'espace immense qu'ont les tatuliks… Non, le problème avec la Terre, c'est que les aliens s'en servent de prétexte pour nous maintenir à la frange de leur société.

La table phytecte dévoile dans un frémissement les résultats de l'analyse. Je les regarde attentivement. Mon cœur s'accélère, une partie de moi n'ose croire à l'espoir qui se dessine sous mes yeux.

Pyr'hus ! Le composé E est présent partout. Dès l'entrée de la station. Cela veut bien dire que maman et son équipe ne sont pas les responsables de sa présence ?

N'importe quelle intelligence rationnelle arriverait à la même conclusion.

La confirmation de Pyr'hus me fait sauter de joie.

Je n'ai plus qu'à montrer ces résultats à la guepicte, et maman sera libre !

Dans la vitre du laboratoire, mon reflet renchérit.

Bien joué, Myri' !

Mais Pyr'hus reste muré dans le silence.

Tu n'es pas d'accord ?

Sur le fond, si. Mais... certains pourraient dire que c'est justement le rôle de la station de nettoyer l'eau.

Je m'insurge.

Ah non, on me la fait pas ! J'ai bien appris en cours que les humaines clarifient l'eau, mais qu'elle n'est pas potable en sortant de l'usine. Tu me l'as dit, ce sont d'autres aliens qui s'en occupent.

Cela risque d'être un argument trop faible pour obtenir la libération des humaines. Il faut que ton dossier soit plus solide. Tu dois trouver exactement d'où vient ce composé, à quel moment il apparaît dans le cycle de l'eau.

La fatigue des jours précédents s'abat comme une chape de plomb sur mes épaules. Je me laisse glisser au sol. Les larmes dévalent mes joues, mes lèvres ont le goût du sel. Échapper aux tatuliks, survivre à la puanteur de l'usine, affronter la vie sans maman… et il faut encore continuer ?

Tu en as déjà tellement fait, Myri'... Ne perds pas espoir.

Un léger tapotement résonne contre mon cœur.

Je ne connais aucun humain qui ait ton courage. Ne baisse pas les bras maintenant. Tu vas démêler cette affaire, j'en suis sûr.

Petit à petit, mes sanglots se calment. Pyr'hus a raison : je ne peux pas abandonner maman.

Il faut que je comprenne ce qu'est cette molécule, d'où elle vient et pourquoi l'épuration n'y fait rien. Mais pour ça, il me faut l'aide d'un chimiste…

Une décharge d'excitation dévale ma colonne.

Je connais quelqu'un !

Chapitre 18

Le téléportail est une sorte de filet sans reflets, une matière à la fois solide et fluide. Un phytecte fonce à toute vitesse droit dedans, porté par le mouvement de milliers de racines qui le font glisser sur le trottoir. Son être entier se dissout au travers des mailles. Un agglomérat de tissus et liquides suinte brièvement à la surface avant de disparaître.

Je m'arrête.

Tu n'as rien à craindre, le portier va te laisser passer, je m'en occupe.

Ce n'est pas le guepicte aux cinq yeux qui me retient…

Picotement dans mes genoux.

Alors, on y va ?

Mon reflet s'esquisse dans le pourtour de l'entrée, le regard inquiet.

Je n'ai pas confiance…

Moi, j'ai confiance en Pyr'hus. Mais jusqu'à un certain point.

Ça fait mal ?

Par Kelket ! Bien sûr que non. Personne n'utiliserait les téléportails, sinon !

L'argument est bon, mais ne suffit pas à me rassurer.

Tu es sûr, il n'y a pas d'effets secondaires ?

Les aliens partiraient à pattes si c'était le cas, voyons.

À la vue des corps qui s'égouttent sur le portail, des questions existentielles saturent mes pensées.

Je vais disparaître d'ici…

Et réapparaître trois kilomètres plus loin, chez les massal'eths. C'est quand même bien plus rapide que d'y aller à pied.

Mais je serai toujours la même de l'autre côté ? Mon corps, ma matière…

Un énorme éclat de rire secoue mon squelette comme une marionnette. Je vibre toute entière.

Ah, c'est ça, ton problème ? Vous les humains et votre sacro-sainte matière ! Ce qui est important en vous, ce n'est pas les atomes qui vous composent mais la façon dont ils sont agencés. Le portail transmet votre code et ça suffit. Je t'assure que tu seras toujours une tête de mule de l'autre côté.

Hey ! Je te permets pas !

Regarde, même pour moi, ça marche. Alors que je ne suis pas fait des mêmes atomes que vous.

Mon reflet hausse les yeux au ciel.

Vas-y que notre parasite se prenne pour la septième merveille du système !

Je sais que Pyr'hus a raison, mais mes jambes refusent d'avancer.

Hé, tu cales, maintenant, Bouboule ? Que dirait Auguste s'il te voyait ?

Mon sang ne fait qu'un tour.

Je t'interdis de m'appeler comme ça !

Piquée au vif, je me joins au flot d'aliens de toutes formes qui traversent le filet. L'absence d'odeur me rassure sur le processus : s'il s'agissait vraiment de tuer les corps, je ne pourrais pas manquer les parfums déliquescents des fluides internes.

Ce n'est qu'une désintégration atomique, Myri'.

Je ferme les yeux tout en continuant d'avancer. Je ne peux pas voir ça. La vague nausée familière m'indique que Pyr'hus s'occupe du gardien. Je tends les mains en tremblant.

Soudain, une force implacable me cloue au sol. Je bascule. Ma joue heurte le bitume phytecte, une lame de douleur traverse mes dents. J'entends grommeler au-dessus de moi, sens confusément que l'on m'enjambe

J'ouvre les yeux. Je suis à terre, dans une section aux couleurs violettes que je distingue très mal. Gonfler mes poumons me demande une puissance considérable. Je comprends tout de suite d'où vient le problème.

Bon sang, Pyr'hus ! La gravité est trop forte !

Trois fois la tienne. Pas de soucis, j'ai déjà vu des humains le faire.

Je tente de me mettre à quatre pattes, ignorant les « *djeket* ! » furieux des aliens qui passent par-dessus moi. J'évite de justesse d'être prise pour un paillasson.

Je me concentre, pousse sur mes bras. Mes muscles brûlent. J'expulse tout l'air de mes poumons et, en un cri, parviens à décoller ma poitrine du sol.

Allez, c'est tout droit.

Je… peux pas.

Mais si, vas-y ! Lève-toi et marche !

La rage me permet de monter les genoux. Au prix d'un effort surhumain, j'avance de deux mètres, tout juste assez pour me mettre sur le côté de la rue.

Puis mes muscles lâchent, et je m'avachis sur le sol comme une larve obèse, à bout de souffle.

Je suis trop lourde, Pyr'hus… Je peux pas bouger. Je ne suis pas entraînée pour ça.

Une tension – mon alien de compagnie réfléchit.

Tu n'as qu'à te couler sur le tapis des rampants là-bas. Ça t'avancera… Je me charge du reste.

Je jette un œil désespéré audit tapis roulant, quatre mètres plus loin. Un alien à la tenue pailletée me dépasse. Un bref instant, mille reflets m'encouragent :

Tu peux le faire, Myri' !

Mon corps m'évoque une armure de métal lourde de plusieurs tonnes, enserrant mon cœur d'une pression bien trop forte pour lui. Un effort de trop, et c'est la crise cardiaque.

Allez, du nerf, Myrina ! Si tu bouges pas, on va se faire piétiner...

C'est moi qui vais te réduire en bouillie. Tu pouvais pas me prévenir avant ?

Je t'ai dit qu'on prenait un portail pour le secteur M.

Je ne savais pas que j'allais me transformer en éléphant tétraplégique !

Par Kelket, sois plutôt un anaconda sinueux !

L'afflux de colère électrise mes muscles. J'enfouis mon estime six pieds sous terre, me hisse sur les coudes et commence à me traîner au sol en serrant les dents.

Jamais – jamais, tu entends ? – je n'ai fait ça ! Je t'interdis de parler à qui que ce soit de cette humiliation !

Pyr'hus soupire.

Ce n'est une honte que pour vous, humains. N'importe quelle autre espèce considère qu'il est normal de s'adapter à son environnement.

Je ne suis pas d'humeur à encaisser ses leçons. Mais elles ont l'avantage de tant m'énerver que je trouve l'énergie pour, centimètre par centimètre, me rapprocher du tapis roulant.

N'empêche ! Jure que tu ne diras jamais rien !

Je le jure sur Kelket, la Grande Substance Fertilisatrice de toute Vie, voilà !

Dans un soupir de soulagement, je m'affale entre deux libaces sur le tapis roulant. Mon pied gauche dépasse et râpe le trottoir à côté dans un frottement désagréable. Je n'ai même pas la force de le ramener, et, foudroyant du regard mes aveugles compagnons de voyage, me laisse porter par la mécanique.

*

Tandis que le tapis roulant me transporte la Terre sait où, Pyr'hus m'explique la suite des opérations.

J'ai déjà rencontré plusieurs fois Marhim avec un de tes congénères.

Une réplique m'échappe plus vite que mes pensées.

Celui qui t'a mis à la poubelle ?

Mes articulations crissent d'une colère contenue. Pyr'hus rétorque, froid comme la glace :

Personne ne m'a jeté dans la déchetterie. Ma présence dans un recycleur était complètement délibérée.

Je n'en crois pas un mot. Je tente une autre approche pour en apprendre plus.

Donc, tu es déjà venu ici avec un humain ? Un de ceux qui t'obéissent sans rien dire, comme papa l'autre soir ? Et qui arrivait à marcher malgré la pesanteur ?

À peu près. Pas besoin de marcher pour avancer.

Je sens la conversation mal engagée. Je relègue le malaise que j'éprouve en songeant aux pouvoirs de Pyr'hus, et embraye sur notre sujet du jour :

Donc, tu as déjà rencontré Marhim, c'est ça ?

Oui. Je me fais passer à chaque fois pour un humain. C'était facile avec les autres, mais avec toi... ça va te demander un GROS effort.

À mon tour d'être piquée au vif.

Ah, alors comme ça, je suis pas plus douée que les autres ?

Si, précisément. Tu poses trop de questions. Sauf que si tu penses trop, Marhim va entendre ta voix. Les massal'eths sont les rares à pouvoir communiquer directement par ondes électromagnétiques. Tu n'as pas besoin de parler, il faut juste penser. Et comme tu penses beaucoup...

Je fais mine de me renfrogner.

Bla bla bla, je suis trop intelligente pour monsieur, quoi !

Un bref courant dévale ma colonne vertébrale. J'ai réussi à détendre Pyr'hus.

Exactement ! Prends donc des vacances, laisse-moi parler à ta place. Je te traduirai directement les pensées de Marhim, comme si j'étais un glot. Tu auras l'impression de l'entendre dans ta tête. Mais à une condition : tu ne penses pas ! Moi seul dois conduire la conversation.

Sinon ? On risque quoi ?

Pyr'hus s'assombrit.

Si tu me contredis, qu'on est incohérents... Marhim est extrêmement intelligent. Il ne faudrait pas qu'il comprenne que nous sommes deux. Ni que je ne suis pas un humain. Je te l'ai dit : personne ne doit connaître mon existence.

L'angoisse de Pyr'hus se répercute en vibration dans ma cage thoracique. Soudain, il m'apparaît vulnérable.

Pas de soucis, je vais me taire. Mais juste, un détail me chiffonne : ton Marhim va pas voir la différence entre moi et ton précédent... ami humain ?

Oh non, aucun risque ! Il a du mal à distinguer les variations physiques, on est tellement petits...

Petits ? Un sombre pressentiment me saisit.

Ils ressemblent à quoi, les massal'eths ?

Pyr'hus pousse un soupir d'exaspération. Son mauvais caractère reprend le dessus.

Mais ils vous apprennent quoi, à l'école ? Les massal'eths sont l'une des quatre espèces du Conseil Carré. Vous devriez au moins connaître leurs spécificités !

Je rétorque, amère :

Si ce n'est pas utile au tri des déjections de la station, tu sais, les lléruniens vont rien nous dire.

Un instant, mon ami se fige, contrarié. Puis il reprend :

Les massal'eths sont des aliens doux et constants. Ils ont une large ouverture d'esprit et une curiosité à toute épreuve. Leur corps segmenté leur permet de résister au vide ; ce sont de grands constructeurs de vaisseaux spatiaux, et les concepteurs de Station Symbiose. Ce sont d'ailleurs les pères de la démocratie galactique.

Dit comme ça, le portrait est flatteur. Mais une épine me reste en travers de la gorge.

La démocratie ? C'est pas un truc où tout le monde a le droit de s'exprimer ?

Pyr'hus ne moufte pas, comme s'il ne m'avait pas entendue. À côté de moi, les deux libaces quittent le tapis roulant, me laissant seule comme un cachalot échoué.

Soudain, la voix de mon alien de compagnie résonne à plein volume dans ma tête.

MAAAAAAAAAAARHIIIIIIIIIM !

Mon cœur palpite sous le choc. Je m'indigne.

Tu peux pas prévenir quand tu hurles comme ça ?

Tu veux de l'aide pour bouger ou tu vas te lever par toi-même et aller frapper à la porte de Marhim ?

Je ne réponds rien, sombre comme un croupion d'aartite.

Donc laisse-moi agir et fais-toi petite !

Facile à dire. Crucifiée par la gravité, je n'ai même pas la force de soulever les mains pour me boucher les oreilles. Enfin, pour ce que ça me servirait, avec un alien télépathe… Je me concentre sur ma difficile respiration, tente de calmer le mal de tête qui pointe à chaque hurlement de Pyr'hus. J'aimerais avoir les encouragements de mon reflet, mais dans cette section emplie de brouillard violet, je n'aperçois aucune surface qui ressemble de près ou de loin à un miroir.

Subitement, un cri de la puissance d'un raz de marée résonne sous ma boîte crânienne.

UMAIN !

Marhim ! Comme je suis content de te voir !

Ballottée par les bourrasques mentales, je comprends que la conversation va être très, très longue. Pyr'hus échange des banalités avec son ami, dont l'intensité m'envoie de douloureux acouphènes. Je serre les dents. Ma tête est sur le point d'exploser comme un fruit gorgé de bruit lorsque, enfin, le volume sonore diminue. Je reprends mes esprits. J'ai le ventre qui gratte. Je bouge laborieusement ma main, tente sans succès de soulager l'irritation qui court sur ma peau avant de trouver son origine. Le tapis roulant vibre par à-coups. Un martèlement sourd s'imprime par-dessus le boucan que font Pyr'hus et Marhim dans ma tête. Si j'arrivais à apercevoir mon reflet quelque part, elle me dirait que ça ne sent pas bon du tout…

Je tourne difficilement la tête du côté opposé, mais là aussi, le brouillard me masque le paysage.

Le pas de géant continue de rythmer les soubresauts du sol.

D'un coup, une masse s'abat à quelques centimètres de mon nez. Je crie. Aussitôt, Pyr'hus m'envoie une claque mentale. Je me mords les lèvres. Ne pas parler. Je l'entends broder :

Eh bien, Marhim, tu as mué depuis la dernière fois ? Tu as pris une hauteur de plus !

Derrière la colonne chitineuse qui me fait face, je distingue six autres membres articulés. Tous n'ont pas la même épaisseur. Vraiment étrange.

Non. Je dois encore attendre soixante-sept cycles.

C'est que j'oublie toujours à quel point tu es grand.

Toi, par contre, tu t'es converti plusieurs fois, non ? Tu étais beaucoup plus fin il y a trois cycles.

J'enrage silencieusement. Je savais que ça n'allait pas passer ! Le mastodonte va se rendre compte que je ne suis pas Pyr'hus…

Mon alien bleu réplique, tout joyeux :

Tout à fait, j'ai pris quelques tours de taille ! Ça me va bien, n'est-ce pas ?

Oh oui, c'est beaucoup plus joli. Je te préfère comme ça.

Je reste la bouche ouverte de surprise. C'est bien la première fois qu'on me complimente sur mon physique.

Par contre, c'est toujours un peu dur pour moi de bouger… Tu pourrais… ?

Naturellement !

Soudain, le ciel s'assombrit. Un cri s'étrangle dans ma gorge : au travers de la brume, un bras gigantesque s'abaisse vers moi. Cinq tentacules articulés s'ouvrent à sa pointe, menaçants.

Une légère tension dans le dos, et je décolle du sol tout en douceur. Je cligne des yeux. Au travers du brouillard violet, je pressens l'immensité du lieu où je me trouve. La section M est à la taille de ses habitants : je ne distingue même pas la hauteur de Marhim, qui me pose avec une délicatesse extrême sur une surface moelleuse et tiède. Je m'enfonce comme dans un lit de nuage dans ce que je suppose être son dos. Une onde de soulagement détend mes muscles. Mon corps est lourd. Il ne risque pas de bouger, la gravité le retient prisonnier. J'abandonne toute idée de lutte ou d'effort pour me laisser couler dans cette pesanteur bienvenue. Contre ma joue, des poils minuscules se ploient en une douce caresse. Je repense à mon reflet, si… palpable pendant le concert. Cette présence bienveillante, rassurante, qui me donne la force de continuer cette enquête. Que j'ai hâte de libérer maman, de la serrer contre moi !

Le sommeil me tend les bras, quand une parole de Pyr'hus, qui babille avec Marhim comme si je n'existais pas, attire mon attention.

Oui, je cherche l'origine d'une molécule qui est apparue récemment dans l'eau de la section H et qui ne correspond à rien de connu.

Marhim s'enthousiasme.

Oh oh, un composé mystérieux ? Fais voir !

Une image détaillée des résultats d'analyse se matérialise dans mes pensées – et probablement dans celles de Marhim. Je le sens *bouger*, je veux dire, mentalement, comme un bébé face à un nouveau jouet.

Oh oh ! Elle a une tête de meta-amhibie, qui aurait évolué en fragment vitidurélique, mais sans la liaison intra-particulaire de la famille des corps géphystiques.

La surprise me fait oublier toute prudence.

Tout ça ?

Vlan ! Une claque psychique me secoue pendant que Pyr'hus reprend ma question.

Je veux dire, je suis toujours impressionné par tes connaissances, Marhim ! Tu sais d'où elle pourrait venir ?

Forcément des cuves des siruns. Ces aliens aquatiques gèrent la potabilisation de l'eau, ce sont des experts en chimie. Ce composé ressemble beaucoup à l'hormone contraceptive qu'ils ont inventée pour ton espèce, c'est la même signature.

Le mot me fait tiquer. Avant que Pyr'hus n'ait le temps de répliquer, je m'immisce délicatement dans la conversation.

Contraquoi ?

J'hérite naturellement d'une ruade mentale, mais Marhim, me prenant pour Pyr'hus, répond à ma question.

Contraceptive, ce qui évite que vous vous reproduisiez sans cesse.

Je pousse ma chance un peu plus loin.

C'est quoi, ce truc ?

Le contrôle des naissances mis en place à votre arrivée. Ce n'est pas bien compliqué, c'est une molécule de type hala-cyclorine qui est neutre pour l'intégralité des habitants de la station, sauf les aartites à qui elle donne un reflet métallisé. Ils en raffolent.

Je me pince les lèvres pour ne pas demander plus de renseignements, je ne voudrais pas que la situation dégénère, et je sens Pyr'hus tendu de colère. J'ai promis, après tout. Je le laisse reprendre la conversation, tandis que je retourne l'information glanée auprès de Marhim dans ma tête. Un contrôle des naissances ? Pour nous, les humains ?

Il y a un massal'eth sous roche, je le sens d'ici. Et côté flair, j'en ai un bon.

*

Sur demande de Pyr'hus, Marhim me dépose juste devant le téléportail. À peine ai-je touché l'étrange surface que je me retrouve dans l'allée H, allongée au pied du portier comme un paillasson. L'énorme poids qui pesait sur mon corps s'est envolé. Respirer est d'une facilité déconcertante, et j'apprécie tant l'instant que j'en oublie de libérer le passage. Une octopode bute dans mes pieds, me contourne en caquetant un « *djeket* » injurieux. Je me relève. Jamais je n'ai été aussi légère ! Je bouge mes bras avec délice, réajuste mon sac à dos pour le simple plaisir de le sentir à peine sur mes épaules. Je prends le chemin de la maison, enthousiaste. Mon reflet est de retour. Mais sa mine est soucieuse.

De quoi ils parlaient, là-bas ?

La conversation avec Marhim me revient en tête.

Pyr'hus, la contra-truc qui contrôle les naissances, c'est quoi ce bazar ?

Ah, le contraceptif ! Ce sont les molécules qui sont mises dans l'eau pour éviter que les humains ne se reproduisent trop. Vous avez une vie très courte, mais par contre, pour pondre des bébés à la pelle, vous êtes des champions.

Une chose m'échappe.

Mais… on ne fait qu'un seul enfant dans notre existence…

C'est bien ce que je dis, tête de linotte ! C'est parce qu'il y a une hormone de contraception dans l'eau que vous buvez. Sinon, il y aurait des dizaines de mômes par appartement. Tu imagines ? Y a pas la place !

Mon cerveau bute sur cette notion.

Tu veux dire qu'une femme peut accoucher plusieurs fois ?

Tout à fait.

J'esquisse une grimace de dégoût.

C'est dégueulasse !

Et puant, je te confirme.

Les détails d'un accouchement ont fait le tour de la classe le jour où une élève a surpris sa mère en train d'en parler avec une voisine. À défaut d'être clair, c'était vraiment horrible. Pour une fois, les aliens choisissent la bonne solution en nous évitant ça.

Rien n'est moins sûr, Myri'…

Je n'ai pas envie de creuser ce sujet peu ragoûtant, et je reviens à ma préoccupation principale.

Et du coup, le lien avec l'élément Emmerdeur, c'est quoi ?

Marhim pense que la molécule est ajoutée en même temps que les hormones. Ce sont les siruns qui contrôlent tout le cycle de l'eau de la station. Il va falloir enquêter chez eux.

Les siruns… Marhim a évoqué des aliens aquatiques… Ce sont eux, les magnifiques dragons d'eau ?

Pyr'hus bougonne, provoquant un étrange roulement dans ma gorge, pas désagréable.

Magnifiques, tu y vas fort… Tout ça parce qu'ils ont des nageoires diaphanes et qu'ils font des éventails avec leurs appendices…

Autant je n'ai que peu entendu parler des massal'eths, autant les dragons d'eau sont l'objet de tous nos contes et fantasmes. Ce seraient d'immenses serpents aux nageoires iridescentes, ondulant en de sublimes danses dans des sections inondées. Ils purifient l'eau dans laquelle ils évoluent, et cultivent des jardins sous-marins aux allures de paradis. Je suis tout excitée.

On pourrait aller les rencontrer ?

Un éclair d'exaspération descend le long de ma colonne.

Ils vivent sous l'eau ! C'est loin d'être ton élément naturel !

En quoi ce serait différent d'une autre atmosphère ? Il suffit d'un respirateur comme chez les tatuliks.

L'eau va imbiber tes vêtements, faire pression sur tes tympans, perturber ta locomotion… Ça n'a rien à voir. Ce n'est pas un air gazeux, c'est un fluide.

Justement ! Ça doit être tellement bien de nager !

Tout en discutant, mes pas m'ont ramenée vers l'allée H. Le fronton du bar luit au loin du vert chromé d'un début de soirée. J'ai encore un peu de marge avant le concert, mais pas assez pour commencer mes recherches sur les siruns. Mon ventre gargouille. Je décide de passer à l'appartement. Dans une vitre voisine, mon reflet approuve.

Tu as bien besoin d'une pause, c'est mérité !

J'ai hâte de pouvoir jouer à nouveau ce soir, mais ce sera mieux l'estomac bien rempli.

Chapitre 19

À mon entrée dans l'appartement, mon père pousse un soupir de soulagement, mais m'épargne ses embrassades humides. La table est mise. Quatre couverts. Je m'arrête, le sac à dos à la main. Papa surprend mon regard.

— C'est… enfin, je pensais à ça pour… pour dire qu'on n'oublie pas maman.

Je hoche la tête, incapable de parler. Une boule de tristesse mélangée à de la culpabilité s'est logée dans ma gorge. Un instant, je n'ai songé qu'à mon concert du soir. Impatiente et… joyeuse.

J'ai oublié maman.

Je me ressaisis, esquisse un sourire à papa, dont l'inflexion des sourcils dénote l'incompréhension. Après tout, c'est moi qui lui ai reproché de faire comme si de rien n'était. Je déglutis. La boule coule à pic dans mon estomac, où elle m'envoie des crampes accusatrices. Je me force à poser mon sac, mets un peu de gel sur mes mains. Passe à table.

Allez, dépêche de manger ! J'ai hâte d'être en concert, moi !

Le « moi aussi » reste coincé dans ma gorge. Je regarde l'assiette de maman. Papa n'ose pas parler, et nous mastiquons en silence les galettes de rhu sèches – après l'épisode de la bassine, mieux vaut être économes sur notre eau.

— Comment s'est passée ta journée ?

La voix de mon père tremble. Je jette un œil discret à la tablette. Pas de message. Mon absence en classe n'a pas été relevée. Alors, pourquoi papa vacille-t-il ? Aurait-il peur de ma réaction ?

Tu as peut-être été un peu dure avec lui, Myri', remarque mon reflet, coincée dans le miroir.

Touchée. Je me racle la gorge et réponds, sur un ton que je veux apaisé :

— Les cours se suivent normalement. On va bientôt passer l'examen phytecte… enfin, ceux qui ne vont pas à la station d'épuration.

Ma voix dérape sur la fin, aigrie.

Ce n'est pas la faute de ton père si les aliens ont condamné la moitié de tes camarades aux travaux forcés.

Peut-être. Mais la colère diffuse une résolution ferme dans tout mon corps. Je vais trouver qui est responsable de la pollution de l'eau, et arrêter tout ça. Plus question de se laisser faire.

Inconscient de ce qui se joue en moi, papa tente de continuer la conversation.

— Je suis sûr que tu l'auras haut la main. Tu pourras utiliser le phyto-ondes, après. Si ça te dit, je… je t'apprendrai la recette de la veirbleue. Comme ça tu pourras… tu pourras montrer tes talents à maman quand elle reviendra.

La veirbleue. L'assemblage de ver'N, de cassis et d'épices mystérieuses que mon père maîtrise sur le bout des doigts, et que nous buvons en famille tous les trois soirs. Cette recette est un secret qu'il garde jalousement. Qu'il soit prêt à me le transmettre me surprend agréablement. Peut-être ne suis-je plus une petite fille à ses yeux ? Il ne m'a pas reproché d'être partie tôt ce matin… J'acquiesce, en tentant de mettre toute la chaleur dont je suis capable dans ma réponse.

— Ça me ferait plaisir.

Un choc étouffé détourne notre attention. Papa se baisse pour récupérer la fourchette de papy tombée au sol. Mon grand-père a le regard dans le vide, les rides figées comme une sculpture. Ses yeux ont perdu leur vie.

— Depuis qu'il a chuté dans les toilettes, papy n'est pas en forme, regrette mon père en lui donnant à manger. J'ai demandé à Serena de l'ausculter, mais elle n'a rien trouvé. C'est probablement le choc psychologique. Il faut du temps…

Je serre la main de mon grand-père avant de partir, dans l'espoir d'une réaction. Sans succès.

*

À l'arrivée au bar, je n'ai toujours pas retrouvé mon allant. Pourtant, Pyr'hus y met du sien.

Allez, quoi ! Tu vas faire un super concert, ça va exploser d'émotions partout, pour se terminer par la foule en délire à tes pieds. As-tu déjà vu quelque chose de plus intense sur Station Symbiose ?

Tu veux dire entre la classe et la station d'épuration ?

Tu es aigrie, Myrina… C'est pas bon pour l'Art, ça.

Mais c'est la vérité.

Et en quoi la vérité t'empêche-t-elle, un instant, de profiter du moment présent ? La situation ne va pas empirer parce que tu donnes un chouette concert.

Je jette un œil sur la scène. La fraîcheur attend mes symphonies olfactives comme un coussin de velours son diamant. Les cloches luisent sous les lumière-méduses, la salle bruisse d'aliens qui s'installent. La tension de l'air résonne dans mes tripes. Mes mains fourmillent d'excitation et mon nez frémit, prêt à se repaître des subtilités de mon art.

Et pourtant, une bile amère s'est logée dans ma gorge, menaçant de gâcher le spectacle.

Puis-je profiter de ces instants de plaisir quand ma famille, mes amis, mon espèce entière est maltraitée ?

Allons bon, encore cette foutue psychologie humaine, ronchonne Pyr'hus. *Un jour tu me dis que tu n'es pas tes ancêtres et que tu as ta propre singularité, et l'autre, voilà que tu te refuses de jouer parce que tes congénères souffrent. Mais tu ne vois pas ce que ça va changer à leur sort ?*

La réponse claque comme une évidence dans ma tête.

Rien.

Mais non, pas « rien » !

Euh…

Je cille. Des sentiments contradictoires se battent dans mon corps. Je suis perdue.

Pyr'hus se fait soudain bienveillant.

Aucun alien, aucune technologie, aucune civilisation n'a jamais pu prévoir le futur. Tu sais pourquoi ? Parce que les relations entre intelligences émotionnelles sont une toile en perpétuel mouvement, où chaque événement, chaque connexion amène d'inattendues conséquences. Ce qui veut dire que ta capacité à te laisser aller, prendre du plaisir dans ton concert, distribuer de la passion brute à ton public va engendrer de nouvelles voies, des possibilités différentes qui n'existeront pas si tu ne le fais pas. Je ne peux pas savoir ce qui en ressortira, mais c'est sûr que ce ne sera pas « rien ».

Je contemple l'obscurité grouillante de la salle. La boule dans ma gorge se désagrège, emportant avec elle l'acidité. J'ai hâte de nager dans mon élément. De retrouver mon double au parfum de lait.

Arrête de te poser des questions et vas-y, Myri'.

*

Je me coule dans mon concert comme dans un bain chaud. Détendue, l'esprit clair, les narines dilatées, sensible à la moindre variation, la moindre note de chacun des trésors renfermés dans mes vases et mes cloches. Je vole, je danse en soulevant les couvercles de mes caches à miracles. Si j'ai acheté certaines plantes et pierres, j'en glane la plupart dans la rue. C'est là que tout a commencé : lorsqu'en « travaux pratiques » de nettoyage, j'ai mis de côté quelques déchets abandonnés par les aliens. Écailles cassées à l'effluve iodé, mues inconnues au parfum d'ambre, pistils qui embaument le patchouli, baves sulfuriques et autres excréments aux allures diverses et aux odeurs étonnantes. Jouer avec les senteurs a toujours fait partie de moi. Les choses se sont concrétisées quand le prof m'a surprise en train de composer dans un coin de la serre. Arriver au bar m'a permis d'étendre mes trouvailles grâce aux épices de FalthazarS.

Cet attirail, mon nez le maîtrise sur le bout des doigts. Et pourtant, je lui découvre de nouvelles subtilités, des notes jusqu'ici cachées. Entre deux manipulations, je jette un œil à mon sac à dos. Pyr'hus est silencieux, mais quelque chose en moi ressent sa présence. Une onde d'énergie, un appétit rassasié. Est-ce lui qui affine mes sens ? Tout est plus simple depuis que je l'ai rencontré…

Une vague de chèvrefeuille et de caco torréfié m'arrache à mes réflexions, ouvrant grand la porte de mon imagination. Je me laisse emporter par mon art, vogue au travers des paysages les plus fous. J'oublie tout : la foule dense des spectateurs, entre les aths suspendus au plafond et les miyiss calés dans leurs fauteuils, la lumière tamisée des méduses, le ronron des ventilateurs… Mes mains manipulent instinctivement les fioles à odeur. Je n'ai plus conscience des écorces que je frotte entre mes paumes, de l'éventail que je secoue d'un coup de poignet expert. Je suis transportée sur une nouvelle planète, dans un nuage moelleux aux notes de crème vanillée. Chacun de mes pas libère des arômes biscuités, relevés d'une pointe d'amande amère. Les nuages – ou les végétaux ? – s'élèvent en rochers et en grottes, sculptent le paysage en reflets de nacre rosé.

Soudain, une odeur de lait.

Elle est là. Adossée dans un repli de coton, elle me regarde, les pommettes sans maquillage rehaussées par un sourire aimant. Je distingue des détails qui ne me sont pas familiers. Un sourcil plus convexe que l'autre. De légères tâches sur les joues. Une mèche rebelle. La peau claire, plus laiteuse que la mienne. Je m'agenouille face à elle. Nos mains se rencontrent. Son contact est chaud. Je plonge mes yeux dans les siens. Une conviction s'ancre dans mon ventre. Cette jeune fille qui me ressemble n'est pas mon simple reflet. Il y a autre chose.

— Qui es-tu ?

Ma voix se perd dans l'espace, étouffée par le décor. Mais le voile de tristesse qui recouvre les iris noisette de ma vis-à-vis me confirme qu'elle m'a entendue. Des larmes pointent à ses yeux, brillent comme des étoiles. Mon cœur se fend en deux, gouffre incompréhensible. Je répète :

— Qui es-tu ?

Mes paroles ont le goût du sel. Je ne veux pas la voir malheureuse. Ses lèvres bougent. Elle tente de parler, mais je n'entends rien.

La frustration déchire mes entrailles. C'est mon monde, mon imagination ! Pourquoi donc le son ne fonctionne-t-il qu'à sens unique ?

Les nuages tournent au rose fuchsia. Le décor se délite. L'urgence pointe dans le regard de la jeune fille qui me ressemble tant. Elle reprend sa parole muette, fait un effort visible pour articuler. J'essaie de déchiffrer ses lèvres. Peine perdue. FalthazarS serait bien meilleur que moi.

FalthazarS ! Une idée fuse à son nom. Alors que le paysage s'évapore, je lâche sa main et signe avec mes doigts.

Qui es-tu ?

Son corps devient translucide, comme happé par la disparition de mon monde imaginaire. Elle esquisse rapidement un signe. À peine ai-je le temps de l'interpréter que le tout s'efface. Je reviens à la réalité, à la scène, le bouquet final de mon concert dans les narines.

Je n'entends pas les applaudissements ni les cris de joie de Pyr'hus.

Les mots de mon inconnue occupent toutes mes pensées.

Tu m'as oubliée.

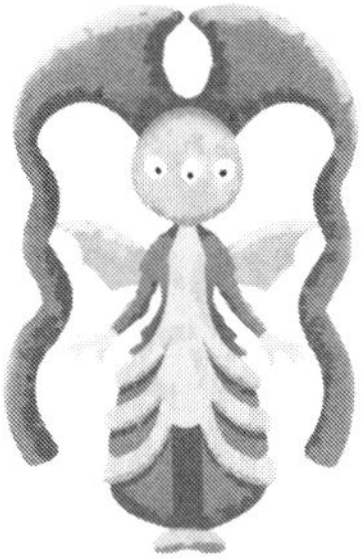

Chapitre 20

Je reste étrangère à mon succès toute la soirée. Pyr'hus, surexcité comme à son habitude, finit par le remarquer.

Qu'est-ce qui ne va pas ? Encore des remords ?

J'hésite à lui raconter la scène. Est-ce un mauvais pressentiment ou simplement l'envie de garder rien que pour moi ma double au parfum de lait ? J'élude.

Je suis épuisée. Supporter la pesanteur des massal'eths ne m'a pas épargnée… Il faut juste que je fasse ce que tu détestes le plus…

Oui, je sais. Que tu dormes… grogne mon alien bleu. *Je ne comprends pas que ces concerts ne te donnent pas assez d'énergie pour zapper ton sommeil ; assister à ta prestation est tellement… vivifiant ! Je ne m'en lasserai jamais !*

Son enthousiasme parvient à m'arracher un sourire. Je rentre, embrasse mon père et me couche. Dans le miroir de mon alcôve, j'observe mon reflet. Pas de mèche rebelle, pas de peau laiteuse… Mais alors, qui est la jeune femme que je vois en rêve, si ce n'est pas mon propre reflet ?

Qui ai-je oublié ?

Tu trouveras, Myri'. Tu trouveras.

*

Le lendemain, je profite de ma nouvelle liberté pour effectuer des recherches sur les siruns. Ma tablette me confirme les quelques informations que Pyr'hus me lâche à contrecœur.

Ils vivent dans l'eau ! Pour toi qui n'as ni nageoires ni branchies, ça va être l'enfer.

Il y a des parloirs air-eau, je rétorque en décryptant une des rares publicités écrites en symbiosimple.

Si tu imagines que le directeur du traitement des eaux va pointer le bout de son nez pour bavarder avec qui que ce soit, tu te fourres le doigt dans l'œil jusqu'au coude !

Tu le connais ?

Mais tout le monde le connaît, Myrina ! Son nom est Sirzaï, c'est une sommité de Station Symbiose. Le bicousin des grands Sodome&Sabor qui siègent au Conseil Carré. Il a la responsabilité de toute la potabilisation de l'eau ; une fonction si haute qu'il pourrait concurrencer ses cousins, s'il était appairé. Mais son ego est tellement surdimensionné qu'il se refuse à fusionner avec l'un de ses congénères – une tradition pourtant incontournable pour son espèce ! Arrivés à l'âge adulte, les siruns s'enroulent l'un à l'autre et font tout à deux, jusqu'à ce que leurs corps ne puissent plus se dissocier. Cela leur permet de vivre beaucoup plus longtemps. Bref, tu cernes le personnage ? Il est prêt à mourir plus jeune plutôt que de devoir supporter l'un de ses semblables. Autant dire qu'il ne se déplacera jamais pour parler avec une humaine !

Alors, je dois viser plus bas… Il faudrait trouver quelqu'un qui travaille sous ses ordres, qui puisse me renseigner sur les procédures appliquées à l'eau, mener l'enquête pour voir d'où vient le composé E…

Un souffle exaspéré fait désagréablement claquer mes vertèbres.

Myrina, il n'y a personne sous sa direction.

Comment ça, personne ?

Il n'y a que vous, les humains, qui ayez besoin d'être une palanquée pour faire des tâches complexes. Sirzaï gère seul le traitement de l'eau de toute la station.

Je serre les poings, marmonne quelques insultes dans la barbe que je n'ai pas. Je déteste quand Pyr'hus nous ramène à notre statut de pauvres incompétents du système. Dans la vitre du laboratoire, mon reflet abonde.

C'est plus agréable quand il chante tes louanges en concert, ça oui.

Je range mes notes et saisis mon sac. La tablette m'a donné tout ce qu'elle pouvait, les documents en symbiosimple sont assez rares et offrent peu de détails. Marcher me fera du bien.

On a peut-être besoin d'être plusieurs, mais moi, je ne lâcherai pas l'affaire ! Si Sirzaï ne vient pas, j'irai à lui. Guide-moi vers sa section. J'ai vu qu'ils vendent des équipements de plongée dans le couloir aérien.

Face à ma détermination, Pyr'hus capitule.

Ça ne sert à rien, mais si ça te fait plaisir... File au portail.

*

Lorsque je débouche dans la section S, je lâche un cri d'admiration. Quelques aliens se retournent, et j'entends persifler un ou deux « *djekets* ». Qu'importe.

Le paysage est splendide. La passerelle qui part du téléportail forme un long filin sinueux coincé entre des bâtiments et une immense vitre de vingt mètres de hauteur au moins. Des aths volettent dans les premiers, un univers aquatique aux mille couleurs s'épanouit derrière la seconde.

Par la Terre ! C'est sublime !

Étriqué, tortueux et froid.

Je fais semblant de ne pas avoir entendu Pyr'hus et m'avance, le pas léger. La gravité m'est favorable, à mon grand soulagement.

L'immense vitre me présente mon reflet sans discontinuer, mais pour une fois, ce n'est pas vers lui que mon regard est attiré.

Tu as bien raison. Profite du paysage !

Je colle mon nez sur le verre. Face à moi, des rochers supportent des plantes tentaculaires, des coquillages iridescents et des algues florales qui dansent paisiblement dans le courant. Ils sont percés de trous, et tout un peuple de nageoires et d'ondulations circule entre les allées ainsi formées, affairé et chatoyant.

J'aimerais savoir nager…

Tu n'as pas de branchies, ça te servirait à quoi ?

Je gronde, excédée :

Le plaisir, ça ne suffit pas, comme justification ? Contrairement à ce que tu penses, je ne vis pas uniquement pour jouer les éboueuses !

Quel plaisir y a-t-il à s'immerger dans l'eau ? Ça mouille !

Tu vois, toi aussi tu as tes biais, j'explique, triomphante. *Ce n'est pas parce que toi tu n'aimes pas que les humains non plus. Et ce n'est pas parce qu'on n'a pas de branchies qu'on n'apprécie pas la baignade !*

Oh, tout de suite les grandes démonstrations !

Un mouvement attire mon attention, m'empêchant de répliquer. Derrière la vitre de l'aquarium géant, un jiih rose propulse gracieusement ses deux bulbes par à-coups de tentacules. Mon reflet s'en amuse.

C'est beaucoup plus joli que le fatras de peluches étalées dans la cuisine de papa…

Je m'arrache difficilement à la contemplation des fonds et avise les capsules sphériques qui sont collées comme des pustules à la paroi de verre.

C'est ici qu'on peut demander à parler à Sirzaï, non ?

Ne te fais pas d'illusion, ça ne marchera pas.

Je hausse les épaules et grimpe l'échelle qui permet d'accéder à l'une d'entre elles. À l'intérieur, une console. Je me penche sur le menu. Bien entendu, rien n'est rédigé en symbiosimple, ce serait trop facile.

Il n'y a que les quartiers où les humains sont requis qui affichent un peu de symbiosimple, me précise Pyr'hus. ***La section S n'en fait pas partie.***

Tu m'aides quand même ou tu continues à faire ta tête de mule ? J'appuie où, là ?

Un courant d'air traverse mes neurones. Pyr'hus y met de la mauvaise volonté, mais finit par m'expliquer :

C'est un annuaire. Ouvre le menu. Ici... oui. Maintenant, presse ce bouton, puis celui-ci... et le vert, en bas. Il va appeler Sirzaï...

J'ai à peine validé que l'eau de l'autre côté de la paroi de verre se trouble. Un alien apparaît en transparence, sorte de méduse orange dont la peau se pare de signes complexes. Cela doit être la secrétaire ou l'alien en charge des communications sous l'eau. Communication visuelle, forcément, je ne pige rien. Face au silence de mon traducteur officiel, je râle.

Tu m'expliques ce qu'elle dit ou tu préfères roupiller ?

Je ne dors pas, je te rappelle. Et je ne sais pas ce qu'elles racontent.

Euh… comment ça, tu ne sais pas ? Et tes pouvoirs télépathiques ?

Ce ne sont pas des « pouvoirs », ce sont des capacités. Et ces capacités ont des limites. En l'occurrence, elles sont trop nombreuses : je n'arrive pas à capter une seule voix, c'est un brouhaha confus, un bruit de fond semblable à la foule.

Je détaille la méduse colorée, sans comprendre.

La foule ?

Oui, ce n'est pas un individu que tu as face à toi, mais un petit millier de minuscules aliens composés en colonie. C'est impossible à comprendre.

Mon estomac me tombe dans les talons. Comment ça, impossible ?

Mais… vraiment ? Tu ne piges rien du tout du tout ?

Un silence à couper au couteau me répond. Mes neurones ralentissent face à la froideur glaciale de Pyr'hus. Je tente une ultime fois.

Tu ne peux pas lire leurs pensées, d'accord mais… tu ne connais pas leur langue ? Tu n'as pas un glot pour traduire ?

Implanter un glot dans mon incroyable corps ? Quelle idée absurde !

Éberluée par l'incapacité de Pyr'hus à m'aider, je regarde la méduse la bouche ouverte. L'angoisse me serre le ventre.

De toute façon, pas besoin d'interprète pour comprendre qu'elles refusent. Je te l'ai dit, Sirzaï ne parlera jamais à une humaine.

L'air me manque soudain. Je ne peux pas m'arrêter là ! Dans la vitre de l'aquarium, mon reflet me console.

Tu as su gérer jusqu'ici. Tu vas trouver une solution, ne t'inquiète pas.

Son sourire me détend. Je me souviens que je voulais nager. J'inspire en pensant à maman. Je ne vais pas me laisser faire !

Eh bien, descendons voir les commerces pour acheter un équipement de plongée.

Je me promène un moment, désarçonnée par le mutisme de mon acolyte. Sur le côté droit de la passerelle, les bâtiments sont percés de vitrines et d'échoppes diverses. Les signes inscrits dans le phytobéton me sont incompréhensibles, tout autant que certaines formes et odeurs qui jaillissent des boutiques. Mais je continue de chercher un masque et des bouteilles d'oxygène, ramassant au passage quelques morceaux de coquillages ou d'algues qui traînent sur le trottoir. Le parfum salé qui s'en échappe ajoutera une note marine à mes concerts.

Je finis par voir un amalgame de tuyaux visqueux reliés à ce qui pourrait être un masque dans une vitrine. J'atteins difficilement la poignée d'une porte bien trop haute pour moi. À peine ai-je réussi à l'ouvrir qu'une odeur de vieille saumure me monte au nez, accompagnée d'un chapelet de couinements aigus et agressifs. Pas besoin de parler la langue de l'alien que j'entraperçois au fond de la salle pour comprendre que je me fais insulter. Je tente de ne pas me laisser impressionner par l'immense silhouette mouvante dans les tréfonds de la boutique et m'avance vers le comptoir.

Tu peux lui dire que je veux un équipement de plongée ?

Mauvaise idée. Rien ici ne t'ira.

Je pointe l'imbroglio de tubes plus ou moins organiques de la vitrine.

Ça, ce n'est pas un masque et une bouteille de gaz ?

Pyr'hus pousse un soupir qui me fait craquer la nuque. Un picotement au ventre m'indique qu'il communique avec le commerçant.

Il ne fait pas affaire avec les dj… les humains.

Y'a pas de loi qui empêche ça, si ? Qu'il trouve une autre excuse, je veux ce masque !

Les chatouillements se transforment en début de nausée. Pyr'hus y met de la conviction, au moins.

Il te le vend quinze-cent crédits.

Je m'étouffe littéralement sur place.

Quinze-cents ? C'est trois cycles de ma paye ! C'est bien trop cher, il se fout de moi !

C'est la taxe dj… humains. Il va être obligé de désinfecter tout le magasin après ton passage, ça a un coût.

Je suis pas malade ! Je suis propre et je ne porte pas de germes sur moi, qu'il aille au diable ! Sa boutique pue la vase et l'eau saumâtre, il va pas me la faire !

Oh, vous m'agacez avec vos palabres !

Une crampe d'estomac me plie soudain en deux. La silhouette du fond se met à bouger, ombre mouvante parmi les ombres, dégageant des relents putrides. Je me bouche le nez, le cœur au bord des lèvres. Des tentacules poisseux et verdâtres émergent du fatras d'objets et se dirigent vers le masque. La masse de l'alien accroche un rai de lumière, dévoilant un bulbe à deux têtes. Le dégoût rajoute à ma nausée.

Mais qu'est-ce que c'est que cette horreur ?

Un jiih, tu connais pourtant.

Je contemple la couleur répugnante, les poils collés au corps par des plaques jaunâtres et les dimensions extravagantes de l'individu.

Et… c'est moi qui suis malade ? Il ne devrait pas voir un médecin, peut-être ?

On s'en fout. Prends le masque, et basta.

Un tentacule pose l'attirail poisseux dans mes bras. Je frissonne, écœurée.

D'accord, et le prix, alors ?

On s'en fout du prix, c'est gratuit. Allez, j'en ai marre de toute cette histoire, prends ton barda et allons nous promener ailleurs ! C'est pas bientôt la teinte de ton concert ?

Non, y a encore le temps. Mais… ne détourne pas la conversation ! Pourquoi il n'exige plus de paiement ?

Parce que !

La tension dans mon ventre me rappelle soudain quelque chose.

Pyr'hus… tu le manipules, là ? Tu le forces à me donner le masque ?

Quoi d'autre ? Il ne veut pas te le vendre, toi tu veux le lui acheter, et moi je veux sortir. On va pas y passer trois lunes non plus !

Mais…

Une douleur insidieuse vient percer mon cœur, remuer mes entrailles. Soudain, le jiih me paraît moins impressionnant, moins grand.

Je ne peux pas… tu ne peux pas lui imposer ça !

Mais pourquoi donc ? T'es compliquée, quand même !

Le jiih croise deux tentacules sur son torse, indigné. Puis il me secoue un troisième appendice sous le nez.

Tu crois quoi, qu'on a passé le téléportail sans payer parce que le contrôleur t'a trouvée mignonne ? Que tu gagnes plus à chaque concert parce que ton patron est vraiment généreux ? Ça t'arrange bien que je puisse manipuler les autres. Alors pourquoi d'un coup celui-ci pose un problème ? Il ne t'aime même pas !

Je déglutis. Le jiih n'est plus le jiih : ses mimiques sont celles de Pyr'hus. L'alien le possède intégralement. Les émotions les plus contradictoires se débattent en moi. L'odeur se fait prégnante, m'empêche de me concentrer, d'y voir clair. La culpabilité enfonce son dard dans mon ventre, fouaille mes tripes comme un poignard que l'on retourne.

Mais… Patron, c'était pas… c'était juste une suggestion, non ? Regarde là, le jiih, il n'est plus lui, il est toi ! Tu… qu'est-ce que tu en fais ? Où est-il ?

Il dort, c'est tout !

Je croyais qu'il n'y avait que les humains qui dormaient ?

Oh, puisque tu insistes, ingrate !

D'un coup, le jiih se replie sur lui-même, menaçant. J'ai à peine le temps de réaliser que je n'ai plus mal au ventre et que Pyr'hus lui a rendu sa liberté ; avant que j'aie pu faire un mouvement, un tentacule me saisit par le col, un autre ouvre la porte et je valdingue dans la rue. Mon épaule droite cogne durement le sol.

— Aïe !

Mon cri attire l'attention des passants. Une pluie d'insultes et de déchets s'abat sur mon dos. Je ramasse l'attirail de plongée qui s'est fait jeter dehors avec moi, le fourre vite dans mon sac et me carapate sans demander mon reste.

Je marche énergiquement plusieurs dizaines de mètres le long de l'aquarium géant, énervée et humiliée. Les paroles de Pyr'hus tournent dans ma tête. Comment ai-je pu être aussi naïve ? Vis-à-vis de lui, vis-à-vis des autres aliens ? Dans la vitre, mon reflet me soutient, bienveillante.

Tu évolues dans un monde qui n'est pas juste, Myri'. Ne te reproche rien.

Mes poings se desserrent légèrement. Mais la colère bout toujours dans mon ventre. Pyr'hus et moi entretenons un rideau de silence plus solide qu'une coquille de vaisseau interstellaire. Ce n'est que lorsque j'atteins un patio à plusieurs étages que je commence à me détendre. Des bulles de verdure agrémentées de cascades d'eau, agglutinées entre elles comme une grappe de raisin, calment mon esprit. Mes pas se font plus souples. Une de ces oasis miniatures est déserte. Je m'assois sur un coussin mi-gélatineux, mi-herbacé, cachée des regards par la courbe rassurante de lianes feuillues. De minuscules cloques à leur surface dégagent un parfum suave, mélange de fleurs sucrées et d'acidité. Le bruit des passants est étouffé par la végétation. À l'abri, je me relâche. Je pose mon sac sur mes genoux. J'hésite un instant, puis soupire.

Je suis désolée pour tout à l'heure.

Un silence buté me répond. Je poursuis mon mea culpa.

Je suis perdue... Moi aussi, j'ai du mal à comprendre la logique de tes réflexes.

Elle est simple, pourtant. J'essayais de te faciliter la vie.

Entendre sa voix me rassure. Je balaie les dernières traces de ma colère et continue :

Merci. Ça me touche, parce que... aucun alien n'a jamais rien fait pour moi. C'est juste que, ta façon de faire, c'est trop... c'est trop contraire à mes valeurs. Je n'aime pas les aliens qui m'insultent, mais je ne leur souhaite pas du mal pour autant.

Une onde de surprise fige un instant mes cellules, comme un coup de froid.

Je ne leur fais pas de mal !

La sincérité de l'affirmation me rassure. Mais un détail me taraude.

Pourtant... quand tu le fais, même moi je ressens quelque chose de désagréable dans mon corps. Une douleur au ventre, des nausées... Tu chasses la conscience d'un être vivant hors de son enveloppe, c'est...

Horrible. Je me reprends à temps pour modérer mon propos.

C'est rude.

Des picotements sous ma peau matérialisent l'incompréhension de Pyr'hus.

Je ne fais rien de mal ! Chaque être, chaque psyché est comme un arbre. Un tronc solide, des milliers de branches qui poussent dans tous les sens, avec des feuilles de pensées qui vont, qui viennent, qui restent, qui apparaissent, qui disparaissent... Je suis juste un jardinier. Je taille un ou

deux minuscules rameaux, j'en rapproche deux autres, je souffle sur un bourgeon… je sculpte, j'affine la silhouette. C'est simple, naturel.

Naturel pour toi, mais si tu agis, l'arbre a une forme différente de celle qu'il aurait pu avoir, non ?

À peine ! Je ne travaille que sur la périphérie. Les pensées automatiques et parasites. Ce qui fait le mouvement, la parole. Je ne touche pas au tronc.

Pyr'hus a-t-il frémi à ce dernier mot ?

Je… Ça reste une intervention extérieure, pour moi. L'alien à qui tu fais ça, il est d'accord ?

Personne ne garde aucun souvenir de moi. Je suis transparent. Je n'existe pas. J'ai besoin d'autrui pour bouger, pour acter, pour être. Mais si quelqu'un découvre ma présence… tu imagines ? Des centaines d'aliens donneraient cher pour m'avoir à leur service. Le peu que j'ai influé pour toi, pour ta paye… c'est rien. Je pourrais faire plus. J'aurais pu pousser ton boss à démissionner et te léguer son bar, par exemple. Ce pouvoir… des milliers rêveraient de l'avoir. S'ils connaissaient mon existence, je serais vite réduit en esclavage, en arme secrète de manipulation de masse.

L'explication de Pyr'hus me fait froid dans le dos. Mais quelque chose cloche.

Pyr'hus, tu peux annihiler la volonté de quelqu'un ? N'est-ce pas la meilleure des défenses ? Qui pourrait te forcer à faire quoi que ce soit ?

Si c'était aussi simple ! Je ne peux pas influer sur les pensées de plusieurs psychés à la fois, et encore moins des personnalités multiples, comme la méduse de tout à l'heure ou tes amis FalthazarS. Dès qu'il y a des arbres enlacés, c'est compliqué. Tu te souviens de la guepicte et son petit, à la prison ? Je n'ai pas pu lui ordonner de t'ouvrir, si tu te rappelles bien. Alors il suffirait de plusieurs aliens ligués contre moi pour me capturer. C'est pas si dur.

Mes pensées tournent à mille à l'heure. Quel imbroglio !

Mais… tu n'es pas le seul de ton espèce, si ? Vous ne pouvez pas rester en groupe pour être plus forts ?

Une brûlure gelée fige un instant mes muscles. Pyr'hus réplique d'une voix d'outre-tombe :

Je suis seul sur Station Symbiose.

Tu veux dire qu'ici, personne ne connaît ton existence ? Tu n'as jamais fait confiance à qui que ce soit ?

Une étincelle me gratte la gorge. Pyr'hus est surpris.

« Confiance »...

Oui. Comme à moi. Je ne t'ai pas mangé, tu vois !

Je sens un gouffre de perplexité s'ouvrir pour mon alien télépathe. Il reste silencieux, puis finit par répliquer :

Toi, ce n'est pas pareil. Et il n'en existe pas deux comme toi.

Le rire qui jaillit de mon ventre s'arrête net.

Pas deux comme moi ?

L'image de mon moi sans être moi m'apparaît, comme un rêve. J'oublie d'un coup le débat en cours, frappée par une vérité soudaine et brutale.

Pyr'hus... tu m'as bien dit que les humains pouvaient avoir plusieurs enfants ? Des clones, comme les bébés jiihs ?

Ça n'arrive jamais : les hormones de stérilisation qu'il y a dans l'eau empêchent ça. Sinon, vous seriez bien trop nombreux pour l'écosystème.

— Ça n'arrive jamais, mais c'est *possible* ? Il peut exister deux Myrina ?

Ma voix a jailli toute seule, croassement paniqué.

Techniquement, oui. Mais vous ne seriez pas exactement semblables. Tu aurais une « sœur », pas un clone.

Pas exactement semblables.

Une sœur.

Une pierre tombe au fond de mon estomac. Les paroles de mon double résonnent dans mes pensées.

« *Tu m'as oubliée.* »

Je me lève, saisis mon sac.

Rentrons.

Chapitre 21

Papa jette un œil suspicieux à l'horloge en me voyant arriver plus tôt. Il retient une question, force un sourire.

— Tu prends un goûter ?

J'acquiesce, la gorge trop serrée pour parler. Il fouille dans les placards, sort une barre protéinée et triture le phyto-ondes avant de me tendre une tasse d'eau chaude où surnage un bouton de lilo – une des fleurs cultivées dans les serres où je travaille, à la saveur caramélisée. L'odeur devrait me détendre, mais mon cœur bat la chamade. Je grimace, mon ventre est trop noué pour absorber quoi que ce soit. J'entends à peine mon père me demander comment s'est passée la journée. Ses mots restent en suspens dans un silence seulement troublé par le chuintement des jiihs.

Je plante mes yeux dans les siens.

Ma question ne veut pas franchir le bout de mes lèvres. Dans son miroir, mon reflet formule tout haut ce que je n'ose m'avouer.

Tu connais déjà la réponse.

Papa s'inquiète.

— Ça va, ma puce ?

Je me perds dans ses prunelles bleues si atypiques. Une couleur d'eau, une couleur de larmes… et pourtant, ses pupilles sont moins rouges, ses cernes moins profonds. Ses sourcils froncés démontrent une angoisse qui ne se laisse pas submerger par la panique. Il a repris du poil de la bête, et cela me donne le courage de poser ma question.

— Papa… est-ce que… maman a eu un autre bébé ?

Ses traits se figent d'un coup.

Je le savais.

La surprise laisse place à la confusion dans ses yeux. Il balbutie :

— Je… enfin… qu'est-ce qui te fait croire ça ?

Mon reflet dans le miroir. La voix que j'entends sans cesse dans ma tête. Une main dans la mienne, chaude et muette.

— C'est difficile à expliquer… Je le *sens*, tu comprends ?

Le visage de mon père se creuse de rides. Sa bouche s'affaisse, et dans ses prunelles, une tempête de détresse et de désarroi. Je chasse la culpabilité qui me saisit à ce spectacle et insiste :

— Dis-moi ce qui s'est passé, papa.

L'espace entre ses sourcils se réduit. Il détourne le regard.

— Rien…

Je rétorque, amère :

— Non, pas rien.

Il tourne la tête de l'autre côté, me fuit. Face à mon silence pesant, il finit par lâcher :

— C'est compliqué…

— Pour moi aussi, c'est compliqué, papa.

— Non, je veux dire… les aliens… Nous sommes tenus au secret, avec ta mère.

Une vague de rage m'emporte.

— Papa, c'est de moi dont on parle ! Je me fous de ce que les aliens pensent ou disent ! J'ai le droit de savoir. Je dois savoir !

Mon père se raidit dans son fauteuil. Je change de place, harponne son regard, déverse toute ma volonté dans ces yeux qui sans cesse s'échappent.

D'une voix discrète, Pyr'hus me suggère :

Je peux aider… si tu veux…

Non.

Je veux entendre la vérité de la bouche de mon père. Authentique, sincère.

Le temps se suspend. Le parfum de la tisane au lilo. Le chuintement velouté des jiihs sur les genoux de papy, toujours absent. La texture granuleuse de la table, à laquelle mon père s'accroche comme un naufragé à sa bouée. Les jointures de ses doigts blanchissent. Je gronde :

— Papa… je *dois* savoir.

Soudain, les épaules de mon père retombent. Ses mains lâchent le plateau, son regard se baisse.

— Quand nous avons voulu un enfant, nous avons entamé les procédures légales. Remplir des dossiers, attendre qu'un créneau se libère. Les aliens cadrent les naissances en fonction de l'immigration, de ceux qui arrivent d'ailleurs pour éviter qu'il y ait trop d'humains et pas assez de nourriture, pas assez de place… Puis il faut avaler des comprimés pendant un cycle entier avant d'espérer le miracle. Cela a été long, pour nous. Notre tour allait bientôt passer, et l'autorisation nous être retirée, quand ta mère est enfin tombée enceinte. Si tu avais vu notre joie !

Un fantôme de sourire éclaire un bref instant le visage de papa, créant des ridules au coin de ses yeux.

— Les premiers mois, ta maman était bien malade. Elle avait du mal à manger, elle vomissait. Elle disait que c'était bon signe, que cela voulait dire que le bébé était toujours là. Il arrive que les embryons meurent prématurément, mais les aliens considèrent que ce n'est pas grave. La première échographie sert à officialiser la grossesse et, seulement à ce moment, les conditions de travail sont allégées. Un peu.

Mon père se racle la gorge. Je lui tends une tasse. Il avale une lampée puis reprend :

— Ta mère a passé l'examen, puis nous avons attendu le résultat. Le médecin llérunien est entré et nous a dit : « Côté santé, tout va bien. Le problème, c'est que vous portez deux bébés. » La surprise a laissé place à de la joie. Deux enfants ! Aucun humain n'avait jamais eu cette chance. Le docteur nous a demandé de le suivre dans une autre salle. « L'opération est assez rare, attendez ici que nous soyons prêts. » Nous avons commencé à nous inquiéter. Le llérunien était étonné. « Voyons, la règle, c'est un seul enfant par couple. On ne peut pas vous laisser en porter deux. »

Papa s'arrête, les yeux humides. Il n'a pas besoin d'en dire plus.

— Ils… ils ont *tué* ma sœur ?

Papa fond en larmes.

— Ils ont tué… Anna.

Je suis sous le choc. Figée. Je l'entends à peine terminer, la voix entrecoupée de sanglots.

— Nous n'avons rien pu faire ! Le médecin n'aurait pas dû nous informer de la présence du second embryon… L'opération serait passée pour une routine nécessaire… et ta mère et moi… n'aurions jamais rien su. Comme de nombreux parents… Pour rattraper sa bourde, son supérieur nous a fait jurer, sur ta vie, de ne jamais en parler. Il lui suffisait de ne pas nous donner les pilules que ta mère devait avaler tous les jours, et elle t'aurait perdue… toi aussi.

Dans un état second, je vois mon père se lever et m'entourer de ses bras. Je le sens à peine. Un trou noir a pris place dans mon ventre, et absorbe tout mon être. Papa m'étreint en sanglotant.

— Je sais que nous sommes trop inquiets, comme parents. Nous ne pouvons imaginer te perdre à ton tour.

Sa voix est lointaine. Une tempête gronde dans mes tympans, sature mon ouïe de remous menaçants. Une main invisible enserre ma gorge. J'arrive à peine à parler.

Myrina, respire. Ça va aller.

Un monstre grossit dans mes entrailles.

— Il faut… il faut que j'aille prendre… l'air.

Je me dirige vers la porte comme une bombe sur le point d'exploser.

— Myrina, reste à la maison, supplie papa, inquiet.

Je franchis le seuil sans un regard pour lui.

*

J'avance. Un pied puis l'autre.

Pas de destination.

Marcher. Tenter de clouer l'horreur au sol.

Droite.

Gauche.

Droite.

Contrôle. Contrôle.

Rien à faire.

L'horreur s'accroche à mes tripes, digère mon corps de l'intérieur.

Droite.

Gau…

Mon ventre est un trou noir. Attire inéluctablement chaque particule de mon être.

Myrina, tout va bien. Respire.

Shot de rage. Électrique.

J'explose.

— Non, tout ne va pas bien. Pyr'hus, ILS ONT TUÉ MA SŒUR !

Ma voix se répercute en écho dans la rue.

L'embryon qui ét…

Pyr'hus se ravise à temps.

Oui, c'est vrai.

Un silence.

Je suis désolé.

Son ton sincère désarme ma colère. Les larmes montent. Je m'appuie contre un mur. La tempête hurle en moi et les larmes coulent. Je glisse à terre, la passerelle imprime sa grille contre ma cuisse.

Je pleure.

Je pleure comme je vomirais un océan. Je pleure à n'en plus finir, je pleure à me liquéfier. Je pleure une douleur que j'ignorais, mais que mon corps a toujours portée.

*

Le temps n'a plus de prise. Mes yeux se tarissent. Piquent. La moindre goutte d'eau s'est échappée.

Dans un coin de mes pensées, une étoile timide tente de réchauffer mon esprit vidé.

Anna ?

Une brève secousse. Ailleurs. Autre.

Non, c'est moi. Pyr'hus.

Je suis perdue. Trop de choses dans ma tête.

Je suis désolé. Je ne savais pas.

Je reste muette. Abattue.

J'ai senti que tu n'étais pas comme les autres humains. Je me l'explique, maintenant.

Je fronce les sourcils, pas assez consciente pour formuler une question. Pyr'hus continue.

Tu l'as vu, je peux contrôler facilement les humains.

Je ferme les yeux. Ce sujet ne m'intéresse pas.

Mais pour toi, je n'ai jamais réussi à discerner ton arbre. Je comprends pourquoi, maintenant.

Une flamme de curiosité monte en moi, pour se consumer instantanément.

C'est parce que tu n'es pas seule dans ton jardin, Myrina. Ta sœur est avec toi.

Je me redresse.

Comment ça, avec moi ?

Aussitôt, je me morigène[10]. Je sais comment.

Pyr'hus, inconscient de mes pensées, enchaîne :

Je ne sais pas. D'habitude, c'est l'enlacement de plusieurs arbres qui m'empêche d'approcher. Mais avec toi, ce n'est pas pareil. Un brouillard cache ton arbre. C'est... une autre dimension.

Mon cœur palpite dans ma cage, oiseau affamé qui peu à peu reprend vie. Un espoir se glisse entre mes os pour le nourrir.

Tu veux dire… que le brouillard, ce serait ma sœur ?

Peut-être. Comme un fantôme qui te protège.

Un fantôme… Je cherche du regard une vitre, un miroir. Mon reflet s'imprime sur le rebord lustré de la rampe contre laquelle je me suis affalée.

Tu vas trouver, Myri'.

Je me contemple dans la vitre.

Anna ?

Mon reflet hausse les épaules, comme impuissante. Je la détaille. Son teint de peau est exactement comme le mien, son sourcil droit a la même courbure… Mon reflet est différente de la jeune fille que je vois en rêve. Il y a autre chose.

Tu penses qu'une part d'elle peut vivre à l'intérieur de moi ?

L'âme n'est pas une question de cellules ou de courant électrique. C'est autre chose, une autre matière. Tout est possible.

Un espoir fou envoie mon sang valser dans mes muscles. Je me lève.

Je sais comment parler à ma sœur.

Chapitre 22

Une fois arrivée au bar, je traverse la cuisine comme un éclair. J'attrape au passage le signe de bienvenue de FalthazarS, y réponds rapidement. Je m'engouffre dans ma loge et ferme la porte. Vite, j'enfile ma chemise. Trace deux traits sur chacune de mes joues. Deux lignes jumelles.

Je jette un œil dans ce miroir qui m'apaise tant. Mon reflet porte le même maquillage. Ma sœur n'est pas encore là.

Un instant, la peur d'échouer me submerge. Je me force à respirer.

Elle va venir. Aie confiance.

Une idée me traverse l'esprit. J'attrape un flacon, l'appuie sur ma joue. Récolte quelques larmes. Puis je m'avance sur la scène. Le public commence tout juste à s'installer, en haut et en bas de mon promontoire. Mon boss accourt, aux petits soins.

— J'ai mis de l'eau ici, et 'cheté une méduse de plus.

Je hoche la tête sans répondre. Il reprend, en pointant de la queue un lot d'aths déjà suspendus à leurs places comme des chauves-souris.

— Ces spect'teurs enthousi'stes ont r'mené ces fioles. Ils disent que ton 'rt leur r'ppelle leur terre d'origine. Ce sont des plantes de chez eux.

L'étrangeté de la situation m'arrache un instant à mon hébétude.

— Ils… ils me l'offrent ?

— Tu es l' première humaine de l'histo're ' recevoir un c'deau des 'ths !

Je vois le profit briller dans l'éclat de ses pupilles. Je ne suis pas candide.

— Et toi l'unique llérunien à l'avoir embauchée !

Ses queues frétillent.

— Je te laisse, il faut que j'aide l'ccueil. Nous n'vons j'mais eu autant de monde !

Je reste seule avec mes fioles et mes cloches. J'inspire les cadeaux. L'un dégage un alcool minéral mêlé de mucus acide. L'autre envoie son arôme tapisser mon nez d'un miel voluptueux, à la limite de l'écœurement.

À petite dose, celui-ci.

Je jette un œil à la salle. Elle se remplit bien trop lentement. Pyr'hus tente de m'occuper l'esprit.

Pourquoi ce concert est si important pour toi ?

Lorsque je me laisse emporter par mes parfums, lorsque j'oublie qui je suis… je vois ma sœur en rêve.

Un silence rond, empli de réflexions. Pyr'hus les garde pour lui. Moi, je trépigne, dépitée par le nombre de places encore libres alors que l'horloge vire au rose.

Bon sang, qu'ils sont longs, ces aliens ! Ils ne savent pas arriver à la teinte ?

Soudain, une idée. Pour leur apprendre, il suffit de commencer.

J'éteins les lampes de la scène et allume mes méduses. Les frémissements au-dessus de moi m'informent que ma stratégie fonctionne : les spectateurs se pressent.

Un grognement de protestation s'élève de l'accueil, mais je pose mon casque sur mes oreilles. Je ne veux entendre personne.

Je suis libre.

Je soulève ma première cloche. La note familière de feuille tendre chasse mes angoisses. Ma respiration se calme. Je suis chez moi.

Chez *nous*.

Je commence par un tableau doux, m'immerge dans le flot qui coule en moi. Des effluves floraux portés par le vent jouent avec le foin séché. Sérénité.

J'incorpore un subtil mélange boisé, plus fermenté. Déséquilibre. Je reviens à mon premier mouvement, alterne, monte en pression, envoie l'odeur acide de la peur effleurer mon public. Je libère des fragrances multiples, amères, sucrées, la foule, la multitude. Et moi, si seule au milieu, seule avec mon chagrin inconnu.

Les senteurs retombent. Le vide. La déchirure.

Mon appel s'élève vers les étoiles avec le parfum éthéré d'une fleur de lune. Mon rêve, mon espoir. Je verse une larme sur de la paille de minaï. Un bouquet d'hibiscus chauffé à blanc emplit l'espace comme une supplique.

Je perds pied.

J'ouvre les yeux sur une peau claire, laiteuse. Celle d'un bébé qui n'a jamais vu le jour.

Nous sommes couchées dans l'herbe coupée. Ma main gauche dans la sienne. Je tends la droite, effleure sa joue. Ses pupilles sont un océan d'amour.

Je murmure :

— Anna ?

Son regard devient liquide, son sourire s'étend. Pour la première fois, sa voix jaillit.

— Tu te souviens…

Je me jette dans ses bras, l'enserre des miens. Peau contre peau. Sa chaleur se répand dans mes membres, déferle dans mes vaisseaux, soulage mes muscles. Le creux de son cou a le parfum de mes larmes.

Un instant, je me sens entière. Apaisée. Puis l'horrible réalité ternit mon bonheur. Je l'enlace avec le désespoir du naufragé, et hoquette :

— Pourquoi… pourquoi moi ?

Anna me serre fort.

— Toi ou moi, cela n'existait pas. C'était *nous*. C'est le poison de l'aiguille qui nous a séparées. Nous sommes devenues toi et moi. Toi, la survivante ; moi, le souvenir.

J'éclate en sanglots.

— Je ne te connaissais même pas ! Tout ce temps… tu étais là et je ne voyais rien…

Anna clôt mes lèvres d'un doigt.

— Tu as plus souffert que moi, Myrina. C'est injuste.

Elle pose son front contre le mien, effleure mon nez du sien. Nos larmes se mélangent. Ne forment plus qu'une seule rivière.

Mes yeux se tarissent. Son visage retrouve ses contours. Son regard brille de joie et d'amour. Sa main gauche n'a pas quitté la mienne.

— Toujours reliées. Je suis en toi.

— Pourquoi ne t'ai-je jamais vue avant ?

— Sans nom, je n'existe pas. L'oubli est une seconde mort.

Une vague de tristesse douloureuse me serre un peu plus contre elle.

— Ne t'en veux pas, poursuit-elle. Tu ne pouvais pas savoir.

La culpabilité trace une voie à la machette dans la jungle de mes émotions.

— J'aurais dû deviner. J'ai toujours senti que j'étais… bizarre. Je parle à mon reflet… à toi ?

Ses mains caressent mon dos, me rassurent.

— Mon espace, mon temps ne sont pas les mêmes que les tiens. Parfois, un appel me fait émerger d'un tout. Je prends corps, je pense à toi. Je t'envoie tout l'amour que je peux. Je crois qu'il réapparaît dans ton miroir.

Son sourire s'efface. Elle fronce les sourcils.

— Je connais ma mission. Je suis là pour te veiller. Pour te protéger. Mais avant, je ne m'étais jamais posé la question de qui j'étais… Je ne m'étais jamais… matérialisée ? Comme ça, dans ce rêve, avec toi. Ce sont tes songes qui m'ont fait prendre corps.

Une hypothèse germe dans mon esprit.

— Je me sens de plus en plus douée depuis que Pyr'hus m'accompagne. J'ai l'impression que sa présence amplifie ma sensibilité. Il m'a dit que tu ressemblais à une brume, quelque chose d'épars. Peut-être est-ce grâce à lui que je peux… t'agglomérer ?

Le regard d'Anna se voile. Elle jette un œil par-dessus son épaule, et affermit sa prise dans ma main. Un souffle soudain charrie une odeur de brûlé. Un frisson court le long de ma colonne. Ma sœur marmonne :

— Oui, ça se tient… L'agression…

— L'agression ?

— Pyr'hus… c'est un télépathe, n'est-ce pas ?

— Oui. Pourquoi ?

Le vent se lève. Nos cheveux s'emmêlent. Des morceaux de paille se coincent dans nos bouches. La peur brille dans les prunelles de ma sœur.

— Myri'… il ne te veut pas du bien.

— Il était un peu prétentieux au début, mais il a changé.

Anna m'enserre plus fort. Elle tremble.

— Je lutte pour empêcher quelque chose de rentrer dans ta psyché. Ça ne peut être que lui.

Des herbes calcinées volent autour de nous. J'essaie de rassurer ma sœur.

— Son espèce est extrêmement rare. Nous ne sommes pas habitués à cohabiter parfaitement, mais on y arrive. Je vais lui demander d'arrêter.

— Chaque seconde il frappe à la porte de tes pensées. Il tente de passer.

Je force un sourire.

— Je suis sûre qu'il ne veut pas à mal. C'est probablement un réflexe inconscient de sa part.

Le doute insinue son poison dans mes veines, charriant l'image du jiih possédé par Pyr'hus. Un réflexe, vraiment ?

Des larmes coulent sur les joues d'Anna.

— Tu te rappelles la première nuit où tu l'as hébergé ?

Je fais signe que non.

— Tu as rêvé de moi… Un miroir fendu…

La voix d'Anna se délite comme des bris de verre. Une réminiscence trouve le chemin de ma mémoire, petit à petit. Insidieuse. Menaçante. Le vent forcit et hurle autour de nous. Anna poursuit.

— Tu as vu le visage dément de papy. Ses yeux exorbités. Et ses mains…

Soudain, le souvenir prend corps. Mon réveil en sueur, la gorge serrée, comme si une poigne m'avait étouffée. Je secoue la tête. C'était une image, une seule, brève, incohérente, comme tous les…

— Cauchemar, je balbutie. C'était un cauchemar.

Anna explose en sanglots. Une rafale colle des nuées de cendre dans mon nez. Je suffoque.

Je revois papy dans les toilettes. Le regard vide. Voilé comme celui de mon père quand Pyr'hus a tenté de le manipuler.

La cendre coule dans ma gorge.

Il a essayé… de me tuer ?

La tornade me coupe le souffle.

Ce n'est pas possible !

Soudain, une bourrasque m'arrache à ma sœur.

Chapitre 23

Je reviens à moi, hébétée. Les effluves de mon bouquet final se diluent dans l'atmosphère.

Un instant, la salle tout entière est pétrifiée, subjuguée par les ultimes notes de mon art.

D'un coup, la tension se relâche. Le public applaudit, chante, bouge, manifeste son enthousiasme en lançant d'étranges pétales gluants et fluorescents à mes pieds.

Je reste figée.

Par Kelket ! Tu t'es surpassée, Myrina, bravo !

L'excitation de Pyr'hus me ramène douloureusement à la réalité. Dans mon cœur, une blessure s'ouvre.

Je dois regarder la vérité en face.

Je salue abruptement puis, telle une automate, rentre dans ma loge. Accroche ma chemise à son cintre. Enfile mon sac sur mes épaules. Il est lourd.

Inconscient de mes états d'âme, Pyr'hus babille, en pleine forme.

Tes concerts sont la plus belle chose que j'ai jamais sentie. Quelle énergie ! Quelle puissance ! Tu manies ton art à la perfection. J'en ai les plumes qui vibrent. As-tu perçu l'attention de ton public ? Tu les tenais par les tripes, quel prodige ! Tu les as fait voyager dans des territoires inconnus, tu as suscité chez eux de la mélancolie, de la joie, de l'inquiétude, de la tristesse, de la béatitude… Jamais je n'ai vu un tel débordement d'émotions ! C'est jouissif, Myrina, jouissif !

Je sature. Il faut que je sorte, que je parle à Pyr'hus en privé. Que je tire ça au clair. Une part de moi veut croire au malentendu. L'autre part…

Dans le miroir, mon reflet m'encourage.

Tu sais ce que tu dois faire, Myri'.

Je perçois l'amour d'Anna au travers de ces paroles. Comme un écho, oui. Elle me donne la force d'avancer.

Je réponds aux félicitations de FalthazarS par quelques signes, prétexte une énorme fatigue pour m'éclipser aussitôt. Pyr'hus déborde d'énergie, continue de pépier sans même se rendre compte de mon état. J'en prends ombrage.

Je me réfugie dans un recoin d'une des rues parallèles à l'allée H, celle imprégnée par les relents caféinés de la cuisine aartite. Je m'agenouille pour poser mon sac à dos face à moi. Pyr'hus réagit lorsque je l'en extrais.

Qu'est-ce que tu fais ?! Cache-moi tout de suite !

Les plumes qui le recouvrent se sont transformées en un magnifique duvet aux éclats irisés. Il a bien meilleure mine que le jour où je l'ai trouvé. Il n'a toujours aucune odeur.

Je le fixe, grave.

Pyr'hus…

Son attention emplit mon corps d'une présence palpable.

Qu'as-tu fait à mon grand-père ?

Une main invisible compresse mes organes. Je l'ai déstabilisé.

Ton grand-père ? De quoi tu parles ?

Sa tentative de jouer l'innocent avive ma colère.

Le soir même où nous avons conclu notre pacte. Je suis rentrée chez moi. Épuisée, je me suis endormie. Puis réveillée, le visage de mon papy déformé par l'horreur à quelques centimètres de moi…

La réponse de Pyr'hus est bien trop rapide pour être sincère.

Un cauchemar ! La nuit, l'arbre de pensée des humains se secoue dans tous les sens. C'est incohérent, ça ne suit aucune logique... c'est normal d'être perturbé.

Il noie le poisson dans l'eau. Le feu qui couve en moi gronde.

Pyr'hus... Papa et moi avons retrouvé papy affalé dans les toilettes, vomissant. Comme je l'ai fait toute cette première journée où tu as essayé de me manipuler...

Il avait mangé un jiih qui n'était pas passé, voilà tout !

Je rugis.

— Pyr'hus ! Depuis cette nuit, mon grand-père a le regard sans cesse voilé. Il ne répond plus à rien, il ne me tient plus la main avant de dormir. Tu lui as fait quelque chose, je le sais !

Il grommelle, tente une autre stratégie.

Blablabla, je peux manipuler des humains, alors forcément, tout devient ma faute.

Dans mon corps, mes organes se tordent, essorés par une peur qui n'est pas la mienne. Son insistance à cacher son méfait me pousse hors de moi.

— Pyr'hus ! Tu as utilisé papy pour essayer de me tuer. Arrête de nier. Anna t'a vu !

Soudain, le silence.

C'est... c'est impossible !

La réaction de Pyr'hus sonne comme un aveu. Un grand vide m'envahit.

Un vent de panique balaye mes pensées, emprisonne mon cœur. La panique de Pyr'hus.

Je... je n'avais pas le choix, Myrina. Tu étais la première qui résistait à mon influence... Je n'avais pas le droit de laisser vivre quelqu'un qui m'avait découvert. C'est un instinct de survie...

Ses explications me donnent la nausée.

On venait de conclure un marché, Pyr'hus ! Tu avais promis de m'aider, et tu as essayé de me tuer !

J'étais déboussolé. Tu crois quoi, que j'ai atterri dans cette poubelle minable par ma volonté ? Je ne savais pas où j'étais, j'avais faim, froid...

Tu mens !

Non ! J'ai appris à te connaître, depuis. J'aurais pu te tuer mille fois, je ne l'ai jamais fait. Aujourd'hui encore, quand je possédais le jiih, j'aurais pu...

— TU MENS ! Tu m'as menti depuis le début !

Une nausée plus forte que l'autre me retourne l'estomac. Je retiens un haut-le-cœur. Je comprends, maintenant. Anna me protège. Malgré la douleur, je peux toucher du doigt la présence de ma sœur. Je dois lutter. Pour elle.

Je regarde autour de moi. Je reconnais la rue. Dans une vitre, mon reflet me souffle :

La déchetterie.

Je fourre Pyr'hus dans mon sac, me lève. J'ai à peine avancé qu'une crampe me plie en deux. Mon alien devient menaçant.

Myrina, ne fais pas de bêtise, je t'en conjure.

Je me relève et rétorque, amère :

Ou quoi ? Tu manipules mon grand-père pour qu'il m'étrangle dans mon sommeil ?

J'emprisonne la douleur dans une partie de mon esprit et me concentre sur mes pas.

Tu n'as pas idée de la puissance que je peux avoir. Je suis resté avec toi par choix, parce que j'ai appris à t'apprécier. Ne me force pas à te faire du mal.

Je ne crois pas un mot de ses menaces. J'avance, le regard fixé sur l'icône du bac de recyclage qui luit, plus loin dans la rue déserte.

Soudain, un aartite surgit d'une fenêtre et se jette sur moi. Une masse gluante s'étale sur mon visage, saturant mes narines d'amertume. Je me débats, frappe l'alien. Dans un craquement surprenant pour un corps si mou, l'aartite me lâche. Sonné, il se met à ramper plus loin. Je l'enjambe, et continue mon chemin, les sens en alerte, les pensées focalisées pour ne plus entendre Pyr'hus argumenter.

Comment vas-tu faire sans moi pour sauver ta mère ? Tu as besoin de moi, Myrina ! Reprends tes esprits !

La pression sur mon ventre se relâche, signe qu'il oriente son pouvoir ailleurs. Je suis prévenue : je balance mon sac à dos dans le corps du nouvel aartite qui jaillit de chez lui. Je réplique, écœurée :

Comment je peux sauver ma mère si tu m'élimines avant ?

Tu vas faire une énorme bêtise, Myrina ! Retourne sur l'allée, reprenons tout depuis le début !

J'assomme un autre aartite. Dans l'éclat de la rambarde, je distingue les yeux de mon reflet.

Courage, tu es bientôt arrivée.

La déchetterie se rapproche. La panique de Pyr'hus augmente. Une crampe envoie mon estomac dans ma gorge. Je ravale ma bile avec dégoût.

Ne me laisse pas ici, Myrina ! Il n'y a personne pour me nourrir !

Eh bien, momifie-toi, au moins tu ne pousseras pas des parents à l'infanticide !

Un haut-le-cœur me submerge. Sans pouvoir me retenir, je vomis par terre. L'odeur âcre laboure mon œsophage, remonte dans mes narines. Ma vue se brouille. Ces symptômes n'ont qu'une explication : Pyr'hus tente le tout pour le tout, et Anna n'arrive plus à le contrer.

Une colère incandescente flambe dans mon ventre.

Ne touche… pas… à ma sœur !

Trois pas. Je n'ai plus que trois pas à faire. J'avance en tendant les mains, pliée en deux. La poigne télépathique de Pyr'hus distord mes organes, expédie des ondes de douleur dans tout mon être.

Deux pas.

Myrina, écoute-moi !

Un pas.

Je t'en supplie, ne fais pas ça !

Sa dernière réplique attise ma rage. « Ne fais pas ça ? » Alors que lui-même me perce le corps d'aiguilles de fer chauffées à blanc ? Une fureur salutaire me donne la force de le saisir et de l'envoyer valser au fin fond de la benne à ordures.

Aussitôt, son emprise se relâche. Je recule.

Je cours. Tombe au milieu de la rue. Mes muscles tremblent. Je me traîne plusieurs mètres sur la passerelle, avant d'être certaine d'avoir échappé à la mainmise télépathique de Pyr'hus.

La douleur reflue, laissant place à des courbatures. Je m'écroule sur le dos. Ma vue revient. J'essuie la trace de vomi qu'il me restait sur la bouche.

Par la Terre ! Si une brigade me trouve là, ils vont m'enfermer en quarantaine.

La peur m'aiguillonne. Je m'appuie sur la rambarde, me lève péniblement. Dans le métal poli, le regard de mon reflet.

Rentrons à la maison.

Chapitre 24

Je me jette dans les bras de papa, épuisée. Son corps est chaud, sa tunique mouillée de sel. Lui aussi a pleuré, mais il ne m'adresse pas un reproche.

— Je suis désolé, ma chérie.

Il y a dans son ton une tristesse mêlée de force qui libère quelque chose en moi. J'éclate en sanglots. Papa me serre avec la même douceur protectrice que maman. Il accueille ma peine, et je la laisse déborder, tremper nos vêtements. J'ai perdu ma sœur, j'ai perdu ma mère, j'ai perdu celui que je croyais être mon ami. L'injustice me tord le ventre.

Lorsqu'il n'y a plus au fond de moi une once d'humidité pour mes larmes, papa me prépare une tisane. Quelque chose a changé en lui. L'odeur familière d'aubépine et de miel synthétique s'infiltre dans mes poumons. Je laisse le liquide chaud glisser dans ma gorge, retrouve des sensations mille fois vécues comme un rituel rassurant. Mon grand-père est sur son fauteuil, le regard vide. Un pincement au cœur menace de relancer mes pleurs quand je vois sa main bouger légèrement. Il caresse un jiih oublié par son parent. Dans le miroir, le visage de mon reflet s'illumine d'espoir.

Il va s'en remettre. Il est fort comme maman. Comme toi.

Je m'écroule dans mon lit et m'endors avant même de m'en rendre compte.

*

J'émerge du sommeil la bouche pâteuse, incapable de savoir si j'ai bien dormi ou pas. Je ne me souviens de rien, mais je me sens plus lourde encore que chez les massal'eths. L'horloge a tourné au violet améthyste, et le sol de l'appartement est tapissé de bébés jiihs enthousiastes. Papa m'a laissée me reposer.

— Comment ça va ? me demande-t-il en programmant le phyto-ondes pour mon petit-déjeuner.

Je marmonne un vague « bien », encore étonnée que mon père ose braver les règles des aliens et ne m'ait pas réveillée pour l'école.

Je m'assois, tente de trouver une réponse dans ses gestes, sans succès. Je ne me risque pas à aborder le sujet. Cela m'arrange bien qu'il ne me pousse pas en classe.

Une fois mon bol avalé et ma douche prise, je m'habille et attrape mon sac. Un goût amer ressurgit dans le fond de ma gorge lorsque je le soulève. Il est léger. La solitude me prend soudain à la gorge. Je regarde mon miroir, trouve la présence rassurante de mon reflet.

C'est mieux comme ça, Myri'.

J'embrasse papy et laisse papa me serrer dans ses bras.

— Je reviens ce soir.

Une tension trahit l'angoisse de mon père. Il lutte un instant pour ne pas me couvrir de conseils.

— Prends bien soin de toi, me demande-t-il dans une dernière étreinte.

*

À cette teinte, la passerelle est recouverte d'hommes promenant les bébés jiihs sous leur responsabilité. Je me fraye un chemin entre les peluches roses plus ou moins grosses, mes pensées tournées vers un seul but. Pour avancer dans mon enquête, il faut que je parle au fameux Sirzaï. J'ai laissé le masque dans ma loge, mais même une fois que je l'aurai récupéré… comment comprendre le sirun sans Pyr'hus ? Cette espèce communique par vibrations, captées grâce à des récepteurs alignés sur leur dorsale. Totalement hors de ma portée de petite humaine à la peau épaisse.

À la faveur d'un panneau réfléchissant, mon reflet me glisse la solution à l'oreille :

À moins d'avoir un traducteur.

Je secoue la tête. Les démarches pour être opéré sont réservées aux adultes. Jamais je n'y aurai accès, je suis bien trop jeune.

Un traducteur, cela peut être un autre alien qui parle humain et sirun.

Jamais un alien ne voudra me prêter main-forte.

Tu es sûre ?

Je me souviens soudain de mon concert de la veille. J'ai reçu un *cadeau.*

Je reprends espoir.

*

FalthazarS secoue quatre queues tout en remuant un potage visqueux qui pope gentiment sur la plaque de cuisson, sa manière à lui de me transmettre son incompréhension.

— *Pourquoi/parler/siruns ?*

Je lui explique, mêlant ma voix aux gestes de mes mains :

— Aider/enquête/pollution eaux. Espoir/délivrer/maman.

Je m'assois sur l'évier de la cuisine et entreprends de raconter mes déboires à mon ami. Je commence par l'arrestation de maman, puis je détaille autant que je peux mes investigations. Un goût amer me prend la gorge lorsque je songe à Pyr'hus. Je simplifie quelques péripéties pour ne pas l'évoquer. Quand j'arrive aux révélations de mon père sur Anna, FalthazarS sort la tête de sa casserole. Ses neuf queues se lèvent, attentives. Les mots coulent de mes lèvres pour se blottir dans la douceur de sa fourrure. Au fur et à mesure que je relate mon périple, les queues se tressent en un maillage aussi complexe que magnifique. Une larme pointe à mon œil.

J'arrête mon récit. La fatigue me saute à la gorge, alourdit mes membres. FalthazarS a délaissé son plat. L'odeur sucrée qui s'en échappait tourne au caramel, sans que cela ne le dérange. Il me fixe de son large museau, la tête inclinée. Puis signe :

— *Savait pas/humains ukikü ?*

Je fronce les sourcils et secoue ma main comme si je m'éventais pour lui demander de préciser.

— *Un/plusieurs. À la fois.*

— Toi/ukikü ?

Il joint les queues en signe d'affirmation. Toute son attitude est douce et attentive. Sa sérénité m'autorise à le questionner sans avoir peur d'être malpolie.

— Comment… comment/toi/ukikü ? Sœurs/frères/avec toi ?

FalthazarS réfléchit quelques secondes. La délicatesse qu'il met dans sa réponse se dépose sur moi comme un baume.

— *Je/comme/plante/croissance. Plusieurs/branches. Plusieurs/fleurs. Unique/plante. Temps/vie/rencontres/nouveaux parfums/nouveaux goûts. Je/plus/nombreux. Doux/plein/vivant/pétillant. Jamais/Seul.*

« Jamais seul ». Mon cœur manque un battement en songeant à Pyr'hus.

La voix de FalthazarS empêche la culpabilité de s'imposer.

— *Mais jamais/en moi/les morts.*

Ses queues se démêlent. Son inquiétude fait naître en moi une pointe d'angoisse.

— *Anna/fantôme ?*

Je ne le ressens pas ainsi. Pyr'hus a parlé de brouillard, mais moi, je sais que ce n'est pas ça. Anna est moi. Je suis elle. Dans le cuivre poli d'une casserole, mon reflet confirme.

Nous sommes une.

FalthazarS lève deux queues au ciel en signe d'ignorance.

— *Renseigner. Univers/plein/mystères.*

Je hoche la tête. Il est temps de revenir à mon sujet premier.

— Interprète/sirun/humain/toi/connaître ?

Ses queues se baissent en signe de négation.

— *Octopodes/mais chers/pas honnêtes.*

Je tente de faire barrage à ma déception par une nouvelle idée. Mon talent peut se monnayer, non ?

— Payer/concert/privé ?

— *Pas/odorat.*

J'étouffe un juron. C'est bien ma veine ! Le désespoir menace de m'étrangler quand FalthazarS me propose une solution.

— *Glot/Traducteur ?*

Je grommelle en pointant mon horrible badge « juvénile » :

— Moi/juvénile/pas âge.

— *Vous/argent. Suffisant.*

Je souris en comprenant que FalthazarS me donne du « vous » par respect pour Anna. Une bouffée de reconnaissance court sur ma peau. Je vais pour dire merci quand je me rappelle le sens de ses mots. Se pourrait-il que « l'âge légal » ne soit qu'une histoire de sous ?

FalthazarS m'explique :

— *Paye/assez.*

L'espoir gonfle mes poumons. Pouvoir être greffée me permettrait de converser avec tous les aliens, pas uniquement les siruns. Je pourrais terminer mon enquête et plaider pour la libération de ma mère ! Il ne me reste qu'à aller voir Patron pour réclamer ma paye en avance.

— Merci !

Je me retiens de serrer mon ami dans mes bras, regrettant que ce ne soit pas une marque d'affection pour lui. Je lève neuf doigts en signe de reconnaissance et file négocier dans le bar.

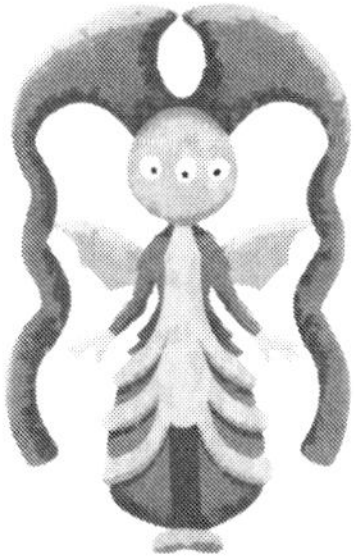

Chapitre 25

Je fais jouer ma tablette de monnaie entre mes doigts. C'est un rectangle à peine plus gros que ma paume, souple et fin, sur lequel s'est gravé le montant de ma paye. Quatre-cents crédits. Ce qu'obtient maman en un cycle. C'est assez, selon les dires de FalthazarS, pour payer un glot. Patron ne m'a versé « que » trois cachets, prétextant garder le bénéfice des précédents en caution. Je n'ai pas insisté. Lorsque toute cette histoire sera terminée, je pourrai parler à mes parents de mon activité d'artiste. Peut-être troquer mes travaux pratiques contre les concerts. Je n'aurai pas besoin d'aller à l'usine d'épuration, je gagnerai assez pour que l'on ait un appartement plus grand.

Tu vas réussir, Myri' !

Le cœur plein d'espoir, je range ma paye et enfile ma chemise de scène. La loge m'est désormais attribuée, et j'ai même un lit à disposition ; je soupçonne le patron de vouloir me garder à demeure. Je peux étaler mes affaires et me réfugier à n'importe quelle teinte face à mon miroir. Je trace deux traits sur mes joues. J'ai hâte de voir Anna.

Malgré mon envie, je mets du temps à rentrer dans mon concert. La salle est comble, et des spectateurs de toutes ailes et de toutes écailles sont arrivés en avance. Patron a abusé sur les méduses, à croire qu'il en rajoute une chaque soir. Je libère mes parfums, évente, étouffe, disperse, créé de magnifiques tableaux olfactifs… mais j'ai le sentiment de passer à côté de quelque chose. Mes membres sont lourds, mes mouvements saccadés, et les odeurs moins précises. La transe tarde à naître. Je réalise avec un pincement au cœur que l'absence de Pyr'hus n'est pas étrangère à mes difficultés. Consciemment ou non, il me facilitait la tâche, m'aidait à lâcher prise... décuplait mon imagination ?

Enfin, Anna finit par s'imprimer derrière mes paupières fermées, les pupilles emplies d'étoiles. Le décor est minéral, chargé de rochers abrupts et sombres.

Je soupire, soulagée.

— J'ai cru que tu ne viendrais pas.

— Je suis toujours avec toi, me rassure-t-elle tendrement.

Je vais pour me blottir contre elle, mais passe au travers de son corps. Mes pensées retournent à mon concert, déconnectées. Je frotte une pierre de lune contre un cristal d'hoplite. L'effluve ferrugineux me ramène à ma transe. Elle est là, légèrement transparente. Je fronce les sourcils.

— Pourquoi me faut-il tant d'efforts pour te voir ?

Elle fait la moue. Elle ne le sait pas plus que moi.

— Je suis toi. Je suis toujours avec toi.

La réponse ne me satisfait pas totalement, mais j'évacue le sujet. Je dépose mon front contre le sien, avec succès cette fois-ci. Nos nez se touchent. Un courant chaud dévale mes nerfs, détend mon corps.

D'un coup, je perds le contact avec le rêve. Déconcertée, je dois faire un effort pour rattraper ma partition et ne pas manquer de cohérence. Je ferme les yeux de nouveau, tente de rappeler à moi les rochers où se tient Anna. Sans succès. Je continue mon spectacle, enchaîne les mouvements. J'arrive à la scène finale. Les dernières senteurs retombent sans que j'aie réussi à renouer le contact avec ma sœur.

Je salue la salle. L'enthousiasme est moins marqué. Une pointe d'appréhension me serre la poitrine alors que je comprends qu'il ne sera pas facile d'être toujours meilleure que la veille.

Je me change dans ma loge, l'esprit vide. La ferveur de Pyr'hus me manque.

Je secoue la tête. Je dois l'oublier. Dans le miroir de ma loge, mon reflet m'encourage.

Tu vas y arriver.

Je rentre à la maison, fatiguée, déçue de mon concert, mais avec un immense espoir : si je peux me faire implanter un traducteur, je terminerai cette histoire une bonne fois pour toutes.

*

Je me lève au petit matin, les membres lourds, la tête prise dans un brouillard douloureux. Il est tôt, mais mon impatience m'empêche de me rendormir. Je laisse un mot à papa et me glisse dehors sans bruit. Direction le centre linguistique.

Sans Pyr'hus, pas de portail de téléportation. Il me faut deux teintes de marche pour rejoindre ma destination et, lorsque j'arrive à bon port, la sueur coule le long de ma nuque. Je détaille le monolithe qui se dresse face à moi. Une immense roue imposante, percée d'ouvertures adaptées aux différents gabarits des espèces de Station Symbiose. Il y a même une entrée aquatique, reliée au secteur des siruns par un long tube de verre rempli d'eau. Au centre de la façade, d'étranges graphèmes vibrent. Ma gorge se serre. L'endroit est impressionnant.

Je me dirige vers une porte à ma taille. Une inscription en symbiosimple affiche « Humains ». Impossible de se tromper. L'intérieur est d'un gris aussi terne et massif que la devanture. Un parfum âcre me saisit au nez. Du désinfectant mêlé à une senteur plus organique.

Il n'y a rien d'autre qu'un banc de pierre. Je m'y installe, forcée de patienter. Je pense à maman pour me donner du courage. Il faut attendre vingt cycles avant de quitter ce foutu badge « juvénile », un âge où la plupart d'entre nous n'avons qu'une hâte : profiter de la relative liberté offerte par l'indépendance, bien loin des parents. Et pourtant, je sais qu'ils accompagnent toujours leurs enfants lorsqu'ils viennent ici passer ce cap. Je comprends pourquoi. Les lieux me donnent froid dans le dos. Pour me rassurer, je farfouille le fond de mon sac, en extrais mon petit miroir de secours.

Tu es courageuse, Myri'.

La sérénité de mon reflet me réchauffe le cœur.

Quand la porte s'ouvre enfin sur un linguiste, j'ai eu le temps de sécher de toute la sueur accumulée pendant mon interminable marche. Il est impoli de fixer un alien, mais mes yeux ne décollent pas de l'Ish'Karis qui s'avance vers moi. C'est visiblement un bipède, long et fin. Un voile jaune le recouvre de haut en bas, percé çà et là de trous derrière lesquels je distingue à grande peine des membres aussi chitineux que des insectes. Une fois face à moi, il se rapetisse pour se mettre à ma hauteur. Étrangement, le tissu s'adapte à son mouvement, sans plis et sans débords, continuant de frôler juste assez le sol pour m'empêcher de voir à quoi ressemblent les pieds de l'alien.

Une voix me transperce le crâne.

Transplantation standard ?

Je plaque les mains contre mes oreilles. L'intonation aiguë de l'alien est comme une aiguille qui implanterait directement les mots dans mon cortex. Je sens la migraine poindre. À côté, Pyr'hus faisait de la dentelle, soufflant délicatement ses pensées contre mes neurones.

— Je veux parler au maximum d'aliens, j'explique à voix haute avec le mince espoir que mon interlocuteur comprenne que je n'apprécie pas des masses sa télépathie et que je préfère m'exprimer par oral.

Transplantation standard, confirme l'Ish'Karis, insensible à ma tentative. *Trois-cents crédits.*

Je sors ma carte, soulagée d'avoir le bon montant. Des tentacules dorés surgissent de l'étoffe pour s'en saisir. Étrangement, plus j'essaie de les détailler, plus je vois flou. Je renonce à comprendre ce que j'ai face à moi.

Ils me tendent une feuille. Un nouveau mot me fend le crâne.

Décharge.

Je parcours des yeux le galimatias qui y est consigné. Entre les lignes, je devine le contenu du document. Quel que soit le problème, les Ish'Karis ne pourront être tenus responsables de cette opération définitive. La perspective d'un échec me hérisse l'échine. Mais tous les humains sont implantés, et je n'ai jamais entendu quelqu'un se plaindre.

D'un autre côté, je n'avais jamais entendu parler de la contraception…

Je me mords la lèvre. J'ai peur. Mais sans ce traducteur, mon enquête s'arrête et maman reste en stase. Je n'ai pas le choix.

Je lèche le coin supérieur du document pour le signer, empreinte ADN infalsifiable. L'Ish'Karis saisit le contrat, le fait disparaître avec ses étranges tentacules et se redresse.

Suivre.

Je me lève, une larme de douleur sous ses mots acides. J'espère que l'opération est moins éprouvante que sa voix. Je range le miroir dans mon sac, non sans un dernier coup d'œil à mon reflet.

Bonne chance.

Chapitre 26

L'Ish'Karis me guide dans un couloir à l'odeur minérale, percé de minuscules salles identiques et impersonnelles au possible. Nous pénétrons dans l'une d'elles, et un relent métallique me saute au nez. En son centre trône un autel de pierre. Je frissonne. C'est ça, un bloc opératoire ?

Je détaille le reste de la pièce étriquée, mais il n'y a aucune alternative au granit. Le seul meuble est une étagère où sont disposées des éprouvettes tourbeuses, dont les mouvements internes trahissent la nature *vivante* de leurs échantillons.

Ma poitrine est soudain comprimée par une pensée. Comment se déroule l'intervention ? Tout le monde parle des greffes miraculeuses qui permettent de communiquer avec les autres espèces. C'est un basique, une libération que l'on attend longtemps, un fait aussi commun que d'aller en cours ou prendre une tisane. Je n'ai jamais vu une cicatrice, jamais entendu quelqu'un se plaindre. Cela signifie-t-il que c'est sans douleur ?

Ma respiration s'accélère. Les pires scénarios tournent en boucle dans ma tête.

Est-ce qu'ils ouvrent le crâne pour implanter le fameux glot ? L'anesthésie est-elle incluse ?

L'Ish'Karis met un terme à cet emballement de deux mots lancinants.

Allonger. Calme.

La vue brouillée par la migraine, je m'approche de la table opératoire. Je m'arrête à quelques centimètres d'elle, frémis au contact de la pierre. C'est glacial. Les relents métalliques sont intenses.

L'odeur du sang.

Je recule d'un pas, horrifiée. L'Ish'Karis insiste.

Allonger. Calme.

Je serre les dents, pose mon sac à terre et me hisse sur l'autel en pensant à maman. L'alien s'affaire sur l'étagère dans des cliquettements sonores. Sans pivoter ce qui est peut-être son crâne, il réitère sa demande.

Allonger. Calme.

Je m'exécute, retenant un rictus dégoûté lorsque ma colonne vertébrale embrasse la pierre. Ma vue se fige dans le plafond, gris marbré de sombre. Je tente de tourner la tête pour apercevoir l'Ish'Karis. Sans succès. Je suis aimantée à la table, comme si la gravité avait soudain augmenté. À la merci de l'alien dont je ne perçois que des bruits visqueux. Les battements de mon cœur pulsent dans mes veines. Je sens la panique monter. Si je ne pouvais pas faire confiance à Pyr'hus, que dire de cet inconnu ?

J'ai beau me concentrer sur maman, les cliquetis de verre et les soupirs spongieux de matière organique indéterminée m'angoissent. Un fumet vaseux vient soulever mon ventre. Tourbe de piacanthe, vers de lunes. Que font ces ingrédients sur la table du chirurgien ?

La silhouette voilée apparaît enfin dans mon champ de vision, luisant d'un halo doré. Pas de quoi me rassurer, hélas. De minuscules tentacules s'avancent vers moi comme une armée en territoire conquis. L'un d'eux effleure ma main droite. Un bref éclair de douleur m'arrache une exclamation de surprise. L'odeur métallique est suivie d'un picotement sur le bout de mes doigts, comme une ventouse qui se retirerait.

Je me relâche un instant en réalisant qu'il me fait une prise de sang.

Le répit est de courte durée. Une sensation à la fois visqueuse et chaude se dépose sur mon cou. Les tentacules ! Elles se hissent petit à petit vers mes oreilles, bouchent mes tympans. Enserrent mon crâne dans un maillage aussi doux que pressant, accentuent ma migraine. Je tente de bouger. Sans succès. La panique remonte de mon estomac jusqu'à ma gorge, s'amplifie. Je gémis, à deux doigts de réclamer l'arrêt de l'opération.

Je me rassure en respirant. C'est désagréable. Pas douloureux.

Pas encore.

Soudain, je sens deux tiges métalliques glisser le long des ailes de mon nez jusqu'à l'intérieur de mes narines. Un gargouillis épouvanté m'échappe.

Pour fuir la terreur qui m'étreint, je tente de penser à Anna. À sa présence qui émane de mon reflet, qui me dirait que je suis forte et que je vais y arriver, si seulement j'avais un miroir sous les yeux. Je songe à elle quand mes oreilles se bouchent, coupant tout bruit. Quand des filets d'air étranges parcourent mes sinus. Quand la résille entaille mon front de sa pression trop forte. Être ainsi livrée à autrui, ficelée comme un rôti, aussi vulnérable, est la pire expérience que j'ai traversée jusqu'ici. Mais je dois admettre une chose : au-delà de ma peur, la douleur est supportable.

Petit à petit, la migraine initiale s'efface. Un bruit de fond prend le relais, lancinant. Mes oreilles sont toujours bouchées par la substance visqueuse de l'Ish'Karis, mais j'ai l'impression qu'on a allumé un poste radio quelque part. Je me laisse porter un moment par le brouhaha, concentrée sur ma respiration pour oublier la présence désagréable des tubes dans mes narines. Mes pensées dérivent.

Anna est face à moi. Je vais pour me blottir dans ses bras, mais un contact froid me repousse. La surface d'une vitre. Une lueur d'inquiétude ternit ses iris noisette, plisse son front. Je tâte la glace sans réussir à la traverser. Anna bouge les lèvres, mais je n'entends rien.

— Anna, qu'est-ce qui se passe ?

Ma propre voix résonne lugubrement. Ses échos se parent du bruit de la foule, lointain.

Je frappe la vitre. La douleur fuse dans mon poing, mais la barrière n'a même pas vibré. L'odeur acide de la peur me monte au nez. Mon cœur accélère.

— Anna, tu m'entends ?

Ma sœur a arrêté de parler. Ses yeux débordent de tristesse. Je pose mes mains contre les siennes. La pulpe de mes doigts ne rencontre que la glace. Mes mâchoires se serrent sous la frustration.

— Par la Terre, que se passe-t-il ?

Le brouhaha devient plus présent, océan de cliquetis furieux, consonnes âpres, battements sourds, voyelles clinquantes. La migraine revient et ma vision se trouble. La peau d'Anna est diaphane. Fantomatique. Mon cœur tombe.

Ma sœur est en train de disparaître.

— Anna, reste avec moi !

Ses iris brillent. Tristesse, regrets, amour. Le désespoir vrille mes tripes alors que je comprends. Je m'époumone pour couvrir le vacarme qui emplit mes pensées.

— Ne m'abandonne pas !

Son visage s'éclaire d'un sourire inondé de larmes. Résigné. Je sens son amour m'envelopper d'un dernier regard. Je supplie, la voix hachée de sanglots :

— Non ! Reste avec moi !

Peine perdue. Anna s'évanouit dans l'air, et moi, je ne peux ni l'entendre ni la toucher.

Sur le fantôme de ses lèvres, trois mots.

Ne m'oublie pas.

Chapitre 27

— ANNA !

Le cri est sorti de ma bouche paralysée, et me ramène au présent. La panique secoue mon corps, mais je ne peux lutter contre la force qui me cloue à la table d'opération.

— Restez calme. C'est presque fini.

L'Ish'Karis n'a pas émis de son, mais sa voix résonne à mes oreilles, légèrement déformée. La greffe a fonctionné, mais en cet instant, je m'en contrefiche. Je m'égosille, incapable de remuer les lèvres.

— 'endez-'oi Anna !

L'Ish'Karis ne répond même pas. Un cri de rage sort de mon ventre, lacère mes cordes vocales.

L'Ish'Karis ne bouge toujours pas.

L'incandescence de ma douleur s'étouffe. Un vide énorme prend sa place, un gouffre de ténèbres qui transpire de tristesse. Les larmes coulent de mes yeux, mes sanglots refrénés par la résille qui me maintient la tête. Seuls des borborygmes pitoyables s'échappent de ma gorge.

Un glissement morveux libère mes narines des tiges de métal, laissant derrière elle une pulsation lancinante. Les tentacules se retirent de mes tympans et mes joues. Soudain, la force qui me clouait à la pierre disparaît. Je tombe du bloc plus que je n'en descends, me précipite malgré mes jambes flageolantes vers mon sac. Sors mon miroir. Mes yeux rougis et les mèches collées sur mon front font peur à voir.

Anna ? Anna, réponds-moi…

Je guette un sourire bienveillant, un clin d'œil enjoué, un tout petit signe qui montrerait que l'écho de ma sœur est encore là.

Mais mon reflet n'est qu'une pâle copie de moi-même.

De rage, je jette le miroir à l'autre bout de la pièce et me recroqueville en sanglotant. Je me serre fort, très fort, comme si sentir mon corps pouvait m'aider à retrouver ma sœur, à être moi, palpable. Ne pas me laisser absorber par le néant qui perce mes entrailles.

La voix éthérée de mon chirurgien me ramène à la réalité :

— Quelque chose ne va pas ?

J'ai envie de lui hurler dessus. Saisir son foutu voile et le déchirer. Alors que je lève la main, une pensée m'arrête. Maman. Elle compte sur moi.

Je ravale ma rage et tente d'expliquer :

— Je… il me manque… une partie de moi. Qu'avez-vous fait ?

Prononcer ces mots donne à la situation un caractère définitif.

— J'ai suivi la procédure classique pour les humains. Transplanter un glot de type 3 sur le nerf auditif, établir la liaison avec le centre analytique du cerveau. Et cela fonctionne bien, puisque vous me comprenez.

— Non, ça ne va pas ! Il me manque…

Je tente d'appréhender le vide qui habite ma conscience. Même avec un traducteur, les mots sont difficiles à trouver. Comment expliquer la disparition d'une sœur dont je suis censée ignorer l'existence ?

— Il y avait quelque chose avant qui n'est plus là. Une présence dans mes pensées. Je me sens mal, seule.

Je m'efforce de refréner le nouveau sanglot qui me vient. Sans succès. L'Ish'Karis n'est que surprise.

— Aucun client n'a jamais réagi comme vous. Je n'ai rien enlevé, je vous l'assure. Le glot est un organisme symbiotique qui se loge dans les interstices entre vos neurones. Il ne touche à rien. Il se nourrit des ondes électromagnétiques résiduelles de vos synapses, et traduit pour vous les langages que nous lui avons enseignés. Chacun de vous est gagnant.

La frustration râpe ma gorge.

— Justement ! Il y avait peut-être quelque chose entre mes neurones, je ne sais pas, moi ! Une présence, un truc que votre glot a avalé sans vergogne !

— C'est impossible. Je connais la structure multidimensionnelle des atomes qui composent les molécules de vos cellules humaines. C'est un système simple, et je peux vous assurer que rien d'anormal ne se cachait dans votre cerveau.

L'agacement qui pointe dans le ton du chirurgien attise ma colère. Comme s'il savait mieux que moi ce qui se passe à l'intérieur de mon propre corps !

— Il y a quelque chose que votre glot empêche de s'exprimer, je vous le dis ! Enlevez-le-moi !

— C'est impossible, bien sûr. N'avez-vous pas lu le document que vous avez signé ? Le glot fait désormais partie de vous, à tout jamais.

Sa condescendance me donne le coup de fouet qui m'évite de replonger dans les pleurs infinis. Je me laisse aller à ma colère. Le bras me démange. Mais avant que j'aie pu faire un geste, l'Ish'Karis grandit, enfle, s'étend dans la pièce. Son voile s'agite, menaçant. Je devine une ribambelle de tentacules frémir derrière. Un chœur de voix résonne dans mes pensées, impératif.

SORTEZ.

La peur reprend le contrôle de mes membres. Je saisis mon sac et, sans demander mon reste, m'échappe du centre linguistique.

*

J'ai à peine fait trois pas qu'un boucan de tous les diables sature mes tympans. J'écrase mes mains sur mes oreilles, par réflexe. La rue est une cascade de paroles qui se fracassent à l'intérieur de ma tête. Les libaces piaillent sur leurs tapis roulants, les octopodes hurlent aux vents en dévalant l'allée, les aartites chantonnent une ritournelle dont les basses rebondissent jusqu'à mon cœur. Bien sûr, me boucher les oreilles ne sert à rien. Ce foutu glot est diablement efficace. Face au tintamarre ambiant, j'en viens à regretter les répliques acérées de Pyr'hus. Mon ventre se noue à son évocation.

Pyr'hus. Anna. J'ai tout perdu…

Non, pas tout. Pas encore. Je concentre mes pensées sur maman, évite l'horrible sentiment de solitude qui me prend, là, au milieu de la bruyante foule. Plus que jamais, j'ai besoin de ses bras, de sa protection. Je ferai tout pour la ramener à la maison.

J'avale les deux teintes de marche pour retourner à l'allée H, la tête emplie d'une nouvelle migraine face au boucan général. Le temps que j'arrive, il est la teinte de mon concert. Un mince espoir me redonne du souffle : et si je revoyais Anna ? Peut-être que le glot ne l'a pas définitivement effacée. Peut-être qu'elle a juste besoin d'un moment d'adaptation.

J'entre par la cuisine, comme d'habitude. FalthazarS se retourne aussitôt.

— Alors, comment s'est passé… Oh ! Vous n'avez *vraiment* pas l'air dans votre assiette. Voulez-vous manger une brouette ?

Sa voix est la même, mais le traducteur ajoute une couche à ses paroles. Sans peut-être bien traduire. Ne voulait-il pas dire « broutille » plutôt que « brouette » ? Cette nouvelle façon de communiquer est déroutante.

— Je… Non merci, je lâche, me retenant de lui parler de la solitude qui m'étreint à chaque pas, et que son attention grammaticale me rappelle douloureusement.

J'ai trop peur d'anéantir mon dernier espoir. Si je n'y crois pas, serai-je capable de voir Anna ? FalthazarS semble sincèrement inquiet pour moi. Il sort un verre à taille d'humain de ses placards, y verse un liquide citronné et presse au-dessus une larve de djulia, qui largue une goutte mentholée.

— Prenez ça. Vous entrez en scène dans deux dixièmes de teintes.

La boisson dégage un parfum rafraîchissant. J'accepte, apprécie un instant le breuvage fruité qui coule le long de ma gorge. Mes pensées s'éclaircissent. La migraine se calme un peu.

— C'est efficace, je remarque.

Je tends mon verre vide et FalthazarS me ressert. La seconde goulée n'est pas aussi vivifiante que la première, mais je me sens mieux. Assez pour assurer mon concert. Assez pour invoquer Anna.

*

Le vacarme me saute au visage alors que je monte sur scène. La salle bruisse de mille et une paroles, dont certaines émergent du brouhaha.

— HiriMM vient tous les soirs, il adore !

— Je suis tellement bleuette ! C'est si difficile d'obtenir des places. Merci, mon clone d'amour.

— C'est à peine croyable, une *djeket* ? Vous m'avez traîné ici pour une de ces ramassis du système ? Vous avez intérêt à ce que ce soit soufflant !

— Shapur était là il y a deux jours, et depuis, il ne quitte plus son perchoir. Il est en transe de « bonheur », a-t-il signé. J'espère comprendre de quoi il s'agit ce soir…

— Il paraît que même le Conseil Carré a demandé à venir.

— Oh, regarde ! Il est sur scène !

— On dit « elle », je crois.

Je secoue la tête, tente de chasser ces sons parasites. Fierté, dégoût, tristesse, révolte, toutes les émotions explosent en moi, brûlent ma peau. Je pose le casque antibruit sur mes oreilles, sans succès. Les aliens sont trop bavards, et mon glot trop précis.

J'éteins les lampes, mais la pénombre ne procure pas la détente habituelle de mes débuts de concert. Dans un geste saccadé, je libère un parfum d'herbe fraîche. Le silence se fait. La tension qui m'habite se relâche. Un peu. Pas assez. Je chasse mes pensées parasites et me concentre.

Je secoue un shaker puis l'ouvre, délivre une volute vanillée mêlée d'amertume. D'une main, je soulève la cloche abritant de la cannelle de M'Kar, tandis que l'autre agite un brin de glycine collant. J'emplis l'espace de douces senteurs, des parfums évoquant les plages de SeSSimbr' au lever de lune ou les cahutes réchauffées par les fumerolles de Villirh. Mes mouvements se fluidifient. Je puise en moi le souvenir de la plénitude éprouvée face à Anna, de ces secondes de bonheur, de nos mains jointes, du soulagement de ne jamais être seule.

Ai-je cru.

L'amertume d'un houblon grillé prend de l'ampleur. Dans une explosion de piment d'Iros, je balaie ces tendres instants. Je choque deux pierres de feu, gratte les écailles séchées d'aartite, sature l'air de fumé âpre. Je déverse toute la souffrance de notre séparation dans mes parfums, évoque les rochers acérés de Zindra, les plaines brûlées de Dementri pour donner corps à la détresse qui déchire mes entrailles. Lorsque la douleur est trop forte, lorsque j'atteins ma limite, mes mains retombent, reposent les couvercles pour ne laisser que le néant, l'immensité impalpable et inodore de l'univers. Le vertige du vide. La tentation de se dissoudre. De n'être que poussière.

Je m'immobilise une seconde, suspendue sur le bord de ma psyché.

Fébrile, je soulève la cloche à lacarne. Une magnifique fleur exhale un complexe fumet de miel et de jasmin. Je verse une larme. Des volutes de parfums tournent sur scène, m'enserrent d'espoir et de prières.

Anna.

Un coup d'éventail. Je libère une subtile note d'amande torréfiée. Rassurante.

Anna. Viens.

La gorge nouée, tendue vers mon appel, je dessine le plus délicat, le plus fin des tableaux que j'ai jamais composés. J'invoque l'odeur mystérieuse de la neige sur les sommets de Pryanka. J'y esquisse la fragrance éphémère des magnifiques oyas, ces gracieux oiseaux qui sont si blancs que seul le parfum qu'ils exhalent à leur mort permet de sentir leur présence. On dit que leur âme imprègne la neige, avant de fondre et couler jusqu'à la mer pour se réincarner dans les paisibles orqua. Je ne connais pas de symbole d'espoir plus fort que la poésie de cette nature que FalthazarS m'a contée.

Anna. Je t'en supplie. Reviens.

Ma prière monte dans la dentelle que j'ai créée.

Sans succès.

L'anxiété pulse dans mon sternum. Je me concentre. Respire. Ferme les yeux, me fonds dans le décor que je crée. Des neiges de Pryanka, je passe aux sables d'O'peh, ces senteurs d'herbes écrasées par la chaleur que les pioniis utilisent pour leurs méditations.

Anna. Ne m'abandonne pas.

Le tableau s'achève et je n'ai toujours pas vu ma sœur.

Je m'accroche. Je ne peux pas concevoir qu'elle ait disparu définitivement. Elle doit être là, quelque part dans ma psyché, comme un écureuil blotti au creux de l'arbre de mes pensées. Peut-être ne trouve-t-elle pas le chemin ? J'enchaîne sur un autre mouvement, crée la poésie la plus fine avec les plumes de missoma, ces arbres mi-végétaux mi-animaux de la planète La-Bah'ssé.

Le vide dans mes entrailles se fait présent. Insistant. Ma respiration accélère.

Je suis seule.

Un grain de poivre vient chatouiller mes narines. Ombre au tableau. Piquant de mauvais augure.

Je suis seule.

Je tente une manœuvre désespérée, recompose de mémoire l'odeur de lait qui a toujours accompagné l'apparition d'Anna.

Je reste seule.

Soudain, la rage explose dans mon corps, irradie mes nerfs, noie mes pensées.

Je pousse un hurlement de détresse et, d'une main, heurte une partie de mon matériel. Les cloches tombent, se brisent, libérant un mélange détonnant de senteurs. Le gâchis me monte au nez. Je balaie du coude une autre étagère. Déflagration écœurante. Je m'acharne, envoie valser mes instruments en tous sens. Je rugis ma douleur dans une tempête d'odeurs. Décharge ma fureur dans un nuage répugnant.

Et m'affale au sol, frappant la scène de mes poings, la poitrine soulevée de hoquets.

Lorsque la souffrance relâche ses griffes, je ne suis plus qu'un corps épuisé.

Une substance visqueuse me heurte à la tempe, coule dans mon cou. Soudain, ma tête s'emplit de milliers de hurlements enthousiastes et excités.

— Magnifique !

— Écrasant !

— Splendide !

— Si on m'avait dit qu'un *djeket* me ferait gonfler !

— Elle n'est pas humaine, c'est impossible !

— Je veux une place pour demain !

— Absolument ébouriffant !

Mes sanglots redoublent alors que je comprends ce qui se passe. Les aliens se repaissent de mon malheur.

Écœurée, je me lève avant d'être submergée par les pétales visqueux qu'ils me lancent pour exprimer leur plaisir, et quitte la scène sans saluer.

Chapitre 28

— Casserole ! Myrina, que vous arrive-t-il ?

FalthazarS se précipite vers moi, abandonnant le liquide fluo qui bulle dans sa casserole. Oubliant toute bienséance, je m'effondre dans ses bras.

— Anna… Anna a disparu. L'opération l'a tuée.

Je n'ai plus de larmes.

— Oh. Myrina, nous sommes désolés.

Après une hésitation, FalthazarS m'enserre de son corps soyeux. Son silence peiné est un baume sur ma plaie. Lui comprend. La douceur de son pelage me rappelle les câlins pleins d'amour et de réconfort de maman. Au loin, des murmures cristallins chantent à l'unisson une ritournelle apaisante. Je craque.

— J'ai perdu ma sœur… et le public… les aliens… applaudissent !

FalthazarS m'enserre un peu plus. Sa voix devient multiple, berceuse sensible et compatissante.

— Ne crois pas qu'ils apprécient ta douleur. Ils célèbrent ta capacité à les toucher au plus profond d'eux. À partager ce qui est à la fois si intime et si universel. Ta souffrance les a bouleversés. C'est pour cela qu'ils t'acclament.

Petit à petit, mon cœur ralentit, mes spasmes disparaissent. Les mots de mon ami remplissent le vide intérieur qui me dévore l'estomac.

— Tu vis un moment difficile. Une déchirure. Reconnais ta douleur, soigne-la.

Je sais à quel point FalthazarS n'aime pas les contacts physiques. L'entendre parler et chanter de toutes ses voix est la plus belle marque de sympathie que j'ai jamais reçue.

Lorsque je me sens capable de tenir à nouveau sur mes deux jambes, j'esquisse un léger mouvement. Nous nous séparons délicatement. Je dresse neuf doigts face à mon visage et m'incline pour remercier mon ami dans son propre langage. La mine préoccupée, il me demande :

— Veux-tu rester ici ?

Je secoue la tête.

— J'ai besoin de retrouver mon chez-moi, mon père et mon grand-père.

Je jette un œil vers la scène, théâtre de mon désespoir. Je sais que des centaines de fioles brisées mélangent leurs matières odorantes. C'est un gâchis énorme. Mais je n'ai pas envie d'y penser. Demain, je vais chez les siruns. Je suis incapable d'envisager ce qui se passera après.

FalthazarS suit mon regard.

— Ne t'inquiète pas, ce sera nettoyé.

J'acquiesce et, prenant mon sac à dos, salue de la main mon ami.

*

Mon père a la même réaction que FalthazarS.

— Par la Terre ! Myrina, que se passe-t-il ?

J'hésite. Comment lui parler de la disparition d'Anna sans être prise pour une folle ? Papa a beau m'avoir livré son secret, je ne me sens pas prête. Je réponds une demi-vérité :

— Je suis fatiguée. Maman me manque.

Ma voix se fracture à ces derniers mots.

Papa contourne la table et vient me serrer dans ses bras. Son étreinte n'est pas celle de la panique humide dont il m'enveloppait régulièrement. Sa poigne est douce et ferme. Protectrice. Un instant déstabilisée, je me laisse aller.

— Elle me manque aussi, ma puce. Beaucoup.

Un nouveau silence. Ici, les bruits de la rue sont loin. Ma migraine s'atténue. Papa m'assoit à table et se dirige vers le phyto-ondes. L'odeur apaisante du gingi monte dans l'appartement.

Papa pose trois tasses sur la table. Papy saisit distraitement la sienne. Le voir autonome me rassure sur son état. Papa porte la tisane chaude à ses lèvres, avale une gorgée puis accroche mon regard de ses yeux bleus.

— Tu sais, j'ai pensé à ce que tu m'as dit, l'autre soir. Au sujet des aliens, du système judiciaire. J'en ai parlé avec mes collègues nourriciers. Hier. Aujourd'hui. L'idée fait son chemin. Cela fait dix chromas que l'équipe de maman a été arrêtée, et elles ne sont toujours pas rentrées. Je ne suis pas le seul à en avoir marre d'attendre.

Je hausse un sourcil, surprise. Papa continue :

— Je pense réussir à convaincre Malek et Juanne de m'accompagner. À trois, nous demanderons des nouvelles de nos femmes.

Un instant, j'imagine mon père se tenir face à la guepicte gardienne de la prison. Je me ravise, consciente qu'il n'ira pas jusque-là. Enfin, qui sait ? Un sourire d'espoir tord mon visage séché de larmes. Je serre la main de papa, reconnaissante, et rejoins ma couchette.

*

Ma nuit est un long calvaire. Le sommeil ne vient que par à-coups, lorsque la fatigue prend le dessus sur mes émotions. Je me lève au matin, les paupières collées, et accepte avec reconnaissance le bol vitaminé que m'a préparé papa. Papy est attablé face à moi, joue du doigt avec la cuillère comme s'il en découvrait une pour la première fois. Ses rides se froncent en un dédale de plis. Il va mieux. Avec un pincement au cœur, je réalise que j'ai bien fait de me débarrasser de Pyr'hus.

Papa me demande, préoccupé :

— Vous étudiez quoi à l'école, en ce moment ?

Mal à l'aise, je brode :

— On travaille sur l'accréditation phytecte, comme d'hab. Des histoires de végétal et de programmation. Pas facile, mais je gère.

— Et… enfin… vous devriez être nombreux à passer l'examen ?

Je fronce les sourcils. C'est quoi, cette question ? Puis je me rappelle les guepictes, Auguste, et mon prof. Je rassure mon père :

— Je ne pense pas qu'ils viendront chercher d'autres élèves pour l'usine.

Papa se mord la lèvre. Un silence s'ensuit, juste rompu par les cliquetis métalliques de la cuillère avec laquelle joue papy. Puis, incapable de se contenir, mon père lâche :

— Tu es sûre ? J'ai entendu les voisins, hier… De plus en plus d'adolescents sont partis là-bas. À vrai dire, je n'en ai croisé aucun dont l'enfant est encore en classe…

Mon cœur tombe dans mes talons. Depuis les trois ou quatre chromas que je sèche les cours, ils auraient réquisitionné tous mes camarades ? Je serre les poings. Ils en sont capables. Nous sommes trop jeunes pour être aussi forts que les adultes. Ils ont besoin de plus de monde que prévu pour les remplacer… Et dire que ça ne sert à rien, parce que la pollution se fait *avant* l'épuration ! L'indignation électrise mes nerfs.

— Il faut que ça cesse.

Papa acquiesce, grave. Une lueur de peur brille dans ses yeux, mais ses mains ne tremblent plus.

— Je ne permettrai pas qu'ils t'emmènent, Myrina.

Un trémolo fugace. Papa n'a pas l'habitude de se dresser face aux aliens, mais je le sens prêt à dépasser ses angoisses. J'en reste d'abord sans voix.

— Ne t'inquiète pas. Je me suis rendue indispensable à mon professeur, c'est pour ça que je rentre tard le soir. Je travaille… avec les plantes. Il ne m'enverra pas à l'usine, tu peux en être sûr.

Je saisis mon sac à dos, lesté de l'attirail que j'ai récupéré la veille. J'abandonne mon père et mon grand-père avec un dernier encouragement. La colère bout dans mes tripes, nourrit ma détermination. Personne ne m'empêchera de trouver le fin mot de cette histoire de pollution, et de libérer maman et mes camarades.

Chapitre 29

La section S, toujours aussi grandiose, m'accueille de sa lumière tamisée et son parfum de sel. Sur la paroi de l'aquarium géant, mon reflet n'est que mon reflet. Ma gorge se noue.

Je rentre dans le premier module de communication disponible. Je respire un grand coup, me concentre pour me souvenir des signes sur lesquels taper pour appeler Sirzaï. Mon cœur accélère au moment où la colonie-méduse se matérialise face à moi. Mon glot assumera-t-il son rôle ? À mon grand soulagement, une voix bulleuse résonne à mes oreilles.

— Que voulez-vous à Maître Sirzaï ?

— Je souhaiterais le rencontrer.

— Maître Sirzaï ne s'entretient pas avec les aérobies[11].

— Je peux venir chez lui.

La colonie-méduse vire au rouge. Les motifs qui apparaissent à sa surface se complexifient.

— Maître Sirzaï ne reçoit pas de *djekets*.

— Eh bien, ce sera une première. J'ai vraiment besoin de le voir pour lui parler de la composition de l'eau du secteur H.

— L'eau est bien traitée depuis neuf-cent-trente cycles, trois-mille et quatre-cent-soixante-deux rotations, soit la mise en service de Station Symbiose. Il n'y a pas de sujet.

Je me force à rester polie.

— J'ai découvert un polluant inconnu. Maître Sirzaï voudrait être le premier informé.

Mon interlocutrice ne me prend pas au sérieux.

— Je viens de vous opposer un refus. La conversation est fermée.

Sa peau vire au blanc nacré. Je panique.

— Attendez ! J'ai la preuve de ce que j'avance !

Je vais pour fouiller dans mon sac avant de réaliser que c'était Pyr'hus qui projetait le composé E dans les pensées. Je n'ai pas ma tablette pour montrer les résultats de mes analyses. La méduse n'est plus qu'une silhouette translucide. Qu'est-ce qui pourrait intéresser assez le sirun pour qu'il me reçoive ?

— Cette molécule annule les effets des contraceptifs ! Le taux de grossesse des humains explose. Vous allez être submergés par notre nombre !

À peine prononcé, je regrette ce scénario trop gros pour être vrai. Comment convaincre de mon sérieux avec ça ? Je fixe l'espace où mon interlocutrice a disparu. Des anémones géantes flottent au loin, seules taches de couleur dans le turquoise de l'aquarium. L'eau se trouble. Contre toute attente, la colonie-méduse réapparaît, d'un vert flou tant outré qu'inquiet.

— Maître Sirzaï vous recevra d'ici quatre teintes au square des Hélianthes pour un bref entretien. Nagez vite.

Puis elle disparaît, me laissant bouche bée. Ils y ont cru ? Ou ai-je vu juste ?

Je n'ai pas le temps de me perdre en suppositions. Quatre teintes ne me semblent pas de trop pour pénétrer dans l'aquarium et me rendre au fameux square.

*

Je ne tarde pas à trouver un sas garni de bouteilles d'oxygène. Pas de gardien, il suffit d'entrer et d'appuyer sur le bouton. La solitude m'étreint alors que je me positionne, enfile le masque, vérifie les fixations. Pyr'hus m'aurait changé les idées. Anna m'aurait rassurée. Je jette par réflexe un œil à mon reflet. Je me fige à la vue de mes immenses cernes. J'avale ma salive, repousse ma tristesse pour penser à mon enquête. À maman. Je prends une grande inspiration pour tester mon équipement. Un remugle atroce envahit mes bronches. J'enlève le masque en crachant mes poumons. C'est insupportable !

— T'as bientôt fini, échasse à deux yeux ?

Je sursaute, me retourne. Personne.

— J'te préviens, s'tu m'écrases t'auras mes légumes à ton cul bien dodu toute ta vie !

Je baisse la tête. Un alien inconnu, aux allures de grenouille punk dont les yeux, plaqués sur la crête, me toisent d'en bas. Même avec les aléas du glot, j'ai bien compris qu'il m'insultait. Une folle envie de l'aplatir démange mon talon, mais ma raison prend le dessus. Je marmonne :

— Problème technique.

Je tente un second essai. La puanteur se colle contre mes parois nasales et gratte mon arrière-gorge. Je serre les dents. L'oxygène, même pollué, parvient à mes poumons. C'est tout ce qui compte.

D'une main, j'appuie sur le bouton. Aussitôt, les portes du sas claquent au nez de mon désagréable voisin, et un torrent d'eau froide envahit l'espace. La force du remplissage m'envoie valser tête-bêche dans l'immensité aquatique.

Paniquée, je bats furieusement des bras pour me stabiliser. L'exercice me prend bien trop de temps à mon goût, et me laisse suante et essoufflée.

Une fois mon équilibre trouvé, je tente de rejoindre le flot d'aliens qui dessine comme une route plus loin. Mes efforts sont vains. Je nage si lentement ! Jamais je n'arriverai à la bonne teinte.

Les échos d'une conversation résonnent au-dessus de moi. Je lève le nez : une silhouette ronde file à toute berzingue en tractant ce qui ressemble à un mollusque géant, dispersant dans son sillage une myriade de bulles. Un autre duo les suit, puis un troisième, solitaire. Son attelage est vide.

— Hey ! Hey, vous ! J'ai besoin d'aide !

Le convoi ne se retourne pas. Je continue de crier, essaie tous les mots qui me viennent en tête pour attirer leur attention :

— Je voudrais un taxi ! Un moyen de locomotion ! Un... je sais pas, moi, un téléportail à nageoires ! Je peux payer !

Enfin, le troisième larron sort du sillage de ses camarades pour se diriger vers moi. Je soupire.

— Merci. Je dois aller au square des Hélianthes. Le plus vite possible.

L'alien est une sorte de roue dans laquelle je ne discerne rien qui puisse ressembler à des yeux ou une bouche. Il parle probablement par vibrations. Le glot traduit directement dans mes pensées :

— Square des Héliantes ? Trop nuit !

— S'il vous plaît ! C'est de la plus haute importance. Dites-moi votre prix !

L'alien se met à tourner d'un côté, puis de l'autre. Signe de réflexion ? Il concède :

— Vous avez de la chance, j'ai assez de batteries pour vous larguer là-bas. Mais je ne pourrai pas vous attendre, il faudra que je remonte à la lumière aussitôt.

Je pousse un soupir de soulagement.

— Merci, merci ! Combien je vous dois ?

— Cinq doigts.

Je m'étouffe.

— Cinq... mes... doigts ?

Sa rotation accélère, envoie valser une couronne de bulles.

— Oh que vous êtes bête ! Cinq doigts, pour décoincer le caillou qui s'est logé dans mon rayon ! Vous êtes la première *djeket* que je vois, je ne vais pas manquer ça. Il paraît que vos mains sont les plus adaptées au récurage des filtres.

Je hoche la tête en me souvenant des grilles de la station d'épuration.

— D'accord. Où est-ce ?

L'alien me guide vers l'une des raies qui composent son corps. Je glisse mes doigts à l'intérieur de sa peau, surprise de découvrir derrière l'apparente uniformité des milliards de voiles souples. C'est doux au toucher, pas désagréable. Mon patient du jour éructe des bulles, et aussitôt un rire dissonant résonne dans mes pensées.

— Ça chatouille !

Une arrête dure râpe mon annulaire.

— J'ai trouvé !

Je remonte une pierre beige, anguleuse. Je la cache dans ma poche. Qui sait, une fois sortie de l'eau, peut-être aura-t-elle une odeur étrange ? Je suis frustrée de n'avoir dans les narines que le fumet immonde des précédents locataires de ce masque. J'aurais aimé pouvoir poser mon nez sur les anémones gigantesques qui se prélassent plus loin.

— C'est nagé !

Mon tax'alien libère un harnais dans un mouvement joyeux et impatient. J'ai à peine le temps de le passer sous mes aisselles qu'il s'élance.

La vitesse imprime la corde sur mes côtes et m'enfonce la bouteille d'oxygène dans le dos. Les muscles de mon cou me font rapidement mal, tant l'effort de garder la tête droite est intense. Mais le paysage qui défile sous mes yeux vaut tous les désagréments. Une explosion de couleurs habille les structures métalliques que nous traversons, cerceaux qui délimitent la route de façon régulière. Des algues ondulent dans le courant, marquent le seuil d'habitations rondes agglutinées les unes aux autres. Des sphères luminescentes éclairent le panorama de leurs halos bleutés, dévoilant au loin un immense iceberg. Nous nous rapprochons petit à petit de lui, et je discerne des terrasses, des grottes, des places où fourmillent des dizaines d'aliens aux teintes et formes inconnues. Les rumeurs sont vraies : cette section est sans nul doute la plus belle de toute la station !

Un pincement me serre le cœur. J'aurais aimé partager ça. Je refoule la tristesse qui s'incruste dans mes failles. Mon taxi vient de faire une embardée et nous plongeons vers l'obscurité. Le square des Héliantes approche. Je dois être concentrée, trouver les mots qu'il faut pour convaincre le fameux Sirzaï de m'écouter.

Au fur et à mesure de notre descente, les anémones se raréfient et le roc se dépeuple. La pénombre s'épaissit, et l'eau semble s'accrocher à moi, presque visqueuse. L'iceberg rocheux que nous longeons s'amenuise, jusqu'à disparaître. Nous passons dessous. La pression sur mes poumons s'accentue. Sous mes pieds, je distingue un sol couvert de centaines de colonnes tubulaires qui oscillent nonchalamment. Nous sommes arrivés au fond.

L'alien-roue me largue d'un coup, m'arrachant un cri de surprise. J'ai à peine le temps de tourner la tête qu'il a déjà filé. Je reste à flotter là, entre deux eaux. Le silence absolu est oppressant. Soudain, j'ai conscience de ma fragilité. J'ai du mal à nager, et seulement cinq teintes d'autonomie en air. Je ne vois rien, je ne sens rien. Je n'ai personne à qui parler. Anna me manque. Je crois que je serais même contente d'entendre Pyr'hus dans ce monde muet. Le silence me serre la gorge, plus implacable encore que la pression.

Un halo jaunâtre me distrait de mes angoisses. J'essaie une nage qui, bien que disgracieuse, me rapproche du sol. Un infime mouvement au-dessus des tubes bicolores me rappelle le cours sur le cycle de l'eau. Ces tubes souples sont un croisement entre des vers et des lianes, qui avalent l'eau pour la filtrer des déchets et molécules plus ou moins sympathiques traînant dans l'aquarium. Je bats des jambes pour échapper à leurs baisers, atteins une grille rectangulaire qui forme une place libre de plusieurs mètres de long. Le square des Héliantes, probablement. Intriguée par de lointaines lueurs, je m'avance, attrape un barreau, contente de trouver un point d'ancrage. J'écarquille les yeux pour ne rien manquer du spectacle qui se dessine sous moi : des tuyaux récupèrent l'eau filtrée par les vers pour l'envoyer dans des bacs fermés. Probablement des mélangeurs où sont injectées les fameuses hormones. Le tout forme une immense usine dont le travail, à défaut de s'entendre, fait vibrer l'eau. Le soulagement chasse un instant mes angoisses. Je suis au bon endroit. Reste à attendre le fameux Sirzaï.

*

Après une longue attente, les vers tubicoles remuent. Une lueur arc-en-ciel serpente sous leur couvert, se rapproche de moi. Sous mes yeux ébahis, une silhouette longiligne émerge du sol. C'est un serpent de tulle, dont les nageoires transparentes ondulent en d'immenses drapés évanescents. Sa peau est d'un bleu magnétique, oscillant entre le turquoise et le cyan en des tatouages spiralés. Il est gigantesque. Magnifique.

Il se met à tourner autour de moi. Il a beau garder ses distances, son corps infini m'encercle d'un tube de nacre. Je détaille ses écailles, les fines membranes qui lui permettent de communiquer par vibrations. Il scintille. J'ai soudain très envie de le caresser. Seule la honte me retient. Face à tant de grâce, je me sens gauche, boudinée. Ridicule.

Une tête couronnée d'algues blanches descend à ma hauteur. Deux diamants sans paupières m'observent.

— J'espère que tu as de bonnes raisons de me déranger, *djeket*.

La voix est si mélodieuse, si douce que je mets quelques secondes à entendre l'injure. Je ravale le sourire béat qui me montait aux lèvres, appelle tout mon sérieux pour répondre :

— Un nouveau composé est apparu dans l'eau qui sort de vos cuves. Marhim le massal'eth m'a conseillé de m'adresser à vous.

Les anneaux qui m'entourent coulissent les uns contre les autres, font valser les voiles des nageoires. Je tends le cou pour ne pas perdre de vue le visage de Sirzaï. L'harmonie se répète, échos de milliers de clochettes, aussi légères et éphémères que des ailes de papillon.

— Nos jeunes ont découvert une nouvelle crème qui illumine leurs squames. La trace qu'il laisse dans l'eau n'a aucun impact sur sa qualité.

Je souris, sous le charme. Puis me reprends.

— Si, elle en a ! Elle donne un mauvais goût aux herbes dont les larves tatuliks se nourrissent. Du coup, les adultes ne veulent plus les manger. Donc ils ne perdent plus leurs écailles, et les massal'eths ne peuvent plus s'en servir sur leurs chantiers, bref, ça crée un bazar monstre ! Tout ça retombe sur le dos des humaines, soi-disant que la station d'épuration ne fait pas son travail. Mais les humaines épurent l'eau, elles la nettoient des déchets et de l'urine… Elles ne la rendent pas potable non plus. Ce niveau de chimie, ce n'est pas dans les cordes de la station, c'est trop complexe !

Un délicat tintement.

— Et ?

J'hésite un instant. Il ne comprend pas ?

— Elles sont innocentes ! Ce n'est pas juste de les enfermer.

Mon interlocuteur n'a toujours pas l'air de saisir.

— Ce sont des enfants qui travaillent à leur place. Ils ne tiendront pas longtemps.

Le manque de réaction de Sirzaï m'agace, chassant mon admiration pour sa beauté. Je serre les poings, tente une autre stratégie.

— Bientôt, il n'y aura plus assez d'humains pour faire tourner l'usine. Les urines de toute la station ne seront plus traitées pour redonner une eau correcte. Cette eau ne reviendra jamais dans votre bassin pour être potabilisée. C'est un cycle, aucune étape ne peut manquer !

Prise d'une soudaine inspiration, je rajoute, espérant faire mouche :

—Vous allez perdre de l'argent. Beaucoup d'argent.

Un trille aérien détend mes muscles. Je me fige quand je comprends que Sirzaï me rit au nez.

— Et c'est pour ça que tu oses me déranger ? Pour un problème qui n'en est pas un ? Il suffira d'arrêter la production d'hormone de contraception. Les humains seront toujours assez nombreux.

Comment une voix aussi charmante peut-elle proférer de telles absurdités ? Outrée, je réplique :

— Ça ne changera rien ! Même si elle marche, l'usine d'épuration ne peut pas supprimer le composé E. Vous mettez tout l'équilibre de Station Symbiose en jeu pour quoi ? Une crème de beauté ?

Soudain, les voiles qui ondulaient tranquillement se figent. Les anneaux se contractent, se serrent autour de moi. Seule la voix de Sirzaï garde ses intonations désespérément gracieuses, contredisant toute la colère qui émane de sa peau.

— Pour qui te prends-tu, *djeket* ? De quel droit peux-tu juger, toi dont les ancêtres ont anéanti leur planète toute entière ? Sans les miens, vous seriez tous morts dans l'épave qui vous a amenés à nous. Sans les miens et notre eau, vous ne survivriez pas trois jours dans l'espace. Et tu oses remettre en cause notre rôle dans l'équilibre de Station Symbiose ?

Le sirun accentue sa prise sur mon corps. Mon cœur accélère. Tiraillée entre peur et colère, je refrène les larmes qui me montent aux yeux et tente de calmer l'alien.

— Je ne le remets pas en cause, je vous demande de m'aider à…

Un immense éclat de rire me coupe la parole.

— « Aider » ! Ah ça, c'est bien humain ! Il n'y a que vous pour réclamer de « l'aide », votre concept bizarre qui ne va que dans un sens.

La poigne de Sirzaï se resserre, plaquant mes bras contre mon torse, comprimant tout mon corps. Je retiens un cri de douleur alors que son visage vient frôler mon masque. Ses yeux à facettes scintillent, hypnotiques.

— Cent-quarante cycles que vous êtes là, et vous n'avez toujours pas compris la base, *djekets*. Ici, on collabore, on vend, on échange. Vous n'avez rien à proposer.

Je rétorque, l'estomac noué par la colère :

— Les usines de traitement ne tourneraient pas sans nous !

— N'importe quel alien pourrait le faire ! Nous vous avons *donné* ce rôle pour vous permettre de rester, et vous en demandez plus ?

La fureur qui me tord le ventre rompt le charme du sirun. Insensible aux intonations chantantes de sa voix, je crache :

— Pourtant, vous préférez supprimer la contraception plutôt que de laisser la tâche à d'autres espèces. Vous manquez de candidats, peut-être ?

D'un coup, les anneaux qui m'étouffent s'ouvrent. L'air rentre subitement dans mes poumons et, déconcentrée, je ne vois pas venir le coup qui m'envoie promener dans les vers tubicoles. Je tente de lutter contre l'aspiration, mais ne fais que m'emmêler dans les immenses vers qui se collent à moi. Un froid glacial m'envahit alors que je distingue la silhouette irisée s'éloigner.

— Votre bêtise n'a d'égal que votre paresse, *djekets*. Cette station peut se passer de vous, ne rêvez pas.

Je balbutie, incrédule :

— Ne… ne me laissez pas là comme ça !

Le halo bleuté de l'alien disparaît de mon champ de vision. J'arrête de lutter, sous le choc. Il m'abandonne ici ? Comme ça ? Vraiment ?

L'obscurité revient. Le dégoût et la colère retombent aussitôt que je réalise ma situation.

Je suis seule, et j'ai échoué.

Chapitre 30

Le silence emplit mes oreilles d'une pression visqueuse. Il coule dans mes sinus jusque dans ma gorge. Je tente de contenir le monstre de peur qui enfle dans mon ventre.

— Caaaaalme, Myrina. Il y a forcément un moyen de sortir de tout ça tranquillement.

Le son de ma voix me rassure un instant. Je bouge le bras droit pour saisir un des vers accrochés à mon torse. Sans succès.

— Pas de panique, pas de panique.

J'essaie de tourner le poignet, de faire jouer mes articulations pour me libérer. Peine perdue. Des dizaines de bouches sont scotchées partout sur mon corps, tentant désespérément d'aspirer de l'eau. Je sens mes bourrelets se déformer sous leurs baisers bien trop collants.

— Je partage pas ma graisse, les gars. Vous pouvez arrêter.

Mon trait d'humour se noie dans le vide des abysses. Les larmes me montent aux yeux. Je ne sais même plus me faire rire moi-même.

La panique enfle. Tourne dans mon ventre comme un monstre prêt à attaquer. Je prends une grande inspiration pour me calmer. Mais aussitôt, une pensée ébranle mon précaire barrage mental.

Chaque goulée d'air me rapproche de la fin de la bouteille d'oxygène.

La digue cède. La terreur déferle dans mes nerfs, balayant tout sur son passage. Ma respiration s'accélère, mon cœur bat dans mes tympans. Je mets toutes mes forces à m'extraire de ce piège, me tords dans tous les sens, tente de saisir les vers pour les arracher. Je hurle.

— AU SECOURS !

Des dizaines de lianes resserrent leur pression sur mon corps. Je hoquette d'horreur au contact visqueux de mes geôliers.

— AIDEZ-MOI !

Je contracte mes muscles, me débats en tous sens. Je m'abandonne à la peur primale, à l'instinct de survie.

— LÂCHEZ-MOI !!!

Pas un ver ne bouge.

La vague d'épouvante se fracasse en moi. Je hurle à m'en déchirer la gorge.

Puis la panique reflue, laissant mon corps désarticulé et mes pensées vides.

Dans le néant, une certitude fige mon âme.

Je vais mourir. Seule au fond d'un aquarium géant, le nez saturé de la sueur rance de ce foutu masque. Sans avoir revu papa. Sans avoir sauvé maman. Sans la présence d'Anna.

J'ai conscience de pleurer, mais je ne sens même pas les larmes couler sur mes joues. Je suis entourée d'obscurité. Diluée dans l'eau de la terreur.

Je pense à Anna. J'aimerais tellement qu'elle soit là, qu'elle m'aide. Comment franchit-on cette frontière ? Est-ce douloureux ? Je ne lui ai jamais demandé ce que ça faisait de mourir. Est-ce que moi aussi je pourrai revenir dans l'esprit de papa ou de maman ? Les rassurer une dernière fois. Sécher leurs pleurs. Puis je retrouverai Anna, de l'autre côté.

Plus jamais seule.

Imaginer la souffrance de mes parents me transperce le cœur. Papa ne reverra peut-être jamais ni sa fille ni sa femme, sans savoir si nous sommes encore en vie quelque part.

Une ondulation perturbe la vibration constante de l'usine sous mes pieds.

Je ne veux pas revenir à ce monde. Je veux partir. Vite. M'évanouir, perdre conscience, n'importe quoi qui m'aiderait à échapper à la souffrance.

Un mouvement dans l'eau harponne mon attention. Un *pop* résonne dans le silence, aussitôt suivi d'une aspiration goulue. La silhouette d'un ver passe devant moi. Je cligne des paupières. Je ne veux pas me faire de faux espoirs.

Non, je ne rêve pas. Un ver vient de me lâcher. Par quel miracle ?

Un second *pop* accompagne une sensation de liberté derrière mon genou droit. Pas de doute, je peux le bouger à nouveau. Les vers sont-ils assez intelligents pour me quitter d'eux-mêmes ?

Je n'ai la réponse à cette question qu'après le cinquième pop. Une silhouette à tentacules légèrement fluorescente passe sur mon masque.

Un bébé jiih !

La surprise me coupe le souffle. Un bébé jiih est bien là, en train de me libérer des vers tubicoles. Je ne dis rien, ne bouge pas. J'ai peur de briser ce miracle.

À moins que je ne sois en train de délirer ?

Quelques minutes s'écoulent, et mon instinct me susurre à l'oreille que tout ceci est bien réel. Petit à petit, mon corps s'allège. Lorsque je peux remuer les bras, je m'autorise à aider le jiih. Je glisse un doigt entre la bouche d'un ver et ma combinaison, crée un appel d'eau qui, d'un *pop* jouissif, permet de dégager l'indésirable. Nous travaillons de concert… et, enfin je peux m'écarter aussi vite que possible de ce piège infernal !

*

— Attends-moi !

Le bébé jiih s'éloigne. J'essaie de le suivre, de m'inspirer de son mouvement de tentacules pour battre des pieds et des mains de façon synchrone. Sans succès. Les muscles me brûlent déjà, je suis épuisée.

Heureusement, le jiih remarque mon retard et fait demi-tour. Jamais je n'ai été aussi contente de voir une petite peluche rose de ma vie.

— Je dois trouver de l'aide pour remonter. Il faut que je sorte de l'eau, tu comprends ?

Sa façon de tourner son corps à deux bulbes sur le côté veut peut-être dire « oui » ? C'est un bébé, il n'a pas de traducteur. Il enchaîne quelques mouvements gracieux, comme s'il communiquait par signes, puis se pose sur mon épaule.

— J'ai rien pigé, tu sais ?

Le jiih ne bouge pas. Sa présence, aussi silencieuse et mystérieuse soit-elle, me rassure. Je lève les yeux. Au-dessus de moi, l'énorme roc que j'ai vu à l'aller. Si je l'atteins, je pourrai m'agripper pour grimper dessus.

Je reprends ma nage, m'interdisant de songer à mes réserves d'oxygène. J'ai perdu la notion du temps et il n'y a aucune lueur d'horloge en vue. Forcément, les teintes se sont écoulées moins vite que ce que je pense, n'est-ce pas ? C'est souvent comme ça à l'école, le temps est toujours plus lent que ce que j'aimerais.

À force d'efforts, je parviens au rocher. Je déchante aussitôt : la pierre est lisse et offre peu de prises. J'en ai pour des teintes à remonter.

L'angoisse revient poser sa main pernicieuse autour de ma gorge. Le jiih tapote mon épaule, et son soutien fait refluer mes peurs. Je m'attaque à l'ascension.

*

J'enchaîne les mouvements dans un état proche de la transe. Je perds la notion du temps. Mon corps tire de partout. J'aperçois enfin des silhouettes filer dans l'eau, plus haut. Je suis bientôt arrivée !

Mais aussitôt, mon souffle se coupe. Ma bouche s'ouvre à nouveau, cherche à aspirer de l'air. Je me fige.

Je n'ai plus d'oxygène !

Je me précipite, hurle dans mon masque.

— À l'aide !!

Mais les aliens sont encore loin. Mes mouvements désordonnés me font dévier de ma trajectoire, m'écartent du rocher.

— AU SECOURS !!!

Comme un poisson hors de l'eau, j'aspire l'air sans succès. La terreur répand son poison dans mes veines, me fait perdre la tête. Le monde devient flou, alors que je bats des bras inutilement. Une ombre se colle sur mon masque.

Soudain, l'eau s'infiltre dans mes oreilles, mon nez, mes yeux. Je me retiens juste à temps pour ne pas la boire et m'étouffer. Le jiih a enlevé mon masque ? Mes pensées m'échappent. J'ai besoin d'air. Vraiment besoin d'air.

Des tentacules pelucheux caressent mon visage, pincent mon nez. Le bébé jiih se place sur ma bouche, dans une vaine tentative pour m'aider à ne pas avaler cette eau qui déferlera dans mes poumons.

Vaine… tentative.

Dans un soubresaut incontrôlable, mon corps s'arque et mes lèvres s'ouvrent.

Chapitre 31

J'inspire une grande goulée d'air. Puis une seconde. Mes pensées retrouvent leur cohérence, et, contre mes yeux, je distingue les bulbes du jiih se contracter et se gonfler au rythme de ma respiration.

Le bébé me donne de l'oxygène !

Une bouffée de gratitude me submerge. Je caresse de mes doigts tremblants l'alien collé à mon visage. Il me sauve la vie.

Il me faut de longs instants pour me remettre de mes émotions. Le jiih occupe une partie de mon champ visuel, mais ses oscillations me permettent d'apercevoir par intermittence le paysage. Je reprends ma route d'une nage lente. La ligne des transports fluviaux se rapproche au fur et à mesure. Ignorant les regards et les messes basses qui accompagnent mon passage, je me dirige vers un groupe de taxis qui attendent près d'une énorme méduse verte. Forcément, avec le baiser du jiih, je ne peux plus parler. Je tente de formuler ma requête en pensées.

Je souhaite me rendre au sas air-eau de la section S.

Les aliens tournent sur eux-mêmes en dégageant des bulles. Des moqueries. Peu m'importe, je veux juste rentrer. Je sors ma carte.

Je paie double.

Appâté par ma proposition, l'un des aliens s'approche. Je règle sans regarder le montant.

*

Mon taxi me pose devant un sas. Je nage à l'intérieur, l'active. Le sifflement de l'air qui chasse l'eau est une mélodie délicieuse à mes oreilles. Je tombe à genoux sur le sol enfin sec, trempée et épuisée. Le jiih saute à terre et s'ébroue, envoyant valser des milliers de gouttelettes autour de lui. Je souris. La peau de mes joues se plisse désagréablement : j'ai la trace des tentacules imprimée sur la face. Qu'importe. Je tends la main vers la peluche.

— Merci, petit. Tu m'as sauvé la vie !

Il bondit dans ma paume avec enthousiasme. Je le dépose sur mon épaule. Sa présence est aussi douce que son poil.

— C'est la première fois qu'un alien me secourt, tu sais ?

Il me donne deux coups sur la joue, mécontent. Je fronce les sourcils. Un souvenir au goût amer émerge.

— D'accord, peut-être n'es-tu pas le premier…

Je me lève, le corps trempé mais les pensées ailleurs. Le caractère de cochon de Pyr'hus me manque, mais plutôt mourir que de l'admettre.

Quand je sors du sas, la section S luit d'un turquoise profond. La teinte de mon concert est dépassée, les courbatures saturent mes membres, et Sirzaï va continuer de polluer. Le découragement fige mes muscles.

Une étincelle de douleur dans le genou gauche m'arrache une grimace. Soudain, je réalise une chose. Si je suis aussi mal, c'est que je suis en vie. Je suis peut-être la première humaine à aller sous l'eau depuis des lustres, j'ai échappé au piège du sirun, je sais d'où vient ce foutu composé E et j'ai un nouvel ami. Le sang revient dans mes muscles, et il me semble que mon corps se réchauffe sous mes vêtements mouillés. Je me tourne vers mon acolyte.

— Je vais libérer maman. Je peux le faire. On va y arriver ensemble, n'est-ce pas ? Je t'emmène ?

Le jiih se met à jouer du tambour sur ma peau. Les dizaines de petits tapotements joyeux m'arrachent un demi-sourire. Je me dirige vers le téléporteur, laissant derrière moi la trace humide de mes pas. J'ignore les réflexions outrées des aliens autour et me concentre sur ma mascotte.

— Au fait, comment tu t'appelles ?

Le jiih laisse pendre ses tentacules sur mon épaule, le bulbe penché. Je tente d'interpréter.

— Quoi, tu n'as pas de prénom ?

Il secoue la tête. Puis-je en conclure qu'il s'agit d'un « non » ?

— Je peux t'en donner un, si tu veux ?

Hochement de bulbe. Je prends ça pour un « oui ». Mais l'inspiration, après toutes ces épreuves, est difficile à venir. Au fur et à mesure qu'il sèche, il dégage un parfum de rose, sirupeux, allégé par une note de ver'N. À quoi ressemblent les prénoms jiihs ? À défaut de le savoir, j'essaie de tourner dans ma bouche quelque chose d'aussi bref et joli que le nom de son espèce.

— Jeel'VieH ? Tu es un jiih qui a sauvé la vie d'une humaine, alors je rajoute un H. Et on peut raccourcir en Jeel pour aller plus vite.

Le petit se secoue en tous sens, débordant d'enthousiasme. J'esquisse un sourire.

— Eh bien, Jeel, on rentre à la maison.

D'un coup, je m'arrête.

— Mais au fait, tu sors d'où ? Tu es l'un de ceux que garde papa ? Comment es-tu arrivé jusqu'à moi ?

Jeel me regarde de ses deux ocelles qui font craquer mes camarades. Le charme opère. Pour la première fois de ma vie, je sens mon cœur gonfler d'une once de choupinitude. Mais au moment où je vais pour le caresser, il saute de mon épaule et s'enfuit.

— Hey ! Jeel, me laisse pas tomber comme ça !

Bousculant quelques aliens, je me lance à sa poursuite et remonte à contre-courant la rue. C'est que ça court vite, ces petits jiihs !

— Attends-moi…

Un instant, je le vois s'arrêter au coin d'un embranchement. Dès que je me rapproche, il bifurque à droite. J'emboîte son pas sans prendre le temps d'apprécier la beauté des habitations rondouillettes qui s'agglomèrent en grappes autour du chemin. C'est comme si je pénétrais dans une caverne de cavernes. Un effluve fleuri, léger et acidulé me cueille à mon entrée. Quel plaisir, après l'immonde odeur de la combinaison sous-marine ! Quelques plantes pendent des fenêtres et me caressent le visage. Je me retiens de humer leur parfum de près et récolter celles qui pourraient me servir. Jeel continue d'avancer à toute allure, slalomant entre les autochtones, des aliens vaguement reptiliens qui ne se formalisent pas de ma présence.

— Tu m'emmènes où ?

Il s'arrête un instant, me fait signe, puis entre dans une habitation. Arrivée sur le seuil, j'hésite. La porte fait la moitié de ma taille. À quatre pattes, ça ira… mais ne vais-je pas au-devant d'ennuis, à pénétrer ainsi dans une demeure ? Je m'agenouille, frappe sur la matière argileuse qui compose l'abri.

— Y a quelqu'un ?

Rien. Je jette un œil dedans. Une pièce ronde, vide, à l'odeur de renfermé. Quelques bacs sont accrochés au mur face à moi. L'un pend mollement.

Myrin…

Je sursaute. J'ai entendu mon prénom ? Je balaye le local du regard. Rien ni personne. Jeel a disparu dans un recoin, laissant une trace dans le pollen jaune qui couvre le sol. Je me décide et pénètre à quatre pattes dans la hutte.

— Où es-tu ?

La poussière que je remue me monte au nez. J'éternue un grand coup. Les yeux me piquent.

— T'es passé où, coquin ?

Le petit jiih apparaît dans un angle et me fait signe du tentacule. Il tient à ce que j'avance. Je grommelle :

— C'est bien parce que tu m'as sauvé la vie, hein… Par la Terre !

Cachée dans un placard sphérique, une boule de plumes bleues gît mollement, recouverte de pollen.

Pyr'hus.

Chapitre 32

— Pyr'hus, ça va ?

Je saisis l'alien aux plumes rabougries et trouées. La culpabilité me tord l'estomac avant de me souvenir pourquoi je l'ai littéralement jeté à la poubelle. Le dégoût chasse mes états d'âme, et je manque de lâcher le télépathe. Jeel se hisse dans le bac où j'ai posé Pyr'hus et le caresse de ses tentacules. Je regarde le jiih, essaie de démêler la situation.

— C'est toi qui l'as trouvé ?

Improbable. Les parents jiihs ne sont pas toujours attentifs à l'ensemble de leurs clones, mais de là à ce que l'un d'entre eux échappe à l'attention et finisse au fin fond d'une déchetterie dans une obscure rue… Je ne suis pas dupe.

Pyr'hus… Tu contrôles Jeel ?

Seul le silence me répond. Je le pousse du doigt ; il roule mollement, sans réaction. Jeel continue de lui faire des câlins. Son attitude est trop tendre pour être influencée par Pyr'hus. Le doute s'insinue en moi.

Tu dors ?

La première fois que je l'ai trouvé, il lui a fallu une journée avant de se réveiller vraiment. J'ai bien compris qu'il a besoin de contacts avec d'autres êtres pour se sentir en forme. Il se nourrit de nos émotions… Soudain, je me rappelle son débordement d'énergie à la fin de mes concerts. J'ai une idée, mais j'hésite. Par réflexe, je cherche du regard un miroir. Mais je ne fais que croiser mes deux prunelles marrons dans le montant lustré d'une fenêtre. Anna n'est plus là pour me guider.

Jeel s'agite, tend deux tentacules vers moi tout en caressant Pyr'hus des autres. Je proteste :

— Hey ! Il a tenté de me tuer. Je lui dois rien.

Le petit alien croise les tentacules sur son bulbe en une posture clairement outrée. Je rougis.

— Je peux le réveiller, mais s'il essaie de me contrôler ? Je n'ai plus personne pour me protéger.

Nouvelle débauche de signes. Jeel pointe Pyr'hus, puis se désigne lui-même, mime une nage et finit par brandir huit tentacules vers moi.

— Tu veux dire que c'est grâce à lui que tu m'as sauvée ?

Hochement de bulbes véhéments. Je cède.

— D'accord, je vais m'occuper de lui. Ne bouge pas.

Je file dehors, où d'innombrables fleurs me tendent les bras – bien plus que ce que j'ai remarqué en arrivant. J'avise un reptile à six pattes qui sort d'une caverne au-dessus de moi.

— Excusez-moi, je peux récolter des plantes ?

L'alien marmonne quelques mots que j'ai du mal à saisir avant de disparaître. J'ai cru entendre « trop » et « désherbage bienvenu ». Des corolles inconnues m'attirent de leurs parfums de boutons d'oranger, de glycine et de lilas. Ma cueillette en main, je retourne dans la hutte abandonnée, sors Pyr'hus de sa cachette et le dissimule dans l'un des bacs de la pièce principale en le recouvrant de ma veste. Jeel s'agite.

— Hcy, c'est lui qui aime bien être planqué !

Je dispose ma récolte à mes pieds et tends le bras vers le jiih.

— Viens aux premières loges.

Jeel calé sur mon épaule, je ferme les yeux et respire profondément. Je saisis une feuille et la frotte entre mes doigts. Un parfum anisé emplit l'espace, chasse l'odeur écœurante de la poussière-pollen. De grands gestes de la main, je l'envoie vers les fenêtres, puis secoue délicatement une fleur au fumet voluptueux. Écraser un fruit en forme de clochette ajoute un zeste de fraîcheur. Petit à petit, je compose un tableau avec les essences que j'ai trouvées. Une belle toile gonflée de senteurs sucrées, légères et innocentes. Elles me rappellent le champ où j'ai vu Anna. La tristesse enfle dans mon cœur, remonte ma gorge. Je la laisse déborder dans mes yeux. Je saisis une larme, la dépose sur un pistil puis souffle dessus. Prisonnier de l'eau, le pollen tombe à terre et explose en une brume odorante. La délicate beauté de l'instant me tord le ventre. J'aurais tant aimé le partager avec ma sœur !

La place d'Anna... n'est plus... ici.

Je sursaute. La voix de Pyr'hus me met du baume au cœur. Je froisse la fleur que je tiens dans la main, libérant un effluve de sève acidulée.

Je l'ai perdue.

Silence.

Je... je suis désolé.

La compassion qui caresse timidement mes neurones, comme une demande, brise la digue de mes émotions. Confier cette peine à quelqu'un la fait exister. Je laisse mes sanglots mouiller mon tableau, explosion désordonnée de parfums.

C'est ma faute... Si je n'avais pas été... si je n'avais pas cédé à la peur, je t'aurais évité ça.

Les aveux de Pyr'hus colorent mon chagrin de colère et de douceur mêlées. Le télépathe continue, ses paroles se faisant plus fluides au fur et à mesure :

Le brouillard qui protégeait ton arbre a disparu. Le glot l'a avalé.

Je me tends. Si Anna n'est plus là, suis-je en danger ? La peur de Pyr'hus dévale ma colonne.

Non ! Je te promets, je ne te ferai rien ! Myrina, j'ai besoin de toi. Quand tu joues tes concerts, je me gave d'émotions, je gagne de l'énergie… mais ce n'est pas que ça. La vie est plus sympa avec toi. J'aime ton courage, ta détermination. Ton caractère bien trempé !

Ma gorge se noue, refusant de libérer le moindre son. Les images de mon grand-père me reviennent en mémoire. Les crampes d'estomac. Les aliens qui me tombaient dessus alors que je tentais de jeter Pyr'hus.

Puis-je vivre avec le doute ?

Pyr'hus sent mon hésitation.

Je suis désolé. Vraiment. J'ai agi égoïstement, par peur. J'ai plus de trois-cents cycles, c'est long et court pour mon espèce. Assez long pour contracter une crainte viscérale du lâcher-prise. Trop court pour savoir qu'avec certaines personnes, des personnes uniques comme toi, il est possible d'apprivoiser le mot « confiance ». Je n'aurais jamais dû tenter de te faire du mal. Ni le premier jour. Ni le dernier.

Un maelstrom d'émotions rugit en mon for intérieur. Le soulagement le dispute à la honte, la joie à la peine. Au fond de moi, Pyr'hus m'a manqué. Oui, il m'a aidée à enquêter, oui, je sens bien que je suis meilleure sur scène avec lui. Mais nous avions tissé plus que des relations utilitaires : sa présence, ses connaissances, sa façon de me faire voir les choses sous un autre angle… Pyr'hus était devenu un ami.

Puis-je lui pardonner ? Je jette un œil à Jeel. Un dernier doute me retient.

Qu'as-tu fait au petit pour qu'il t'amène ici ?

Je lui ai demandé.

Je fronce les sourcils, pas convaincue.

Je t'ai laissé dans une déchetterie isolée de tout… Tu n'as pas pu parler de là-bas avec le jiih ! Privé de contact, tu étais censé te dessécher comme une momie…

Je t'ai entendue.

Je tique. Pyr'hus s'explique.

Lors de ton dernier concert, tu as expulsé une décharge émotionnelle immense. Jamais je n'avais ressenti ça.

Je me mords la lèvre en songeant au carnage que j'ai répandu sur la scène.

J'ai touché le fond, hier…

Penser à Anna réactive le gouffre dans mon ventre. Pyr'hus enchaîne, et sa présence atténue ma peine.

Je t'ai sentie depuis la benne, comme la toute première fois où tu m'as trouvé. En beaucoup, beaucoup plus puissant. J'ai eu assez d'énergie pour me projeter dans un tar.

Je frissonne de dégoût en visualisant ces petits rongeurs aux dents rétractiles. Le service de propreté les chasse sans pitié, mais il y en a toujours un qui ressurgit régulièrement.

Ils vivent dans les interstices des parois, m'indique Pyr'hus. *Ils sont très primaires, je peux les manipuler facilement, mais ils ne dégagent qu'une faible émotion… J'ai néanmoins eu assez de force pour les attirer au fond de la benne, leur demander de me sortir de là. Je les ai utilisés pour rejoindre ton quartier, caché entre les murs. Mais tu avais déjà quitté l'appartement… Heureusement, par-delà la paroi, j'ai senti l'enthousiasme de ce jiih parmi tous ceux que garde ton père. Il se trémoussait, il brillait d'excitation. Il m'a fait penser à toi, à ta façon différente d'être humaine. Ça m'a donné la force de lui parler sans… enfin, lui parler, quoi.*

J'acquiesce. L'effort de Pyr'hus me touche.

Il a tout de suite voulu m'aider à te retrouver, on dirait qu'il a un radar rien que pour toi, il t'adore !

Mes joues s'enflamment de honte lorsque je songe à ma manière de traiter les jiihs. Je n'ai rien fait pour qu'il m'aime…

Jeel m'a rejoint dans les interstices, et m'a roulé jusqu'ici, finit Pyr'hus. *Je ne pouvais pas aller plus loin. L'eau… est un milieu compliqué pour moi. J'ai chargé le jiih de prendre soin de toi.*

Je caresse Jeel, qui dort à moitié, calé dans le creux de mon cou.

Il a été d'une efficacité à couper le souffle. Sans lui, je me serais noyée.

Pyr'hus rigole.

Je sais que tu détestes les jiihs, mais celui-ci t'adore. Comme quoi, il n'y a pas que les humains de bizarres !

La réflexion m'arrache un sourire. Jeel se réveille, frôle ma joue d'un tentacule soyeux. Une barrière s'écroule. Je me tourne vers Pyr'hus.

Je n'aurais pas dû te jeter comme ça, sans te laisser t'expliquer. Moi aussi, j'ai cédé à la peur.

Un silence.

Soudain, une vague de soulagement me submerge. Je saisis Pyr'hus et le serre contre moi. Jeel se joint à nous, et nous restons ainsi, tous les trois, partageant la même étreinte.

*

Nous finissons par rentrer, Pyr'hus dans mon sac à dos et Jeel sur mon épaule. Je lui raconte mes avancées en traînant des pattes. Mes jambes sont ankylosées, les courbatures me rattrapent. Je suis épuisée. Seule la joie de la réconciliation me fait tenir debout.

L'allée H bruisse d'une effervescence inhabituelle. Les tapis sont blindés, les octopodes les dévalent à toute vitesse et même les libaces sont agitées. Je tente de rester discrète lorsque nous passons devant l'enseigne du bar ; papa ne doit pas fermer l'œil à cause de mon absence, et je veux le rassurer. Patron attendra.

Il va me tuer. J'étais sous l'eau au moment du concert, il a dû faire face à une salle comble de clients déçus et furieux…

Je t'aiderai à recoller les morceaux.

Je souris, mais une pointe désagréable me gratte le fond de la gorge. M'aider, comment ? Est-ce juste de manipuler mon boss, même s'il est égoïste et raciste ?

Je n'ai pas le temps de creuser. Une voix lancinante surgit de la rue, son lent phrasé complètement décalé avec l'excitation de ses mots :

— Là ! Je l'ai retrouvée ! La *Heka* est là !

Il me faut quelques instants pour comprendre que le membre chitineux[12] tendu par-dessus les passants me désigne. La foule se presse autour de moi.

— Nous l'avons rangée !

— Mes maris dorment pour vous !

— Nous avons eu si peur !

Des aths volent au-dessus de ma tête, tandis qu'un tas d'odeurs, de formes et de textures m'encerclent. Une sensation visqueuse m'arrache une grimace. Une libace me grimpe sur la jambe ! Pyr'hus se gargarise, avalant de l'émotion brute au passage :

Eh beh, tu profites de mon absence pour devenir célèbre ?

— Non mais je sais pas d'où viennent ces a…

Je me reprends au dernier moment. Il vaut mieux éviter de parler à voix haute toute seule. Une voix connue émerge du capharnaüm.

— Elle est là ! La jointure de mes coudes, la couverture de mon nid, enfin, vous l'avez retrouvée !

Ébahie, je vois Patron se précipiter vers moi, FalthazarS à ses côtés. Sorti de sa cuisine, le corps de mon ami se déploie dans une carrure impressionnante. Ses neuf queues, dressées en éventail, écartent les badauds plus efficacement qu'un pet d'aartite. Il ouvre le chemin au boss qui, arrivé jusqu'à moi, me prend dans ses bras. La mâchoire m'en tombe. J'oublie même de tourner de l'œil alors que son haleine boisée sature mes narines.

— Ah, ma *Heka* ! Je savais que ces barbares de prixiiens ne *pouvaient* pas te convaincre de jouer chez eux. Ils ne sont pas assez raffinés pour apprécier ton art à sa juste valeur !

Je lance un regard interrogatif à FalthazarS par-dessus l'épaule du boss. Que se passe-t-il ? Mon ami me signe de laisser couler.

Je tente de me dégager doucement mais fermement de la poigne de Patron.

Réellement, il me touche ? D'habitude, les aliens ont en aversion la proximité d'un humain.

Il semblerait que tu fasses bouger les choses, remarque Pyr'hus, un brin taquin.

Si tu es derrière tout ça, Pyr'hus, c'est une blague de mauvais goût !

Même pas ! Je suis blanc comme neige, je te le jure sur Kelket.

Toujours interloquée, je suis Patron et FalthazarS qui me ramènent vers le bar. J'acquiesce silencieusement à la diatribe que me sert le llérunien, mon glot traduisant automatiquement les compliments excessifs dont il me couvre. C'est Pyr'hus qui, au milieu de tout ce charivari, trouve dans les pensées du boss le sens caché de cette affection débordante.

Il se garde bien de te le dire, mais un émissaire prixiien est passé pour te débaucher hier, un contrat à la main. Ton patron t'a cherchée toute la journée pour doubler ta paye. Il a réellement eu peur que tu le lâches, surtout lorsque tu n'es pas venue au concert.

Un alien m'a proposé un travail… de lui-même ?

Je n'en crois pas mes oreilles. Être humaine, c'est supplier pour avoir les jobs les plus dégoûtants du monde. Comment un alien pourrait-il me *démarcher* ? Je me savais chanceuse d'obtenir ce boulot à peine payé au bar, arraché avec peine après des dizaines de démonstrations.

Tu sous-estimes ton talent, Myrina. Je te l'ai dit : quand tu joues, tu dégages quelque chose de rare, de puissant. Tu transportes ton public, tu leur dévoiles de nouveaux mondes. Tes admirateurs comprennent peut-être les univers à six dimensions, mais ça ne leur laisse pas beaucoup de place pour les émotions. Crois-moi, j'en sais quelque chose !

Je n'ai pas le temps de répondre à Pyr'hus. Toujours coincée sous les trois bras de Patron, qui semble ne plus vouloir se passer de mon contact, je découvre ma salle de spectacle métamorphosée.

— Les ventilateurs seront prêts pour le soir prochain, s'enthousiasme-t-il en désignant la cathédrale de pales qui encadre la scène. Ils ne sont pas capables de faire ça, de l'autre côté, hein ?

J'acquiesce, sous le choc. D'un mouvement d'épaules, j'arrive enfin à me séparer du llérunien, et me dirige vers le plateau. La surface a été multipliée par deux. Des menuisiers sont en train de monter une arène d'étagères. Des ventilateurs de toutes tailles et toutes formes dessinent une forêt de courbes jusque sous la scène, dont le plancher a été remplacé par une grille. Un instant, j'imagine le plaisir de faire exploser une épice de ginja avec la force du vent. Je souris. Moi qui pensais être virée après le capharnaüm de la veille !

Mais alors que mes yeux se posent sur les étagères vides, le stress enfle dans ma poitrine. Il faut que je reconstitue mes stocks de matières odorantes, avant même de songer à performer. Et puis, le dernier concert me laisse un goût amer. Quel est le coût de la célébrité ? Je n'ai pas envie que les aliens se repaissent de mon malheur tous les soirs.

Une caresse mentale, comme un petit coup de coude que donnerait un ami, vient m'apaiser.

Pas de panique, Myrina. Tu es la meilleure. Il n'existe personne d'autre comme toi : aie confiance.

La réflexion me peine. Si, il existait quelqu'un d'autre comme moi.

Anna était ta sœur jumelle. Elle n'était pas toi-même, Myrina.

J'acquiesce, la gorge serrée, et évacue le sujet de mes pensées. Ce n'est pas le moment de craquer. Avant toute chose, je dois rentrer à la maison. Je redresse la poitrine et me tourne vers Patron.

— Effectivement, c'est pas mal. Ils ne sont pas… encore à ce niveau, de l'autre côté.

Ses deux queues s'agitent de soubresauts intempestifs, signe de stress. Cela fait germer une joie coupable dans mon ventre. J'arrête là mon jeu et continue, plus factuelle :

— Il faut que je reconstitue mon stock d'odeurs, cela va me prendre un peu de temps. Quand est le prochain concert ?

— Dans dix teintes, répond Patron, fébrile. On murmure que le triumvirat phytecte du Conseil Carré sera présent.

Un massal'eth me tombe dans l'estomac.

Le Conseil Carré ? Demain ?

Dans quelques teintes à peine, il est déjà vermillon, remarque Pyr'hus.

Je pare au plus urgent, acquiesce face à Patron.

— Je ne vais pas traîner, alors… Je reviendrai ce soir.

Au fond de la salle, par l'entrebâillement de la porte de la cuisine, FalthazarS me fait signe. Je plante mon boss sur scène et sors par les coulisses. Mon ami a retrouvé sa place à ses fourneaux, ses longues queues ouvrant et fermant les placards au fur et à mesure qu'il mijote ses petits plats. Me voyant, il laisse tomber casseroles et phyto-ondes en faisant la roue. Jamais il ne m'a paru aussi soulagé.

— J'ai eu peur pour toi. Les queues n'étaient pas alignées, j'avais un pressentiment funeste.

— La journée n'a pas été facile. Mais je suis près du but, FalthazarS ! Je sais comment libérer maman. Mais…

Retrouver papa, solliciter la justice alien, refaire mes stocks, donner le concert… D'un coup, le nombre de tâches me submerge. Je suis si fatiguée ! Je me mets à trembler. FalthazarS sort sa potion miracle d'une armoire et me tend un verre. Son geste me touche. J'avale le liquide ambré et reprends :

— Je suis épuisée… J'ai tant de choses à faire, et Patron veut que je joue devant le Conseil Carré ! Je n'ai même plus mes matières odorantes, j'ai tout cassé la dernière fois !

FalthazarS tresse ses neuf queues, signe d'affection et de soutien profond. Je rougis.

Oh eh, faut pas qu'elle en fasse de trop non plus, la peluche…

Je me retiens de rire face à la remarque de Pyr'hus. La pointe de jalousie que j'y sens me fait du bien.

— Pour tes instruments, je les ai rangés dans ta loge.

Je fronce les sourcils et regarde FalthazarS.

— Comment ça ?

— Il ne fallait pas ?

— Si si, au contraire ! Mais j'ai tout cassé...

Je me dirige vers mon repère, mon ami sur mes pas. Je pousse la porte, qui affiche désormais mon nom, et retiens un cri de surprise.

Des étagères ont été rajoutées à ce que je devrais appeler une *suite artistique* plutôt qu'une loge. Joliment rangées, des fioles et des boîtes m'attendent... pleines. J'ouvre quelques pots, hume l'air. À l'intérieur, les fleurs sont arrachées, les racines brisées, les pétales broyés. Mais la plupart des flacons dégagent toujours des effluves envoûtants. Mon ami a ramassé jusqu'à la moindre poussière, sans mélanger les matières entre elles, et a reconstitué mon instrument !

— Mais... Ça a dû te prendre un temps fou, FalthazarS ! Comment as-tu fait ?

— Facile. Les pionniis ont été ravis de m'aider, et il n'y a pas plus habiles qu'eux au tri. Ce n'est pas ce que tu avais prévu ?

Mon œil continue d'analyser les stocks, tandis que ma gorge se noue sous l'émotion.

— Je... je n'avais pas vraiment pensé à la suite... c'est parfait. Il ne me manque que les liquides, je peux retrouver facilement ce qu'il me faudra pour le concert...

Une vague de gratitude me submerge, appelant un contact soyeux. J'aimerais enserrer mon ami tout contre mon cœur, mais me retiens et le remercie dans son propre langage. Je lève neuf doigts bien haut au-dessus de ma tête.

— Merci, FalthazarS. Tu m'enlèves une énorme épine du pied !

— Une épine ?

— Façon de parler. Tu m'aides beaucoup beaucoup !

Rassurée, je quitte le bar par la porte de la cuisine, non sans donner rendez-vous à FalthazarS pour la prochaine représentation.

— Dis au patron de te réserver une place dans la salle. Gratuite, bien sûr !

Chapitre 33

Je prends le chemin de l'appartement en rentrant la tête dans les épaules, de peur que des groupies me sautent dessus. La célébrité n'a peut-être pas que des avantages…

J'évite le raccourci de la déchetterie. Ai-je honte de m'être emportée ? Aurais-je dû laisser Pyr'hus s'expliquer avant de le jeter à la poubelle ? Je calme le maelstrom de mes émotions en songeant que chacun de nous a ses torts. Il y a plus urgent que ressasser le passé.

Je me concentre sur mes pas, relève les yeux. Mon regard accroche les portes de verre teinté qui jalonnent la rue à intervalle réguliers. Mon reflet y apparaît par intermittence, au rythme de mes pas. Symétrique, parfait. Une ado avec un jiih sur l'épaule et un sac à dos. Une image, juste une image. Je détourne le regard, un vide au creux du ventre. Pyr'hus doit le sentir, car il tente de me changer les idées :

Au fait, as-tu réussi à avancer dans ton enquête, sous l'eau ?

Oui ! J'ai vu Sirzaï et…

Quoi ? Sirzaï t'a parlé ? Impossible !

Pyr'hus en rajoute. Ça fonctionne, la fierté réchauffe mon ventre.

Et si, la boule de plume ! Je l'ai réellement rencontré, en chair et en écailles… Et franchement, c'était pas la meilleure expérience de ma vie.

La colère me démange soudain les mains.

Il est si imbu de lui-même ! Égocentrique et méprisable ! Je donnerais cher pour être capable de lui en filer une bonne. Sous l'eau, je n'ai rien pu faire… Il mérite d'aller en prison à la place de maman !

Il t'a fourni des indices ?

J'explose d'indignation.

— Pire que ça ! Cet enfoiré mesure parfaitement la pollution qu'il provoque et s'en contre-fiche éperdument !

Un llérunien s'arrête face à moi, des aliens se tournent à mon passage. Je tressaille. J'ai parlé à voix haute ! Je baisse la tête, fais semblant de marmonner et file sans prêter attention aux regards. Je poursuis mes explications, résumant à Pyr'hus l'impact des rituels de beauté siruns sur l'eau.

Ils savent très bien que leur foutue crème fout le bazar chez les humains, mais pour eux, ce n'est pas grave ! On ne vaut vraiment rien de plus que la merde que l'on traite…

Jeel enroule amoureusement ses tentacules autour de mon cou. Une sensation de douceur pelucheuse court sur mes bras.

Non, vous valez bien plus que ça, Myrina. Vous n'êtes pas des déchets. Vous êtes des êtres intelligents, doués d'émotions. Votre valeur ne se mesure pas à votre espérance de vie ou à votre nombre de pieds. Tu m'as montré que vous ne méritiez pas les insultes qu'on vous lance. Les autres aliens ne le savent pas encore, parce qu'ils n'ont jamais essayé de vous comprendre. On va s'occuper de ça tous les deux.

La confiance de Pyr'hus m'enveloppe d'un parfum de miel, détend mes épaules. Je me ressaisis.

Avant toute chose, je veux libérer maman et son équipe. Qu'elles puissent retourner travailler, et que mes camarades de classe reviennent en cours.

Un mauvais pressentiment m'assaille alors que j'imagine la prochaine étape de mon périple judiciaire.

Est-ce que tu penses qu'aller voir le lorvon pour dénoncer les siruns suffira ?

Pyr'hus confirme mes doutes.

Le lorvon n'est que le gardien de la prison. Il faut taper plus haut. As-tu des preuves de ce que tu avances ?

Je me rembrunis, dépitée.

Ben oui, bien sûr ! Sirzaï m'a signé une déclaration écrite, tu imagines bien.

La colère rejaillit.

Enfin, quand même ! N'importe qui pourra aller voir et vérifier, pourquoi faut-il des preuves ? Sirzaï est tellement sûr de lui qu'il fera même une démonstration !

Un silence cliquette entre mes vertèbres, comme des rouages.

Écoute, y a quelque chose de plus simple à faire...

Un instant, l'image du jiih verdâtre s'agitant sous le contrôle du télépathe me revient en tête. Une idée perturbante explose dans mes pensées : Pyr'hus serait-il capable d'influencer un alien pour libérer ma mère ? Pourquoi n'y ai-je pas songé avant ? Mais... serait-ce juste ?

Tu as entendu comme moi, le Conseil Carré va venir à ta prochaine représentation.

Et ?

Ce sont les dirigeants de Station Symbiose. Tu n'as qu'à leur exposer ton problème directement.

L'exaspération chasse mes états d'âme.

Pyr'hus ! Je suis pas bête : c'est pas parce que quelques aliens se sont jetés sur moi dans la rue en m'appelant « Heka » *que d'un coup le Conseil va ne serait-ce que m'adresser la parole ! J'ai dû tellement tricher pour parler à Sirzaï... Ça marchera pas. Les gus, ils vont venir avec leur petit air de supériorité, sentir ce que je fais et repartir avec un regard dédaigneux, j'en mets ma main à couper !*

Tous ces cycles et ces cycles passés à supporter le racisme ambiant me serrent la gorge. D'un coup, l'injustice dont nous sommes victimes, nous les humains, me semble autoriser l'utilisation de Pyr'hus comme arme télépathique. Serait-il capable de manipuler un membre du Conseil ?

Je te l'ai dit, tu sous-estimes ton influence, Myrina. Tu as vu l'état des aliens dans la rue, tout à l'heure ? La foule était en délire ! Tout le monde te cherchait. Ton boss t'a prise dans ses bras. Crois-moi, Myrina, je suis convaincu que le Conseil ne sera pas indifférent à ton art.

La diatribe de Pyr'hus fait naître un brin d'espoir au creux de ma colère.

Tu… tu en es sûr ?

Certain. Et puis, que perds-tu à tenter ?

Rien, si ce n'est quelques teintes de plus. Si le temps s'est arrêté pour maman, dans la stase du lorvon, je peux effectivement m'accorder cet essai.

D'accord, on fait comme ça.

Je continue mon chemin, mes pas un peu plus légers. L'espoir a remplacé la colère.

*

Lorsque j'ouvre la porte de notre appartement, Papa saute de son lit.

— Myrina, enfin ! C'est indécent de travailler jusqu'à cette teinte-là. Demain, j'irai parler à ton professeur.

Je m'arrête, ébahie. Mon père, reprocher quelque chose à un alien ?

Pyr'hus, qu'est-ce que tu as fait ?

Hey, arrête d'imaginer que je suis responsable de tout !

Je pose la main sur le bras de papa, le pousse à s'asseoir avec moi à la table. J'entends papy remuer sur son lit et se tourner vers nous. Je regarde mon père et avoue :

— Ça me touche que tu prennes ma défense, papa. Mais je t'assure, je peux me débrouiller seule. C'est un peu de ma faute si je rentre aussi tard… Je suis désolée de t'avoir causé du souci.

Un sourire attendri fend le visage fatigué de mon père, accentuant les pattes d'oies de ses yeux.

— Tu as toujours été une battante, ma fille, et ça n'est pas de moi que tu as hérité ce trait, c'est sûr !

Une tension infime se libère dans mes pensées. Pyr'hus s'efface pour me laisser en tête à tête avec mon père. Son attention me touche. Je saisis un bol et me sers la tisane qui traîne dans la théière. Je hume son parfum.

— Tu sens ce bouquet herbacé, légèrement anisé avec une pointe de citron ?

Mon père acquiesce. Je bois une gorgée, me régale de la symphonie qui réchauffe mon ventre.

— Cet art d'assembler les saveurs entre elles pour exprimer ton amour, papa, tu me l'as transmis…

Une question muette traverse les pupilles de mon père. Mon cœur résonne dans mes tempes.

— Il faut que je t'avoue… Je ne passe pas mes soirées à la serre. Le prof a remarqué il y a quelque temps mon talent pour créer des tableaux odorants, je trouvais toujours un moyen pendant mes travaux pratiques de récolter des fleurs, des feuilles, des poudres, tout un tas d'effluves avec lesquels je jouais en imaginant le parfum des forêts et des plaines d'où ils proviennent. Je… je n'ai pas de cours du soir. J'ai réussi à obtenir un job dans un bar, et je donne des concerts olfactifs.

Les traits de mon père se figent, accentuant les premières rides que cette semaine a creusées. Je rentre la tête dans les épaules, prête à encaisser la tempête.

— Tu veux dire que… des aliens viennent te voir ? *Volontairement* ?

L'incrédulité le dispute à l'admiration dans la voix de papa. Je souris, fière de moi.

— Me *sentir*, plutôt ! Mais oui. Des aliens paient pour le spectacle d'une humaine. Et… ça marche bien. C'est pour ça que je reviens à des teintes bizarres.

— Pourquoi ne nous l'as-tu pas dit ?

Je joue avec mes doigts, mal à l'aise.

— Vous avez toujours été si… stressés, avec maman, si soucieux de moi, de ce qui pouvait m'arriver. Vous ne m'auriez pas laissée aller dans un bar empli d'aliens, n'est-ce pas ?

C'est au tour de mon père de fuir mon regard. Je continue.

— J'ai compris pourquoi, maintenant. Vous ne voulez pas perdre une deuxième fille. Mais les aliens ne sont pas tous cruels ou dangereux. Ils ont juste des codes différents des nôtres. Nous avons tous besoin de mieux nous comprendre pour cohabiter sereinement.

Un courant de colère traverse mon père. Il se redresse et frappe du poing sur la table.

— Avec ce qu'ils ont fait ? Ils ont encore envoyé la dernière équipe de l'usine en prison, et saigné ta classe pour les remplacer ! Nous avons tenté d'obtenir des réponses avec Juanne et Malek. On s'est pris des pets de guepicte en pleine face, et nous avons dû nettoyer la rue de ses immondices !

Je retiens un sourire en imaginant les trois humains face à la gardienne. Je suis heureuse de voir que papa passe à l'action, mais sa colère m'interpelle. Je tempère :

— La gardienne fait juste son travail. Elle n'a pas conscience de tout le cycle de l'eau sur Station Symbiose. La vérité, c'est que les aliens ont besoin de nous. Si l'épuration s'arrête, plus rien ne fonctionne. Et nous sommes les meilleurs pour nettoyer les filtres des immondices. Nous sommes tous interdépendants.

— Il n'y a pas que la gardienne qui ne s'en rende pas compte !

J'avale une gorgée de tisane et repose mon bol sur la table, un sourire malin aux lèvres.

— Tu as raison. Mais ça va changer. Très vite.

Le liquide engourdit mes muscles, appelle mon corps au sommeil dont il a besoin pour réussir à créer l'étincelle qui métamorphosera Station Symbiose. J'aimerais encore parler à papa, lui raconter mon aventure, partager avec lui le souvenir d'Anna… mais cela doit attendre. Attendre le retour de maman. Bientôt.

Je finis ma tisane et nous nous couchons. Jeel vient se loger contre ma joue. La main de papy descend pour me souhaiter de beaux rêves.

Bonne nuit.

Repose-toi bien.

Chapitre 34

J'inspire profondément, gonfle ma poitrine. Les ventilateurs soufflent lentement derrière moi, évacuent les odeurs de la foule vers l'extérieur. Mes narines frémissent, propres et sensibles. Les quatre teintes de sommeil que j'ai pu m'accorder et le tonic de FalthazarS m'ont assez remise sur pied pour assurer le spectacle.

C'est le moment.

T'es la meilleure, Myrina.

La présence de Pyr'hus m'enveloppe d'une aura bienfaisante, comme une coulée de miel, une énergie à la fois douce et puissante. Jeel est blotti contre le col de ma chemise, son domicile désormais attitré. J'ai dessiné deux traits sur chacune de mes joues. Deux lignes jumelles.

Je suis prête.

J'appuie du pied sur un bouton à terre, et le rideau d'eau qui me masque aux spectateurs tombe en un dernier fracas. Le ronron des ventilateurs disperse dans l'air ma première note. Le parfum de lait qu'ont les nourrissons lorsqu'ils rêvent. Le parfum d'Anna.

La salle est emplie d'un silence solide. Hurlant d'attention, mélange de dizaines d'espèces qui, soudain, arrêtent de parler, de changer de couleur, d'émettre des phéromones, de vibrer, toutes concentrées sur une seule chose.

Moi.

Au centre du plafond, un carré cerclé d'or symbolise la place des quatre aths du conseil. Sous eux, calés dans des fauteuils suspendus, leurs trois homologues phytectes. J'élargis mon regard, songe aux recommandations de Pyr'hus. Mon message ne s'adresse pas qu'aux grands pontes. Chacun de mes spectateurs est important. Pour que les choses changent.

Je frotte entre elles les roches que j'ai ramenées de la section S, vaporise de la sève d'anémone, disperse par à-coups des gouttes d'algues. J'attrape mon public, l'emmène au plus profond de l'aquarium géant de Station Symbiose. La fraîcheur de la mer, la légèreté de la nage, la sérénité de sentir le précieux liquide couler en soi. Nous sommes tous des dentelles d'eau, tissées par nos cellules, architectures fragiles et mouvantes. L'eau qui entre et qui sort, l'eau qui court et qui dévale, qui tombe et qui jaillit. J'active les ventilateurs centraux, dessine une vague d'odeur qui s'échappe du plateau pour serpenter dans mon public. Je secoue les herbes cueillies chez les tatuliks, évoque les plaines acidulées, la gourmandise d'une larve à maturité. Je fais monter la salive en saupoudrant l'air de tendres tamots, le parsème d'épines broyées à l'arôme boisé, puis pousse les hélices à fond, inondant la scène d'une explosion de coriandre et de citronnelle, fraîcheur de la prairie.

J'enchaîne en activant le radiateur soufflant caché sous mes pieds, une autre trouvaille de Patron. La chaleur libère les parfums envoûtants de fleurs séchées, mêlées de pointes rocailleuses. La poussière dessine un tableau de paisibles guepictes, s'attarde sur l'attention de leurs gestes alors qu'ils polissent leurs pics, puis, comme un ruisseau farceur, se tourne vers une nouvelle section. Je chemine d'espèce en espèce, évoquant le mucus caféiné des aartites, l'effluve d'amande amère des octopodes, la note acidulée des libaces. Au fur et à mesure de mes scènes, la salle se charge de senteurs qui s'empilent, se mélangent, s'opposent, se recombinent. Cohabitent.

Lorsque l'air est voluptueux jusqu'à la nausée, j'ouvre le flacon de mes larmes. Je dessine le quotidien de l'effort humain, la tâche à accomplir et la volonté de bien faire. L'odeur de la crasse dans la paume, l'acidité de la sueur dégoulinant d'un front. Le réconfort d'une tisane fleurie, le parfum vanillé de l'étreinte maternelle. Je relance les hélices, et, à l'instar du rôle de la station d'épuration entretenue par nos mains, purge la salle de toutes ses émanations, ramène mon public au premier tableau. L'eau.

Une pointe amère perturbe l'onde. J'accélère. La goutte devient poison, acide. L'herbe des tatuliks perd ses notes tendres, les larves transpirent un remugle nauséeux. Les adultes se rabougrissent, ne tournent plus rond. Les guepictes ne se polissent plus, leur peau se couvre d'un champignon douceâtre, exhalaison sinueuse, traître. Le désordre s'empare des rues. J'appuie sur tous les boutons, oriente les pales en tous sens. Des déferlantes métalliques submergent les sens de mon public. Rixes. Combats. Sang et larmes. Maladie.

Soudain, j'arrête. Un instant, le monde est suspendu. Au bord du gouffre.

L'odeur est insoutenable.

J'ouvre une immense boîte. La veirbleue. Je lance les ventilateurs au maximum. Les notes de cassis explosent en bulles, la ver'N balaye les relents de miasmes, les épices purifient l'air. Je calme le rythme, puis appelle à moi le souvenir d'Anna. Je libère son parfum. Rêve de nourrisson. Beauté fragile, touchante. Je dessine l'affection, l'amour. La tristesse qui se dissout dans un chocolat, la joie qui s'épand en une fleur de coton, la sincérité qui déploie des ailes d'amande. La vie qui continue, immuable. Le souvenir qui reste, à jamais. Je tisse la complexité des émotions humaines, la délicatesse de notre sensibilité. J'ajoute petit à petit les notes alien. Le sel fumé cher aux llléruniens, la jaspine suave des Ish'Karis, le fugace miel mêlé de résine des aths, la sève persistante des phytectes. J'oriente mes ventilateurs. M'avance sur le devant de la scène, de concert avec l'architecture dentelée de mes parfums. D'un mouvement de main final, j'envoie le diamant d'odeur s'étirer sur mon public en une apothéose aussi fine que belle. Saisissante. Un paradis dans l'immensité du vide, une boucle vertueuse qui fait jaillir la vie. Station Symbiose.

Je m'agenouille, tête baissée pour un salut immobile.

Le silence m'enserre de ses tentacules alors que mes derniers effluves s'évaporent. Je n'entends que le rythme de mon cœur battre à mes tympans. J'ai tout donné. J'ai mis ma foi et mes espoirs, mes tripes et mon âme pour dessiner un futur souhaitable. Un rêve.

L'air se charge d'un courant électrique. Cet instant suspendu, définitivement présent, où tous les possibles sont ouverts, les pires comme les meilleurs. Le conseil et les aliens auront-ils compris mon message ?

Soudain, une bourrasque me fait valser à terre. Un capharnaüm emplit mon esprit, brutal. Un mélange de sons et d'odeurs, de couleurs et de goûts, de caresses et de mélodies qui se solidifie en une lumière insoutenable.

Myrina, reste avec moi !

Pyr'hus dresse une barrière mentale autour de moi. Mes perceptions reviennent petit à petit. La salle s'est levée, vole, hurle de joie et de bonheur. Je n'arrive pas à discerner les voix – je n'entends que le mot *Heka* scandé régulièrement. *La diva.* Des objets de toutes formes et de tous parfums chutent sur la scène. Ma gorge se dénoue alors que je comprends que ce sont des cadeaux.

Ton public est si enthousiaste qu'il sature ton glot, m'explique mon ami. *Je fais le filtre, ne t'inquiète pas. C'est dépassé, les glots, de toute façon...*

Dans mon cou, Jeel applaudit de trois tentacules, tout en essayant d'attraper les fleurs qui tombent sur moi.

Tu… tu crois que j'ai réussi, Pyr'hus ?

Un éclat de rire remonte ma colonne en un frisson jouissif.

Est-ce que je crois? J'en suis sûr, Myrina ! Tu vas l'avoir, ton audience !

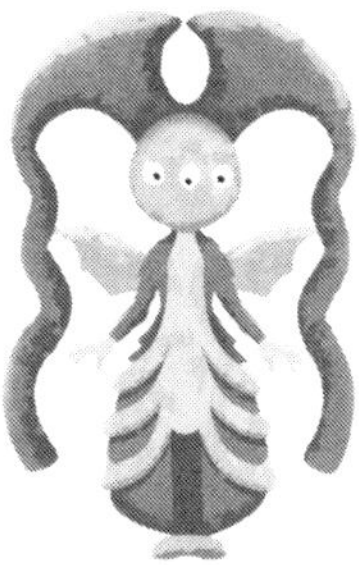

Chapitre 35

Je redresse les épaules et relève le menton. Le moment est important. J'ai dû ronger mon frein deux chromas avant de rencontrer le Conseil, mais comme dit Pyr'hus, pour leurs emplois du temps surchargés, c'est un délai plutôt court. Je me console en me rappelant que cela ne représente que quelques secondes pour maman, là-bas dans le lorvon…

Je danse d'un pied sur l'autre, mal à l'aise. Pas facile de savoir si les aliens qui me font face sont aimables, curieux ou réprobateurs, je peine à lire leurs expressions. Pyr'hus m'aide.

Suspendus à ta gauche, les quatre aths qui n'ont qu'un nom, Biaratre. Un nom unique car leurs ailes se touchent en permanence, ce qui leur permet de communiquer instantanément entre eux. Ils parlent donc d'une seule voix. J'ai du mal à percevoir leurs pensées, mais leur aura est bienveillante.

Les aths sont mon public historique. C'est eux qui ont dû apprécier le plus mon concert.

Sous les quatre suspendus en guirlande au plafond, trois phytectes alignent leurs silhouettes végétales, reconnaissables entre toutes par les multiples racines qui s'épandent en anneaux sous leurs troncs, leur permettant de se mouvoir. Leur dos s'est paré d'une couronne de pétales qui s'orientent vers la lumière de la pièce. Des bras aussi longs et fins que des lianes se balancent autour d'eux. Comme les aths, ils n'ont pas de visage, pas d'yeux ou de bouche visible. Difficile pour moi de deviner leurs états d'âme.

Lonicera, Perennis et Triacanthus sont d'humeur égale. Je pense que tu as attiré leur attention par ton spectacle ; les phytectes sont très sensibles aux odeurs, à défaut d'être émotifs. Ils n'ont de base pas une bonne opinion des humains, mais tu peux faire changer la donne.

Je me rembrunis. Car à droite des phytectes, la silhouette bicéphale qui brille derrière une vitre ne les aidera pas à changer d'avis. La salle de réunion comporte une partie immergée, et le couple appairé de siruns est clairement mécontent d'être là. Ils fouettent l'eau de leurs deux queues, impatients, et me fixent d'un regard métallique. La colère qu'ils dégagent gâche leur beauté.

Bon, oui, on va pas se mentir, Sodome&Sabor ne t'aiment pas vraiment... Les cousins de Sirzaï savent qu'il est furieux que tu aies survécu à votre entrevue.

Je me mords les lèvres, laisse les aliens m'étudier sans rien dire. Pyr'hus m'a prévenue qu'il ne fallait pas parler avant d'y être invité, par politesse.

Le dernier membre du Conseil Carré n'est pas physiquement présent. Un écran empli de brouillard violet cache Muhim, le massal'eth. Il était hors de question que la réunion ait lieu dans une gravité où je ne pouvais me tenir debout. Il suit nos propos par l'écran, mais je ne peux le voir.

Il est trop loin pour que je cerne son aura et ses émotions, me confirme Pyr'hus. *Mais les massal'eths sont les plus tolérants des aliens. Ce sont eux qui ont convaincu le système de vous accueillir. Il y a de bonnes chances pour que Muhim te soutienne, même s'il n'a pu assister à l'un de tes concerts.*

L'encouragement peine à me détendre. J'ai pu me reposer, préparer mon argumentaire, mais mon cœur cogne fort dans ma poitrine. J'ai peur que le conseil perçoive mon anxiété. Le prendraient-ils pour une faiblesse ?

Soudain, les aths remuent, et le glot traduit aussitôt leurs paroles d'une voix multiple et unique, comme un accord de musique.

— *Heka*, vous aviez une requête ?

Ce dernier mot résonne de curiosité. J'aurais préféré une entrée en matière plus chaleureuse, mais saluer n'est visiblement pas au sommaire.

Pas de formalisme, ils n'ont pas les mêmes codes que toi. Fais comme je t'ai appris.

J'agite la main en éventail face à mon visage, créant un minuscule courant d'air, une façon de les saluer dans leur langue originelle. Puis, sur les conseils de Pyr'hus, je me tourne vers les phytectes et m'assois au sol. Trois racines apparaissent de leurs troncs et rampent vers moi. Le ventre noué, je tends la main. Les lianes s'enroulent autour de mes doigts, remontent dans ma paume jusqu'au poignet. En un clin d'œil, mon avant-bras est emprisonné dans une gangue légèrement râpeuse. Le parfum de sève qui s'en dégage, vert et pimpant, me rassure. Pour terminer, je me sers de ma main libre pour esquisser une révérence, en inclinant la tête jusqu'à terre.

Heureusement que je suis souple…

Tu flattes l'ego des siruns. Même s'ils ne vont pas l'admettre, ça leur plaît.

Pyr'hus a raison : quand je relève les yeux, la paire aquatique a cessé de battre furieusement des queues. Les salutations faites, je me racle la gorge et commence.

— Je remercie le Conseil Carré de l'honneur qu'il me fait de me recevoir, moi, Myrina, humaine de cinquième génération. Je m'exprime en mon nom.

Je transpire. Parler assise à terre me force à redresser le menton. Ma main livrée aux phytectes me gêne dans mes mouvements. Je suis loin de ressentir l'assurance que j'éprouve sur scène.

Détends-toi.

J'inspire un coup et reprends :

— Je viens proposer de réparer un dysfonctionnement du cycle de l'eau. L'équipe EP-4 de la station d'épuration est aux arrêts depuis huit chromas pour un défaut de traitement qui impacte les tatuliks. Or, la pollution est liée à une crème de beauté utilisée par les siruns, qui libère un composé trop petit pour les filtres. Ce ne sont pas les humaines les responsables, et leur absence nuit à la productivité. En effet, les juvéniles qui les remplacent n'ont pas encore fini leur cycle de maturation et ne sont pas assez forts pour effectuer le travail. Ainsi, je viens proposer une solution plus profitable : changer la recette de la crème de beauté et relâcher les humaines.

Cet argumentaire productiviste m'écorche les lèvres à chaque mot. Mais je ne suis pas dupe ; ils ne libéreront pas maman sans intérêt. Un courant sceptique fait claquer mes vertèbres.

Tu es sûre d'être détendue ?

Comment tu veux que je sois détendue en parlant des humains comme d'une marchandise ?

Je me fais violence pour ne pas laisser échapper l'exaspération qui me crispe soudain. La gangue végétale qui entoure ma main se resserre légèrement. L'un des phytectes me questionne :

— Quel est l'impact sur les tatuliks ?

Sa voix est un chuchotement qui bruisse comme un courant d'air. Je réponds, baissant imperceptiblement le ton pour me mettre au diapason.

— En broutant l'herbe arrosée par l'eau polluée, les larves de tatuliks deviennent impropres à la consommation. Les adultes ne les mangent plus. Ils ne grossissent plus, et arrêtent de muer. Or, leurs écailles servent de matière première à d'autres espèces, qui ne peuvent plus travailler. Cela déstabilise l'équilibre de Station Symbiose.

J'ai à peine le temps de terminer que Sodome&Sabor hérissent leurs nageoires translucides dans l'eau, se renvoyant la parole.

— Foutaises !

— Station Symbiose peut très bien faire face à une pénurie d'écailles.

— La justice doit suivre son cours habituel.

— L'audience est prévue dans sept cycles.

Oubliant toute précaution diplomatique, je m'étrangle.

— Sept cycles ? Vous vous rendez compte ?

Une onde de panique déferle le long de ma colonne.

Ah non non, ils se rendent pas compte… Rappelle-leur la longévité humaine. Pour eux, sept cycles, c'est rien.

— C'est dix pour cent de la vie d'un humain !

J'ai à peine fini que les siruns répliquent :

— Qu'importe, les prisonnières ne vieillissent pas dans le lorvon.

Je n'ai pas le temps d'ouvrir la bouche pour répondre que les phytectes approuvent.

— Les stocks peuvent tenir jusque-là.

— Changer la recette de notre crème hydratante nécessitera du temps. Les formulations sont extrêmement complexes.

Les siruns ne sont pas honnêtes, j'en mettrais une plume à couper. Je suis sûr qu'ils peuvent se passer de cette crème.

J'ai du mal à intégrer les propos de Pyr'hus, la conversation s'enchaîne à une vitesse impressionnante.

— Les juvéniles humains vont s'adapter et gagner en force.

Non, il faut leur dire que…

— De toute façon, ils font bien ce job grâce à leurs doigts, pas grâce à leur force.

Ce n'est pas un argument pour…

— Oui, rien à voir avec un massal'eth, n'est-ce pas, Muhim ?

— Quand même, nous leur confions une tâche simple, si même des juvéniles n'y arrivent pas…

Explique-leur qu'ils ont tort…

Mes pensées explosent sous le tir croisé des conversations, rehaussées des tentatives de Pyr'hus pour m'aider. Derrière les tonalités chantantes de mes interlocuteurs, les répliques spécistes[13] fusent. La normalité avec laquelle le conseil insulte les humains m'est intolérable. La colère enfle dans mon ventre, nourrie par la frustration de Pyr'hus, qui sent le contrôle de la discussion lui échapper. J'essaie d'intervenir ; peine perdue, les aliens semblent avoir oublié jusqu'à ma présence.

— Si je peux…

— Il faut d'ailleurs penser à la rémunération du lorvon.

— L'arrivée de ces prisonnières lui permet de se sustenter, d'un côté.

— S'il vous plaît…

— J'ai cru comprendre que la prochaine transmission interespèce serait dans quinze chromas.

— Il va falloir s'en occu…

— ÉCOUTEZ-MOI !

Je me lève d'un bon, tirant sur les lianes qui se rétractent en me griffant la peau. Alerté par mon geste, le conseil se tait un instant. Je ne leur laisse pas le temps de reprendre la parole.

— Tous les jours, Prof me serine la devise de Station Symbiose. « Vivre ensemble pour le bien de tous ». Mais où est le bien des humains ? Nous faisons partie intégrante de Station Symbiose. On assume le job le plus difficile, à nettoyer toute la merde, recycler, rendre propre. Si on s'arrête, c'est la fin de l'eau potable, la fin des boues d'épuration qui fertilisent le terreau des serres, la fin des rues désinfectées. La résurgence des épidémies ! Et pour ça, on trime tout le chroma, on se bat au-delà de nos capacités. Ce n'est pas parce qu'on ne respire pas sous l'eau ou qu'on ne vole pas qu'on ne donne pas notre maximum ! Et tout ça pour quoi ? La justice ne peut même pas s'adapter à notre rythme de vie ? Comment voulez-vous séparer des mères et leurs enfants pendant sept cycles ?

Je m'arrête un instant pour reprendre mon souffle. Le Conseil est stupéfié, je sens leur attention me coller à la peau. Je libère les derniers éclats de ma colère.

— Sept cycles ! Vous vous rendez compte ? Quand maman rentrera, je serai une adulte. Mon grand-père sera mort, et mon père aura dépéri de rester seul si longtemps. Nous sommes des êtres sociaux, empathiques. Garder les humaines prisonnières, loin de leurs familles, c'est comme séparer Sodome&Sabor, couper vos racines phytectes ou vous priver de la communication interpersonnelle, vous, les aths. C'est cruel ! Alors comment peut-on parler de vivre ensemble si vous n'êtes même pas capables de respecter nos besoins les plus primaires ?

Mon dernier mot s'envole, laissant ma bouche sèche. Un silence à couper au couteau s'installe. Je me fige.

Eh bien, ça, ça vient des tripes !

Un souffle glacial emprisonne mes muscles. J'ai du mal à respirer.

Pyr'hus... Qu'ai-je fait ?

Tu as exprimé tes émotions.

Pas un bruit ne résonne dans la pièce. Même les siruns ont arrêté d'onduler.

Ils vont me jeter dans le vide spatial, après ça...

Ma peau s'épaissit, sensation de puissance et d'invincibilité.

Je ne le permettrai pas.

La détermination de Pyr'hus me redonne du courage. J'inspire, gonfle la poitrine et tente de paraître inébranlable.

La voix grave de Muhim résonne dans la pièce.

— La *Heka* a raison. Nous savons que les humains sont des êtres sociaux. Leur fournir l'eau, l'oxygène et l'hébergement ne suffit pas à assurer leur bien-être. Il faut une équité judiciaire.

La respiration que je retenais inconsciemment s'échappe bruyamment de mes lèvres. Je me reprends aussitôt. Rien n'est gagné. Les phytectes se montrent plus réservés.

— Peut-être faudrait-il adapter les délais administratifs en fonction des espèces…

— Le Système est assez complexe comme ça ! s'insurgent les siruns d'une même voix. L'équilibre de Station Symbiose est une dentelle fragile qu'un rien peut briser. Ne prenons pas de risque pour ces moins que rien !

Mes poings se serrent.

Je commence à comprendre ton envie de donner des baffes à Sirzaï…

Si les aths ne sont pas de mon côté, ils vont l'emporter.

Biratre réfléchissent intensément. Je perçois une activité débridée et pleine d'interrogations.

Les paroles de Pyr'hus ne me rassurent qu'à peine. Stressé, mon cerveau se met à imaginer tous les scénarios.

S'ils sont contre moi, que puis-je faire ? Mon télépathe pourrait-il influer sur le vote ? Mais que vaut la justice si elle n'est pas sincère ?

La réponse des aths met fin à mes atermoiements.

— Sodome&Sabor, vous avez raison.

La peur envoie un goût de bile dans ma gorge.

— Station Symbiose est un fragile équilibre qu'un rien peut briser, continuent les aths de leur voix unique. Et cet équilibre repose *aussi* sur le travail des humains. Depuis qu'ils sont arrivés, le gaspillage d'eau a diminué de vingt pour cent et nous a permis de construire de nouvelles sections. Ils ont prouvé leur utilité, leur capacité à vivre ensemble, et méritent aujourd'hui d'être considérés comme de vrais habitants de Station Symbiose, et par là de tout le Système. Voilà leur première requête : adapter les délais de la justice à leur faible espérance de vie, par mesure d'équité. Nous votons pour.

Je cille, incertaine d'avoir pris la mesure des propos des aths.

Pyr'hus… ils votent en ma faveur ?

Les aliens ne sont pas foncièrement contre les humains. À part les trois siruns que tu as rencontrés, d'accord… Mais pour les autres, tu viens de

leur prouver que tu réfléchis plus loin que ton espèce, en les projetant dans leur propre quotidien. C'est très bien joué.

Muhim approuve.

— Non seulement les procédures doivent être adaptées, mais je pense qu'entre la crème hydratante des siruns et la vie en famille nécessaire aux humains, le second est prioritaire…

J'ai à peine le temps de me réjouir qu'un fourmillement me surprend. Les lianes repartent à l'assaut de mon bras.

C'est la façon des phytectes de se connecter à toi. Laisse faire.

Elles grimpent jusqu'à mon épaule. Un bruissement, presque imperceptible, chante à mon oreille.

— Les phytectes sont d'accord avec les aths et les massal'eths.

Je tourne mon regard vers Sodome&Sabor. Leurs magnifiques nageoires ondulent gracieusement dans l'eau, mais je sais que je ne peux pas me fier à ces apparences trompeuses.

Les siruns sont les premiers à bénéficier de la baisse du gaspillage liée à votre travail, me rassure Pyr'hus. *Ce qui m'inquiète, c'est leur orgueil… Comment vont-ils accepter le vote sans perdre la face ?*

La réponse fuse, l'amertume à peine dissimulée par la mélodie de leurs voix mêlées.

— De toute façon, cette mode ridicule de nos juvéniles va disparaître dans quelques rotations…

Une énorme pression coule soudain de mon corps, libère mes muscles et mon ventre. Impossible de ne pas sourire.

Tu as réussi, Myrina ! Tu es la première humaine à avoir fait changer une loi du Système !

Chapitre 36

Je me tiens face à la prison, fébrile. Il faudra un certain temps pour que les lois du Système adaptent les procédures administratives aux longévités des espèces, mais le Conseil Carré a fait une exception pour moi. Ou plutôt, les siruns ont laissé tomber leur foutue crème – visiblement, la nouvelle mode est une histoire de thé, beaucoup moins nocif pour l'eau. Les tatuliks ont retrouvé leurs couleurs, et retiré leur plainte. Ceci dit, les quinze chromas nécessaires à tout ce fatras ont érodé ma patience jusqu'à la moelle.

À mes côtés, mon père, mes camarades de classe et leurs parents. La nouvelle de l'innocence des ouvrières a couru très vite sur l'allée H. J'ai interrogé FalthazarS, écouté la rue… Personne n'a parlé de la culpabilité des siruns, par contre. C'est comme si les tatuliks s'étaient trompés. Point à la ligne.

N'en demande pas trop, me rappelle Pyr'hus. *Obtenir la libération des humaines est déjà énorme. Le Conseil Carré ne peut pas accuser ses propres membres.*

L'amertume me gratte le fond de la gorge, mais la perspective de retrouver maman passe par-dessus mon besoin de justice. Je fixe la porte de la prison, trépigne d'impatience. Auguste se rapproche de moi.

— J'ai été déçu quand j'ai vu que tu ne revenais pas, m'avoue-t-il. Je me suis douté que les aliens t'avaient affectée à un autre étage de l'usine… Tu as des teintes différentes ? Je n'ai jamais réussi à te croiser sur le chemin.

Je saisis la perche qu'il me tend et formule un demi-mensonge. Personne ne connaît encore mon rôle dans l'histoire.

— Le Prof m'a rappelée aussi sec pour aider dans les serres. Comme il n'y avait plus de travaux pratiques, il leur manquait des petites mains pour entretenir les plantes… J'ai eu beaucoup de chance.

— Je suis content de pouvoir retourner en classe. L'épuration, c'est dur…

Il me regarde en coin, hésite un instant puis se lance.

— Je… j'aimerais bien réussir l'examen de fin de cycle. Ça pourrait me servir, si je veux faire un autre métier que celui de mes parents. Mais j'ai accumulé pas mal de retard. Tu pourrais m'aider ?

Il ne se gêne pas, celui-ci, après tout ce qu'il s'est moqué de toi en classe !

Hum… Je crois que ce n'est pas le seul avec qui le premier contact a été… compliqué, n'est-ce pas ?

Tandis que Pyr'hus râle pour la forme, je souris à Auguste. La leçon a été dure pour lui. Son visage s'est amaigri, marquant les arêtes de son nez et de son menton. Malgré son air avenant, une ombre d'angoisse floute ses iris. Il n'a plus rien à voir avec la terreur de la classe que je connaissais. J'acquiesce.

— Oui, sans soucis. On regardera ça ensemble !

La lueur qui jaillit dans ses yeux me réchauffe le cœur. Assumer un travail d'adulte à notre âge nous a tous chamboulés. Nous étions loin d'imaginer la pénibilité de l'épuration lors des travaux pratiques de nettoyage des rues…

Mais je sais maintenant qu'un monde différent est possible. Tous les soirs, je tisse les parfums de la symbiose, ouvrant mon public au bénéfice de l'entraide mutuelle. Mon succès est ma meilleure preuve : il montre que les humains ne sont pas que des mains indispensables au cycle de l'eau. Nous sommes des êtres sensibles capables de communiquer avec le plus profond de l'autre, de le transporter dans un ailleurs hautement personnel, de lui faire toucher l'indicible, la beauté de l'univers. De tisser entre les espèces des liens qui ne soient pas que fonctionnels.

Je détaille Auguste d'un œil expert. Je me demande bien quel est son talent caché. Dessin ? Chant ? Danse ?

Humour grinçant, me souffle Pyr'hus, un peu buté.

Au moment où mon camarade ouvre la bouche, probablement pour me questionner sur la raison de mon regard inquisiteur, un mouvement dans la foule attire notre attention.

— Elles sont là !

Un groupe de femmes sort de la prison. Maman est au premier rang, ses cheveux bruns et l'arête de son nez reconnaissables entre tous. Le sourire aux lèvres. Une énergie indomptable me submerge. Mes jambes accélèrent, mon torse se penche, mon cœur court s'aimanter au sien, traverse l'air plus vite que l'éclair. Je me jette dans les bras qu'elle tient grand ouverts. Soudain, la tension et le vide qui m'habitent s'allègent. La chaleur de son étreinte m'enveloppe d'amour, sa main sur ma tête, sa joue contre mon front. Je pleure, de joie, de fatigue, du trop-plein d'émotions. Les images se succèdent dans mes pensées. Le mucus du lorvon dans ma bouche, le mépris de Sirzaï, l'emprise de la gravité chez les massal'eths, la course folle devant les tatuliks, la poigne du chirurgien… D'un coup, mon cerveau embrasse la difficulté de ce que j'ai vécu, en un mélange de tristesse et de fierté qui se fondent entre elles pour, au final, ne laisser que le soulagement. J'ai réussi. J'ai libéré maman.

Et tellement plus, me murmure Pyr'hus à l'oreille.

*

Aussitôt sorties, aussitôt au travail. Nous avons à peine le temps de partager un repas à la maison que maman doit retourner à l'usine. Pyr'hus ne m'a pas menti sur une chose : la stase du lorvon lui a fait du bien. Sa peau brille, ses mouvements sont fluides, souples, et la courbe de ses muscles tend par endroit sa combinaison.

Nettoyage intégral, que je te disais ! Le lorvon l'a débarrassée de toutes les poussières et bactéries nuisibles. Sans compter les bienfaits d'une demi-rotation de dodo !

Je te vois venir. N'essaie pas de me vendre un séjour dans une cellule, c'est non ! Je préfère garder mes points noirs que me faire intuber par de la gélatine.

Oh, tout de suite les grands mots...

Maman se détache gentiment de papa et moi pour se préparer. Mon père lui lance un regard éploré, auquel elle répond en riant :

— Ne vous inquiétez pas, je vais bien ! Mais les filles m'attendent. Je ne sais pas dans quel état nous allons retrouver les filtres, si vraiment il s'est passé vingt-cinq chromas sans nous... Je n'arrive toujours pas à le croire !

Je me retiens de la rattraper, tout mon corps appelle sa chaleur, son contact. Elle capte mon air dépité, et claque un énorme bisou sur ma joue.

— Hey, pitchoune, je reviens ce soir. En attendant, révise bien ton examen. Et rentre direct de l'école, pas de détours, hein ? Quand je pense qu'ils ont envoyé des enfants pour nous remplacer ! Je ne veux pas qu'il t'arrive quoi que ce soit.

Oh ben oui, tu saurais pas te débrouiller, hein...

Je retiens un sourire. Il va falloir expliquer deux-trois choses à maman.

*

En attendant que le conseil libère les humaines, je n'ai pas chômé. J'ai négocié avec Prof et Patron : mes travaux pratiques de l'après-midi sont annulés, afin que je puisse me reposer pour les spectacles. Parce que la demande est si folle que, maintenant, les concerts, c'est *tous* les soirs. Non pas que ça me dérange. Je m'épanouis sur scène comme jamais. J'aime y aller avec Jeel sur l'épaule, pour montrer que humains et aliens peuvent s'entendre et coopérer. À la fin de chaque représentation, le public m'offre des objets odorants. Chaque jour un peu plus, je tisse la diversité de Station Symbiose en une magnifique toile.

Ce nouvel emploi du temps me permet le luxe d'aller chercher maman à l'usine. Lorsqu'elle me voit, son visage se décompose.

— Myrina ! Que fais-tu là ? Je t'ai dit que…

Je l'apaise d'un geste.

— Ne t'inquiète pas, je ne risque rien.

— Mais tes travaux pratiques ? C'est important pour ton diplôme, il faut que…

Je secoue la tête, un brin rieuse.

— Tu as manqué beaucoup de choses, maman. Viens, je t'emmène prendre un verre.

Maman fronce les sourcils. Je soutiens son regard, ferme et souriante. Elle capitule.

— J'ai l'impression que la station a changé plus vite en vingt-cinq chromas d'absence que depuis que l'humanité a atterri ici ! Vas-y, je te suis.

Je la guide à travers l'allée H, louvoie entre les aliens, capuche sur la tête, et me réfugie dans un tout petit bar que m'a conseillé FalthazarS. Sous l'œil ébahi de ma mère, je fais un signe à la tenancière, qui m'indique d'un mouvement de tentacule que ma table préférée est libre. Ici, je sais que mon anonymat est préservé. J'installe maman avec moi dans un recoin tapissé de feuilles et de fleurs. Aussitôt, des verres rose fluo émergent de la table, au délicieux parfum d'hibiscus sucré.

Le regard que maman me lance est autant inquiet que stupéfait. Je pose délicatement mon sac à dos contre moi.

Intimité ?

Intimité.

Nous avons longuement discuté avec Pyr'hus autour de ce concept. Notre besoin, à chacun, d'avoir un jardin secret. Un espace qui n'appartient qu'à nous. Tout comme lui ne souhaite pas me partager la raison pour laquelle il était coincé dans une poubelle, j'ai envie d'être entièrement avec mes parents quand je leur parle. La confiance se nourrit aussi de silences.

Pyr'hus me laisse savourer ces précieux moments seule. C'est un infime contact, une chaleur diffuse qui d'un coup disparaît. Une sensation que je suis néanmoins soulagée de retrouver. Plaisir réciproque : je sens que ces instants enfermés en lui-même, coupé de tout, lui coûtent. Alors, j'ouvre la porte de mes pensées à chaque câlin, l'autorisant à se gaver de notre amour familial comme une plante au soleil.

Je me pivote vers maman, qui regarde son verre avec circonspection. Je l'encourage.

— Tu peux boire, c'est super bon.

Elle le touche, le tourne dans ses mains. Je sirote quelques gorgées. Le liquide frais coule délicieusement dans ma bouche. Maman a du mal à franchir le pas.

— Comment ces verres se sont-ils retrouvés là ? C'est un alien qui nous les a donnés ? Offerts ? Payés ? Avec quels sous ? Où sommes-nous ?

— Dans le salon de Mitokos, il est ouvert à toutes les espèces, humaines y compris. La tenancière est très sympa, et elle m'accueille avec joie. Les consommations sont payantes, c'est moi qui régale.

— Tu as des sous ?

— Et un glot.

— Un glot ? Mais… toute seule ?

La stupéfaction fige ses traits. Ses prunelles brillent soudain de tristesse, et elle m'enlace de ses bras.

— Oh, Myrina ! Je ne voulais pas… j'aurais dû être là. Les Ish'karis ne sont pas… très délicats.

Sa compassion me fait monter les larmes aux yeux. Je déglutis, tente de garder un brin le contrôle de ma voix.

— C'était pas agréable, non. Mais il me fallait un glot pour t'aider. Et… enfin…

J'hésite, ne sachant pas par où commencer. L'image d'Anna s'imprime dans mes pensées.

Ne m'oublie pas.

Je prends ma respiration.

— Il y a beaucoup de choses que je dois te dire, maman.

Ses bras se resserrent autour de moi.

— Je t'écoute.

Les mots jaillissent soudain de mes lèvres comme un flot trop longtemps retenu. Je lui raconte tout : le vide de son absence, la révolte au creux de mon ventre. Le temps passé à arpenter Station Symbiose en long, en large, à rencontrer des aliens, à tenter de comprendre, de convaincre. Ma colère contre l'inaction de papa. J'omets Pyr'hus. Je sais qu'il a autant besoin de l'anonymat que moi de maman. Mais je ne cache rien de la présence d'Anna. Du fantôme qui animait mes reflets, me protégeant de sa bienveillance. De nos rencontres durant mes concerts, en pleine transe. De son départ lors de l'implantation du glot.

Maman me serre plus fort. Des larmes coulent de ses yeux. Ses bras tremblent. J'ai tiré du fond de l'oubli une douleur qui n'a pas de mots. Ceux qui franchissent ses lèvres me lacèrent le cœur.

— J'aurais… j'aurais dû me battre pour mes filles.

Je secoue la tête.

— Tu as lutté avec les moyens que tu as eus, maman. Tu ne peux pas regretter ce sur quoi tu n'avais pas de pouvoir. Ce sont les aliens les responsables de la mort d'Anna. Le système. Mais si tu es là aujourd'hui, c'est que la valeur de votre travail à l'usine a été reconnue. Les choses vont changer. Les aliens prennent conscience que nous agissons de notre mieux pour vivre avec eux. Que nos besoins ne sont pas les mêmes que les leurs. Mais c'est aussi à nous de le revendiquer. De faire la partie du chemin qui nous incombe : tendre la main et réclamer plus de justice, en même temps. Si nous écoutons les aliens, si nous les comprenons plutôt que de les craindre, je suis sûre qu'ils feront de même. J'en ai même la preuve.

Je sèche mes larmes et reprends :

— Je ne vais plus aux travaux pratiques l'après-midi, et je gagne ma vie tous les soirs. Les aliens sont fous de moi. Ils m'appellent *Heka*.

L'air rentre plus facilement dans mes poumons à ce bon souvenir.

— Je tisse des tableaux parfumés qui parlent de joie, de chagrins, de rencontres, de rêves. De rêves ensemble. Ils adorent.

Le froncement de sourcils de maman montre à quel point elle peine à visualiser la scène.

— En une demi-rotation, tu es passée d'élève humaine insignifiante à star interespèce de la station ?

Je baisse la tête et rougis. J'avais oublié un point.

— Oh… il est possible que… enfin, c'était pas juste pendant ton absence. Tu sais, mes cours du soir… c'étaient pas vraiment des cours. Je donne des concerts depuis un moment.

Maman fait les yeux ronds. Elle se redresse imperceptiblement et, l'espace d'une seconde, je redoute sa colère. Je prends mon courage à deux mains.

— Je ne suis plus une enfant, maman ! Je comprends que papa et toi ayez été traumatisés par le décès d'Anna, mais… vous ne pouvez pas me garder sous cloche. Regarde ce que j'ai accompli ! Sans moi, vous seriez encore dans le lorvon, pour sept cycles minimum…

Elle cille, perturbée. Elle saisit son verre pour se donner une contenance, le repose avant d'avoir goûté le breuvage.

— Je… houlà, Myrina… je sais que j'ai loupé des choses, mais… ça fait beaucoup, là.

Je laisse le silence s'installer. Ses paupières clignent, son regard se perd dans le feuillage de notre table. Elle finit par boire. Ses épaules se détendent imperceptiblement. Puis elle enroule de nouveau ses bras autour de moi.

— Je… c'est étrange. Je suis tout à la fois honteuse de ne pas avoir été là quand il fallait, et très fière de ce que tu as accompli, ma chérie. Tu as raison : tu n'es plus une enfant.

Je lui rends son étreinte, les yeux humides.

— Mais je serai toujours ta petite fille, maman.

Nous restons ainsi enlacées un moment. Je me gave de son parfum avec l'appétit vorace d'un tatulik. La note de veirbleue infuse sur son cou, pointe fruitée qui me fait oublier les relents d'épuration prisonniers de ses cheveux. Il faut dire, je ne lui ai pas laissé le temps de prendre sa douche.

Je me redresse soudain.

— Le temps ! Je ne t'ai pas dit, maman : ce soir, papa et toi venez à mon concert ! Il faut que tu te prépares !

*

Je suis fébrile. J'ai installé mes parents dans les fauteuils conçus pour les humains – une de mes exigences, négociée en contrepartie de l'augmentation du nombre de concerts. Autant dire que Patron a accepté sans rechigner. Chaque soir, j'offre deux places à des gens autour de moi. Car il n'y a pas que les aliens qui doivent apprendre à vivre avec nous : nous aussi avons besoin d'être intégrés, imprégnés, et de quitter la peur primaire qui fausse nos rapports avec eux.

J'ai le trac. Pyr'hus me taquine.

Tes parents te font plus d'effet que le Conseil Carré ?

La boutade déclenche un rire nerveux dans ma gorge.

Déstresse, il n'y a pas d'enjeu. Je ne comprends toujours pas tous vos usages d'humains, mais s'il y a une chose que j'ai saisie, c'est qu'ils débordent de fierté et d'amour pour toi. Tu pourrais envoyer du crottin d'octopode à haute dose dans la salle qu'ils trouveraient ça génial !

Tout de suite les grands moyens, hein ?

La confiance de Pyr'hus adoucit mon trac. Je hume ma chemise de spectacle avant de l'enfiler : je n'ai pas changé de tenue malgré le succès. Je n'ai pas besoin de paillettes ou de tissus précieux. Par contre, un geste m'est indispensable.

Je m'assois face au miroir, ouvre le pot d'ocre et trace lentement deux traits parallèles sur chacune de mes joues. Deux traits pour Anna.

Malgré le retour de maman à la maison, malgré notre famille au complet, malgré les caresses de Jeel et la présence de Pyr'hus, il y a toujours un vide en moi. Une absence, unique, que rien ne remplacera. Une pointe de culpabilité, aussi. D'être là, et pas elle. D'apprécier mes retrouvailles avec mes parents, qu'elle n'a jamais pu connaître.

Je suis sûr qu'Anna est heureuse pour toi, Myrina. Elle ne voudrait pas te voir te ronger le sang pour elle.

Je soupire sans quitter du regard mon reflet, si symétrique, si… plat.

Bien sûr, tu as raison. Elle était si douce, si bienveillante… Si elle était encore là, je sais qu'au travers du miroir, elle me dirait que c'est normal d'être triste, que je suis humaine, que j'en ai déjà fait beaucoup… Elle me manque.

Elle est toujours là, avec toi. Tu portes son souvenir, tu as grandi grâce à elle. Au travers de tes gestes, elle agit encore dans ce monde.

Une odeur de miel m'enveloppe doucement. Les paroles de mon ami me réconfortent. Je serre un instant mon sac à dos – même pour un câlin, Pyr'hus ne veut pas sortir. Mais cela me suffit. Déposer ma peine m'aide à revenir au monde des vivants.

Je me redresse, mais quelque chose me manque encore. J'accepte la frustration. Le déclic viendra plus tard. J'entre en scène.

L'éclairage s'éteint, le rideau d'eau tombe dans un fracas épique. La salle est une pénombre aux aguets. Je cherche du regard mes parents. Là, tout devant, la courbe de leurs visages dessinée par la phosphorescence d'une méduse, la fierté qui brille dans leurs prunelles. J'imagine un instant ce qu'ils voient. Leur fille, minuscule sous le rai de lumière au milieu de cette scène monumentale. Petite humaine à seulement deux bras, deux jambes et faible espérance de vie. Poussière d'étoile. Trésor qui darde l'attention de milliers d'aliens massés dans cette salle bondée.

Soudain, le déclic. Le temps s'arrête, en équilibre sur la crête de ma destinée. Les épreuves que j'ai traversées prennent tout leur sens. De l'indicible de l'espace-temps, je sens ce qui, en moi, est et restera à jamais Anna. Une bienveillance, un courage, une ouverture d'esprit qui peuvent changer le monde.

Je prends une inspiration, ouvre mes premières cloches. Au parfum de lait qu'ont les nourrissons lorsqu'ils rêvent, j'ajoute une touche pétillante de ver'N. Mon enthousiasme naturel mêlé de la douceur qu'Anna m'a léguée. Je suis Myrina, et je suis le souvenir d'Anna.

Je ne veux pas être la *Heka*, la diva inaccessible. Je suis une humaine, simplement, qui peut parler aux aliens tout comme ils peuvent nous parler. Par mon exemple, par notre histoire, je veux construire un meilleur vivre ensemble.

Pour ne jamais l'oublier, je me ferai désormais appeler par *notre* prénom.

Myrianna.

Fin.

Remerciements

De *Station Symbiose*, les seuls mots difficiles à écrire furent les tout premiers – cette toute petite dédicace avant le début du récit, cette épitaphe de papier et d'imaginaire.

Il y a quarante ans, à Chambéry, naissait une petite fille. Elle s'appelait Myrina. Mais, par un caprice de la République, c'est Noëmie qui a grandi dans ce foyer chaleureux. De Myrina reste une trace, un prénom sur mon carnet de santé, et des questions. Des questions qui ont ouvert une histoire dans mon moi d'enfant. Devenue adulte, il m'a fallu du temps pour accepter le deuil un peu particulier que je devais faire. Celui d'une sœur imaginaire.

Éric et Lise m'ont proposé de leur soumettre un roman jeunesse au moment précis de cette prise de conscience. Il n'y a pas de hasard : Myrina est arrivée, vivante, pleine de couleurs, portant en elle mon propre fantôme, au double sens du terme. Elle m'a permis de me reconnecter à moi-même, à ma joie et mon enthousiasme légendaire, sans oblitérer la tristesse. Écrire est une thérapie : il n'y en a pas eu de meilleure que celle-ci, et je remercie Christèle Heurlin de m'avoir ouvert ce chemin. Aujourd'hui, je suis heureuse que Myrina existe au travers de ces pages.

Je n'aurais jamais pu rédiger cette séquence émotion (et tout le livre qui l'accompagne !) sans le soutien d'Éric et de toute l'équipe Critic. Être publiée dans la maison qui m'a fait découvrir l'imaginaire, qui m'a montré que les auteurices sont de chouettes personnes, très inspirantes, parfois autant scientifiques que littéraires (comme moi !) m'a donné les ailes pour me lancer. Je suis profondément honorée d'apporter ma petite pierre à cette belle institution rennaise, très fière de figurer aux côtés de formidables écrivain·es – dont Lionel Davoust, qui est à l'origine de cet univers, développé lors de l'un de ses (géniaux !) ateliers d'écriture. Je tiens aussi à remercier Lise, qui m'a joyeusement et professionnellement accompagnée tout au long de cette histoire. J'espère que vous avez autant ri qu'elle à certaines de mes blagues !

Chaque jour et chaque mot qui passe me trouve un peu plus heureuse. Je dois beaucoup à mon cher cercle d'écriture (vous aurez compris après ce roman que « I Am Not Alone », mais ce n'est pas seulement dans ma tête. Dans la vraie vie je suis aussi très bien accompagnée !) Une mention particulière à Hélène et Thomas pour leur bêta-lecture bienveillante, qui m'a ôté mes derniers doutes.

Un grand merci à toute ma famille, à l'amour et à la sincérité que m'ont apporté mes parents sur cette aventure de naissance un peu atypique. Un immense merci à mon chéri, indéfectible et patient, qui m'aime comme je suis, avec mes multiples personnalités et mon enthousiasme pour deux !

Lexique

[1] Horticulture : Culture des plantes d'ornement, de jardin, mais aussi des fruits et légumes et plants médicinaux.

[2] Spectre (lumineux) : Toutes les couleurs du spectre de la lumière visible pour l'œil humain sont formées de combinaisons de rouge, de vert et de bleu.

[3] Odeur ferrugineuse : qui sent le fer, qui contient du fer

[4] Malachite : pierre opaque d'un vert profond

[5] Phyto-ondes : sur Station Symbiose, la technologie phyto est très développée et se base sur l'utilisation des plantes et de la végétation. Un phyto-ondes peut se rapprocher du micro-ondes, chez nous.

[6] Nodule : grosseur anormale et arrondie qui se développe sous la peau ou dans un organe, et qui est composée de cellules et de tissus

[7] Neurasthénie : état de fatigue physique et psychique extrême

[8] Trille : chant, émission sonore faits d'un battement continu et très rapide sur deux tons très voisins

[9] Gageure : Défi

[10] Morigéner : réprimander, faire une leçon de morale, sermonner

[11] Aérobie : se dit de l'ensemble des réactions chimiques d'un organisme qui se produisent en présence d'oxygène

[12] Chitineux : constitué d'une substance dure, solide et imperméable

[13] Spéciste : équivalent du mot « raciste » sur Stations Symbiose

Alienathèque

Aths : ces magnifiques acrobates des airs sont de fins nez, qui raffolent des concerts olfactifs. Aliens sociaux, ils se pendent par grappes au plafond pour communiquer entre eux. Ne vous fiez pas à leur petite taille ! D'une sensibilité rare, leur sens de la diplomatie les a hissés jusqu'au Conseil Carré qui régit Station Symbiose.

FalthazarS : à quelle espèce appartient le fameux cuistot, unique en son genre sur Station Symbiose ? Nul ne le sait, et il serait bien malpoli de le lui demander. Pour s'adresser à ce bel alien pelucheux à neuf queues, n'oubliez pas d'utiliser le pluriel : c'est une marque de respect qui lui est chère, un hommage aux rencontres qui ont fait bourgeonner son être en de multiples présences.

Guepicte : ne vous laissez pas impressionner par l'armada de pics acérés sur leur dos, ou l'étrangeté de leur visage asymétrique. Une gentille caresse et hop ! ces terribles gardiens se métamorphosent en barbe à papa inoffensive. Attention : mieux vaut être loin pendant la transformation… odorante !

Humain : en voilà une espèce qui ne sert pas à grand-chose ! Pas de griffes, pas de carapace, une espérance de vie très courte et un cerveau minuscule. Par bonté, Station Symbiose les a accueillis et leur permet d'occuper leurs journées en nettoyant les rues et les déchets. Mais quels sont ces éclats de voix qui jaillissent de leur quartier le soir ? Des *rires ?* Qu'est-ce que c'est ?

Ish'Karis : ces étranges linguistes cultivent le mystère. Leur peau est un voile opaque d'où sortent des pinces et des tentacules taillés pour découper un humain en menus morceaux. Ou lui implanter sans douleur un traducteur universel. Sans douleur, vous avez dit ?

Jiih : ces adorables petites peluches à deux têtes et huit tentacules dégagent un voluptueux parfum de jasmin. Difficile de croire qu'ils passent leur enfance dans le ventre de leur parent, à se manger les uns les autres jusqu'à ce qu'il n'en reste plus qu'un. Choupi, n'est-ce pas ?

Libace : vous pourriez croire que ces squatteuses de trottoir n'ont d'autre but dans la vie que de vous faire trébucher. D'autant que ces baveuses intensives sont présentes dans toutes les sections de Station Symbiose, qu'il y ait une gravité extrême ou un air toxique. On dit qu'elles écoutent à toutes les portes…

Llérunien : ne vous méprenez pas, il ne s'agit pas de lézards à six pattes. Insulte ultime pour eux, d'autant qu'ils sont les seuls à comprendre et parler l'humain sans traducteur ! Leur ressemblance éloignée avec ces *djekets* les plonge dans une colère noire. Pour les calmer, une seule solution : leur parler d'argent.

Massal'eth : plus hauts que des montagnes, ces géants de l'espace sont si grands que seules leurs pattes immenses sont visibles. Résistant à tout, même au vide, ils ont construit Station Symbiose et posé les fondations de l'Alliance. C'est tout naturellement qu'ils siègent au Conseil Carré.

Peri'ot : « peri'ot » ? Vous avez dit « peri'ot » ? Une boule bleue télépathe capable d'imposer ses volontés à chaque être vivant ? C'est une légende pour bébé jiih, voyons, ça n'existe pas !

Phytecte : non, ceci n'est pas un arbre, mais la forme de vie la plus évoluée de l'Alliance. Ces aliens à la longévité extrême ont développé une technologie végétale ahurissante : phytobéton autonettoyant, fibres textiles mimétiques, phyto-onde synthétiseur de nourriture… personne ne peut se passer de leur savoir-faire. Leur puissance monte jusqu'au Conseil Carré, d'où ils dirigent Station Symbiose.

Siruns : dragons aquatiques aux nageoires opalescentes et aux regards de diamant, les siruns s'enlacent deux à deux jusqu'à fusionner pour augmenter leur espérance de vie. Ce qui veut dire qu'il faut supporter longtemps, très longtemps leur caractère odieux. Leur maîtrise de l'eau, ce liquide ô combien indispensable dans l'espace, leur a permis d'accéder au Conseil Carré, qu'ils animent de leur mauvaise foi légendaire.

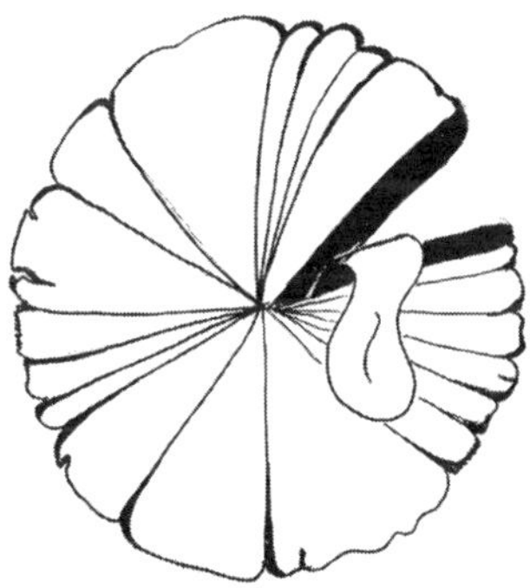

Tatulik : ces paisibles aliens à la vie sobre et simple ont deux passions : les courses de bowling et les festins intergénérationnels. Les adultes sont les moins chanceux de tous, puisqu'ils n'ont jamais réussi à se faire dévorer par plus gros qu'eux. Quelle tristesse !

L'illustrateur

Fanatique invétéré de la couleur, Thomas Arnaud essaie d'apporter le rêve et la lumière dans ses illustrations. Il travaille aujourd'hui principalement dans le monde de l'édition, mais a aussi œuvré dans l'audiovisuel et le jeu vidéo, questionnant l'émotion, l'imagination et le divertissement, à travers des ambiances et décors vivifiants. Vous pouvez aussi le retrouver depuis 2021 sous le pseudonyme *Chroma*.

Déclic

Première planète à gauche…
et tout droit jusqu'au futur !

Des romans jeunesse (12+), des thématiques actuelles sur l'écologie, l'humain, la société, l'identité… Des récits d'action, de l'aventure, des histoires haletantes dans les genres de l'imaginaire : science-fiction, fantasy et fantastique !

La collection Déclic

aux éditions Critic

Déjà parus

La Nébuleuse captive, Romain Benassaya
Dragonard, Johan Heliot
Gurvan 1, Sergent-Pilote Gurvan, P.-J. Hérault
Gurvan 2, Les premières victoires, P.-J. Hérault
Gurvan 3, Officier-Pilote Gurvan, P.-J. Hérault
Le Cri des Chimères, Marine Sivan

Cernée de toute part par un nuage impénétrable de poussière et de gaz en fusion, la Nébuleuse est un endroit hostile. C'est pourtant là que vivent les humains. À l'abri de la lumière et du vide, ils peuplent les ruches, habitats vivants doués de conscience, où l'on ne manque de rien.

Silka est une jeune Interprète promise à de hautes responsabilités envers l'âme de sa ruche, Léonis. Mais quand le vaisseau de son père est attaqué par des pirates qui semblent vouloir à tout prix s'emparer d'elle, sa vie bascule. Seule, elle parvient à s'échapper, et doit apprendre à survivre par elle-même dans les confins de la Nébuleuse, quitte à sonder ses plus sombres mystères.

De cette attaque, elle n'emporte avec elle qu'un trésor, une mystérieuse créature amnésique qu'elle doit désormais protéger au péril de sa vie…

ROMAIN BENASSAYA
LA NÉBULEUSE
CAPTIVE
Déclic

Déclic

Pour plus d'informations sur nos livres,
rendez-vous sur le site des éditions Critic
https://editionscritic.fr

ou suivez-nous sur les réseaux :
Facebook, Instagram, X, Youtube

RENNES MÉTROPOLE

Région BRETAGNE

PEFC
10-31-1316

Achevé d'imprimer en France
sur les presses de Dupliprint en avril 2025
733, rue Saint-Léonard, 53100 MAYENNE
N° d'impression : 2997531B